# 隐秘的涂鸦

[美] 詹森·雷库拉克 Jason Rekulak / 著
尹莳涵 / 译
[美] 威尔·斯泰勒 Will Staehle
都奇·霍纳 Doogie Horner / 绘

中国出版集团
中译出版社

献给茉莉

# 1

几年前，我的钱快要花完了，于是报名参加了宾夕法尼亚大学的一项调查研究招募。我跟着指示，来到位于西费城的校园医疗中心。那里还有一座巨大的礼堂，里面挤满了十八岁到三十五岁的女人。椅子不够，我是最后一批到达的，只能坐在地板上瑟瑟发抖。现场供应免费的咖啡和巧克力甜甜圈，还有一台大电视，正在播放《价格猜猜猜》。但几乎所有人都在盯着手机。这里的气氛很像车管局大厅，只不过我们都是按小时拿报酬，大家等上一整天似乎也是乐意的。

这时，一名穿着实验室白大褂的医生站起来，做了自我介绍。她说她名叫苏珊，也可能是斯黛西或萨曼莎，是临床研究项目的研究员。她宣读了那些常见的免责声明和警告，并提醒我们报酬将以亚马逊礼品卡的形式发放，而非支票或现金。一些人咕哝着抱怨起来，但我不在意。我有个男性朋友，会以八折的价格从我这里回收礼品卡，所以我已经都安排好了。

每过几分钟，苏珊（我记得是苏珊？）会看看写字板，叫出一个名字，我们中的一个人就会离开房间。没有人回来。很快就有了许多把空椅子，但我还是坐在地板上，因为我感觉自己一动就会吐出来。我浑身疼痛，还打寒战。但最后，我听到她们说，这个项目不会提前筛选测试者——也就是说，没有人会验我的尿，测我的脉搏，或者做其他可能会取消我资格的事——于是我把一片40毫克剂量的奥施康定[①]扔进嘴里吮吸，直到它表面的黄色蜡质包衣溶解。然后，我把药片吐回手心里，用拇指碾碎，嗅了大概三分之一。这是正好能让我恢复状态的分量。剩余的药被包在一小片锡纸中，留着将来再用。之后，我不再发抖，坐在地板上等待也没有那么难受了。

大约两个小时后，医生终于叫道："奎因？马洛维·奎因？"我沿着过道向她走去，身后，厚重的冬季大衣被我拖在地上。也许她注意到我嗑嗨了，但什么也没有说。她只是问了我的年龄（十九岁）和生日（3月3日），然后把我的回答和写字板上的信息对了对。我猜她判断我还够清醒，因为之后她就带我穿过了一段迷宫般的走廊，来到一个没有窗户的小房间。

房间里有五个年轻男子，坐在一排折叠椅上。他们都盯着地面，所以我看不到他们的脸。但我觉得他们是医学生或者住院医师——所有人都穿着医院的刷手服，衣服还皱着，颜色是明亮的海军蓝，就好像刚从衣架上拿下来一样。

"好，马洛维，请你站在房间的前面，面对着小伙子们。就在画着X的位置。很好。在给你戴上眼罩之前，我来告诉你接下来我们要做什么。"我这才注意到，她手里拿着一个黑色的眼罩，是过去我

① 止痛药，阿片类药物。主要成分为盐酸羟考酮。

妈妈睡前会戴的那种柔软的棉质眼罩。

她解释道，所有男人现在都看着地面，但接下来的几分钟里，他们将在某个时刻看向我的身体。我的任务是，在感觉到对我本人的“男性凝视”时，举手示意。她告诉我，只要这种感觉持续存在，就一直举着手，每当感觉消失，就放下手。

“我们先做一个五分钟的实验。但结束后，可能需要你重复一遍。在开始之前，你有没有问题要问？”

我笑起来。“有啊，你们读过《五十度灰》[①]吗？我很确定这是第十二章的情节。”

我试图用一点儿轻松的幽默来调节气氛。苏珊礼貌地笑了笑，但男人们没有一个注意到我。他们全在摆弄自己的写字板，给秒表对时。教室里完全是公事公办的氛围。苏珊把眼罩蒙在我的眼睛上，调整了一下带子，以免勒得太紧。“好了，马洛维，这样感觉行吗？”

“可以。”

“你准备好开始了吗？”

“准备好了。”

“那我数到三就开始。男士们，准备好表。一，二，三。”

在知道有男人可能正盯着你的胸部、屁股或者其他地方的前提下，在鸦雀无声的房间里戴着眼罩，一动不动地站五分钟，这感觉非常奇怪。没有声音和线索来帮助我猜测正在发生的一切，但我清晰地感知到了他们的目光。我数度举起手又放下，五分钟感觉有一个小时那么长。结束后，苏珊要我重复一次实验，我们又从头再来。

---

① 英国作家 E.L. 詹姆斯所著的情色小说。

之后她又让我再做一次！当她终于解下我的眼罩时，所有男人都起立鼓掌，好像我刚刚赢得了奥斯卡奖一样。

苏珊解释说，一周以来他们在几百个女性身上做了这个实验，但我是第一个成绩接近满分的人。三次实验中，我对凝视的察觉准确率达到了 97%。

她让男人们去休息，把我领进了她的办公室，开始问我问题，也就是：我是怎么知道有男人在盯着我的？我无法用语言解释——我就是知道。这种感觉仿佛在我注意力的边缘跳动，像是一种预知危险的第六感。我敢打赌，你很可能有过这种体验，那你一定清楚地知道我是什么意思。

“而且，当时有一种声音。”

她睁大了眼睛。“真的？你听到声音了？”

“偶尔。音调很高。像是蚊子在你耳边嗡嗡叫的声音。”

她飞快地去够笔记本电脑，差点儿没拿稳。输入一连串笔记后，她问我愿不愿意一周后回来，多做几个测试。我说，只要给我一小时二十美元，她想让我回来多少次都行。我把手机号给了她，她承诺给我打电话，预约下次见面。但就在那天晚上，我用我的苹果手机换了五片 80 毫克的奥施康定，她也就没办法追踪到我了。之后，我再没得到过她的消息。

现在我已经戒毒了，心中有万千悔恨，换掉手机只是其中最微不足道的一件。但有时我会想起这个实验，并感到迷惑。我试过在网上寻找那个医生，但很显然我甚至连她的名字都不记得。一天早上，我坐公交车来到宾夕法尼亚大学医学中心，试图找到那座礼堂。

但校园已经大不一样，多了几栋新建筑，新楼和旧楼毫无规律地混在一起。我试过检索“凝视察觉”和“凝视认知”之类的词，但每条结果都显示，这并不是真实现象。没有证据表明，有人“后脑勺长了眼睛”。

我想我已经气馁地意识到，我没有做过那场实验，那只是我在滥用羟考酮、海洛因和其他毒品时产生的众多虚假回忆中的一段而已。我的戒毒成长伙伴罗素说，记忆出错在药物成瘾者中很常见。他说，瘾君子的大脑会“记住”快乐的幻想，这样就不会纠缠于真实的记忆——忽略那些为了嗑药做过的可耻的事，忘记我们曾如何百般伤害爱我们的好心人。

“听听你故事里的细节就知道了。”罗素指出，“你来到了一所知名常春藤盟校的校园里。你嗑药上瘾，但没人在意。你进了一个房间，里面是一群英俊潇洒的年轻医生。他们盯着你的身体看了十五分钟，然后突然起立鼓掌！我是说，醒醒吧，奎因！你就算不是弗洛伊德[①]，也能想明白了！”

显然，他是对的。康复治疗最困难的事情之一，就是接受一个事实：你无法再相信你的大脑了。不仅如此，你还要明白，你的大脑变成了你最可怕的敌人。它会引导你做出糟糕的选择，凌驾于逻辑和常识之上，并将你最珍视的记忆扭曲成不可能存在的幻象。

但一些事实是不可撼动的：

我叫马洛维·奎因，今年二十一岁。

我戒毒已经有十八个月了，可以诚实地说，我现在没有饮酒和

---

① 西格蒙德·弗洛伊德，奥地利心理学家。

吸食毒品的欲望。

我完成了十二步疗法[①]，并将生命献给了我的主和救主耶稣基督。我不会在街头派发《圣经》，但我的确会每天祷告，祈求主帮助我保持清醒。到目前为止，效果都很好。

我住在费城东北部的“安全港”。这是一家由市政府赞助的戒毒康复之家，接纳处于康复后期的女性。不同于中途之家[②]，我们称这里为“四分之三途之家”，因为我们都证明了自己已经摆脱毒瘾，并且获得了相当大的人身自由。我们可以独立购买食品杂货，自己做饭，也不受烦琐规则的约束。

周一到周五，我在“贝姬姑妈的儿童托管学院”担任助教。这是一栋老鼠成灾的排屋，六十个二到五岁的年轻学者就读于此。我生活中大部分时间都花在给他们更换尿布、一盘盘分发金鱼形状的小饼干和播放《芝麻街》[③]光盘上。下班后，我会跑跑步，然后参加一场匿名戒毒会组织的集体会议，或者就和我的室友们待在“安全港”，一起看霍尔马克频道放映的合家欢电影，比如《驶入爱情》或者《刻骨铭心》。这些电影可能很俗气，你想笑我就笑吧，但我敢保证，无论你点开哪一部霍尔马克频道的电影，都不可能看到一个妓女吸食白粉的镜头。我不想让这些画面再占据我的脑海了。

罗素之所以同意做我的成长伙伴，是因为我过去是长跑运动员，

---

① 十二步疗法，由“匿名戒毒会”组织开创，是一种通过互助戒除药物、酒精等成瘾物的活动，共有十二个步骤。

② 在美国，犯人刑满释放，或吸毒者离开戒毒所后，可在中途之家接受过渡训练，为重返社会做准备。

③ 美国一档儿童教育电视节目。

而他是个经验丰富的前短跑教练。罗素曾担任 1988 年夏季奥运会美国国家队的助理教练。之后，他带领阿肯色大学和斯坦福大学的校队，参加了美国国家大学体育协会组织的田径锦标赛。再后来有一次，他吸食冰毒过量，开车从邻居的身上碾了过去。罗素因过失杀人罪被判处五年监禁，出狱后，他成了一名牧师。现在，他同时陪伴五到六名吸毒者，大多数都是和我一样葬送了大好前程的运动员。

在罗素的启发下，我重新开始长跑训练（他管这叫“奔向康复”）。每周他都为我量身制订锻炼计划，交替安排长跑和变速跑，路线环绕斯库基尔河。此外，我还要在基督教青年会体育馆进行举重和体能训练。罗素已经六十八岁了，还装了人造髋关节，但他依然能卧推两百磅①，周末也会出门和我一起训练，提供跑步小诀窍，并给我加油鼓劲。他总是提醒我，女跑者三十五岁才会到达巅峰，我的黄金时期还远远没有到来呢。

同时，他还鼓励我为将来做规划——在全新的环境里重新开始，远离旧友和旧习。为此，他帮我预约了一场面试，雇主是泰德和卡罗琳·麦斯威尔。这对夫妇是罗素妹妹的朋友，他们最近搬去了新泽西州的斯普林布鲁克，正在为五岁的儿子泰迪寻找保姆。

“他们刚刚从巴塞罗那搬回来。孩子爸爸是搞计算机的——还是贸易来着？具体细节我记不清了，反正是高薪职业。总之，他们搬了回来，这样泰迪——我是说儿子，不是爸爸②——秋天就可以入学了。所以他们希望你可以留到九月底。但如果一切顺利的话，谁知道呢？也许他们就要长期雇用你了。”

---

① 1 磅约合 0.45 公斤。

② 父亲泰德（Ted）的昵称也是泰迪（Teddy）。

罗素坚持开车送我去面试。他是那种就算并没有打算锻炼，也永远穿得像要去体育馆的人。今天他穿了一件饰有白色赛车条纹的黑色阿迪达斯运动服。我们乘坐他的SUV，行驶在本杰明·富兰克林大桥的左侧车道上。穿行在车流之中时，我紧紧抓住车顶扶手，盯着自己的大腿，怕得要命却还是努力保持镇静。我不太能坐汽车，无论去哪里都是乘公交或地铁出行，而且这是我将近一年来第一次离开费城。我们才刚刚驶入郊区十英里[①]，我却感觉我像要被发射到火星了。

"怎么了？"罗素问。

"没事。"

"你太紧张了，奎因。放松。"

但右边有一辆巨型公交车正在超过我们，我怎么能放松得了？它像装了车轮的泰坦尼克号，我离它太近了，把手伸出窗外，就可以碰到它。我一直等到公交车离开，才能平静下来，开口讲话。

"孩子妈妈是做什么的？"

"卡罗琳·麦斯威尔。她是退伍军人医院的医生。我妹妹珍妮也在那儿工作。我就是这么知道她的。"

"她对我的情况了解多少？"

他耸耸肩。"她知道你已经十八个月没有再吸毒了。她知道我以专业人士的身份力荐你。"

"我不是问这个。"

"别担心。我把你的经历原原本本告诉她了，她很期待见到你。"

---

① 一英里约合1.6千米。

此刻我一定一脸怀疑，因为罗素还在继续安抚我，“她的工作就是和瘾君子打交道，而且她的病人都是退伍军人，那可是海军海豹突击队队员啊，阿富汗战争的创伤把他们的人生都毁了。别误会我的意思，奎因，我是说和他们比，你的过去就没有那么阴暗了。”

不知道哪个混蛋从吉普车车窗里扔出一只塑料袋，我们躲避不及，以每小时六十英里的速度撞上了塑料袋。只听砰的一声巨响，如同炸弹爆炸了一样，发出玻璃碎裂的声音。罗素又伸手去按空调，把冷气调低了两档。我还是盯着大腿，直到我听见引擎开始减速，并感觉到车拐了一个柔和的弯，沿着出口匝道驶下高速。

斯普林布鲁克和新泽西州南部众多的小村庄一样，早在美国独立战争时就已经存在。在这里，殖民时期和维多利亚时代的旧式房屋随处可见，美国国旗在前门的门廊上飘扬。大街小巷的路面铺得十分平整，人行道一尘不染。目之所及，看不到一丁点儿垃圾。

我们停在一个路口等红灯。罗素降下了车窗。

“你听见了吗？”他问。

“我什么也没听见啊。”

“我就是这个意思。这里非常宁静，正适合你。”

随着信号灯由红转绿，我们来到一片延伸了三个街区的商店和餐厅群——一家泰餐厅、一家水果冰沙店、一间素食面包房、一个宠物狗托管中心和一个瑜伽馆。这里还有一间课后“数学思维体操房”和一家小小的书店咖啡厅。当然，星巴克也不会缺席，店门外聚集了百十个青少年，所有人都时不时低头刷刷手机。他们看起来就像百货公司品牌广告里的孩子，身着色彩缤纷的衣服，脚蹬崭新的鞋子。

罗素拐进一条小街，一座接一座精致的郊区住宅从我们身边掠过。高大葱茏的树木投下一片阴影，笼罩着人行道，也给整个街区染上了生机勃勃的色彩。路边有几块标志牌，上面用大大的字写着“此处有儿童居住——请慢行！”当我们来到一处四向交叉路口时，一个身穿反光安全马甲的交通管理员面带微笑，挥手引导我们通过。一切细节都是这样完美无缺，我们好像行驶在电影场景中一样。

最后，罗素把车开到路边，停在一株垂柳的树荫下。“好了，奎因，你准备好了吗？”

“我不知道。”

我拉下遮阳板，对着化妆镜审视自己。在罗素的建议下，我打扮得像一个夏令营辅导员，穿着绿色圆领衫、卡其色短裤和一双干净的白色休闲鞋。我原来留着及腰的长发，但昨天我剪掉了马尾，把它捐给了癌症慈善机构。于是，我的发型变成了运动感十足的黑色波波头。我自己都认不出自己了。

“免费给你两条建议。”罗素说，“第一，一定要夸这个孩子有天分。”

“我怎么知道他有没有天分？”

“有没有不重要。这个镇子上，所有的孩子都是有天分的。只要想办法把这句夸奖自然地融入你们的对话里就行。”

“好吧。另一条建议呢？”

“呃，如果面试不顺利，或者你觉得他们还拿不定主意，这时你就可以拿出这个了。”

他打开副驾驶座前方的手套箱，给我看了一样东西。平心而论，我并不想把它带进屋。

“噢，罗素，我不知道该不该拿上它。”

“拿着吧，奎因。就当这是你的撒手锏。你不一定要用到它，但你可能会需要。”

根据我在戒毒康复中心听过的无数可怕故事来看，他多半是对的。我拿起那个讨厌的东西，把它塞进了背包最深处。

“行了。”我对他说，“谢谢你开车送我来。”

“听着，我在星巴克等你。结束后给我打电话，我把你送回去。”

我坚决表示自己一个人没问题。我说我可以坐火车回费城，并催促罗素现在就开车回家，以免堵在半路。

“好吧，但你结束后要给我打电话。”他说，“我要听到你面试的全部细节，好吗？”

# 2

车外，六月午后闷热潮湿的气息扑面而来。罗素按了按喇叭，然后离开了。我想自己现在已经不能反悔了。麦斯威尔家是一座宏伟的维多利亚式古典住宅，有三层楼高，黄色木质外墙板包裹房屋，门框和窗框点缀着精巧繁复的白色雕刻装饰。大型环绕式门廊上摆放着柳条家具，花槽里种满了金黄色的雏菊和秋海棠。住宅区背靠一片广袤的森林——又或者是某个公园？——因此街上鸟啼声不绝于耳，甚至可以听到昆虫的嗡鸣。

我沿着方形石板路向前走，登上几级台阶，来到前门廊。我按响门铃，一个小男孩打开了门。他一头橙红色的头发朝天翘着，像个巨魔娃娃[①]。

我蹲下身，和他视线齐平。

“我猜你叫泰迪。”

男孩害羞地对我笑了笑。

“我是马洛维·奎因。你知道你的——”

---

① 一种面容可爱，发色鲜艳且头发朝天翘着的娃娃，头发类似斯堪的纳维亚传说中的巨魔。

他转身跑向通往二楼的楼梯，从我的视线里消失了。

“泰迪？”

我有些不知所措。我面前是一个小小的门厅和一条通往厨房的走廊。我看到左手边有一个餐厅，右手边有一个起居室，每个角落都铺上了光滑平整的硬质松木地板。我惊讶地发现，中央空调竟然散发出如此清新干净的气息，其中混合着木地板清洁油的气味，仿佛不久之前才仔细擦过。所有家具看起来又新又现代，好像刚从名牌家具店的样品间里运来一样。

我按了下门铃，却没有发出任何声音。我又按了三次——还是一片寂静。

“有人吗？”

屋子另一头的厨房里，我看到一个女人的身影。她转过身，发现了我。

“马洛维？是你吗？”

“是！你好！我试过按门铃，但——”

“我知道，抱歉。我们在修了。”

我还来不及疑惑泰迪是怎么发现我到了，卡罗琳就迎了上来。她的步态是我见过最优雅的——她走起路来没有声音，脚好像几乎不会沾地。她一头金发，身材高挑修长，皮肤白皙，五官柔和，精致得不似凡人。

“我是卡罗琳。”

我伸出手，但她却热情地拥抱了我。她是那种浑身散发着温暖和体恤之情的人。她又多抱了我一会儿，才松开手。

“很高兴你能来。罗素和我们说了很多你的闪光点。你真的已经戒毒十八个月了吗？”

“十八个半月了。”

“了不起。想想你之前都经历了什么，能走到这一步实在太出色了。你真应该为自己感到骄傲。”

我真怕自己会忍不住哭出来。没想到她见了我，第一句话就是问我的康复情况。我甚至还没有踏进她的家门。但能尽早结束这个话题，我还是松了一口气。我已经把自己最大的劣势全都暴露出来了。

“戒毒并不容易，但每过一天都越来越轻松。”

“我就是这样鼓励我的病人的。”她退后一步，从头到脚打量了我一番，露出了微笑。“看看你现在的样子！你多么健康，简直容光焕发！”

屋里二十摄氏度，清凉又干爽——湿热的天气下，这里是个令人求之不得的避暑地。我跟着卡罗琳走过楼梯，来到二层的楼梯平台下。充足的自然光洒进厨房，看上去如同美食节目中的烹饪场景。厨房里有一大一小两台冰箱，燃气灶有八个灶眼。洗碗池相当于一个水槽，因为太宽，需要两个水龙头。除此之外，还有几十个形状各异、大小不一的抽屉和橱柜。

卡罗琳拉开一个小门，我才意识到这也是一台冰箱，是个迷你冰箱，里面堆满了冷饮。“让我看看，有天然气泡水、椰子水、冰茶……”

“天然气泡水就好。”我转过身，看见正对着后院的一整面落地窗，不禁叹为观止。“这厨房太漂亮了。”

“很大，是不是？对三口之家来说有些太大了。但这座房子其他的布置我们很喜欢，于是就买下了。我们家后面有座公园，注意到了吗？泰迪喜欢去森林里探险。”

“听起来很有趣。”

“但我们总是得检查他身上有没有蜱虫。我正在考虑给他买个驱蚤项圈呢。”

她拿了一个玻璃杯，去制冰机下接冰块。只听它发出轻轻的叮当声——就像廊下的风铃——几十颗晶莹剔透的小冰珠就掉了出来。我感觉像看了一场魔术表演。她把滋滋作响的气泡水倒入杯子，递给我。“来点儿三明治吗？想吃什么，我给你做？”

我摇头谢绝，但卡罗琳还是打开了大冰箱门，露出种类繁多的食品：大瓶的全脂牛奶和豆奶，盒装红壳散养鸡蛋，几罐一品脱[①]装的香蒜酱、鹰嘴豆泥和番茄莎莎酱。还有几块三角形奶酪、几瓶开菲尔酸奶和几个白网兜，里面鼓鼓囊囊地装着绿叶蔬菜。以及水果！大盒大盒的草莓、蓝莓、树莓和黑莓，还有香瓜和蜜瓜。卡罗琳伸手拿过一袋小胡萝卜和一品脱鹰嘴豆泥，用手肘合上了冰箱门。这时我注意到门上贴着一幅儿童画，用生涩稚嫩的笔触描绘了一只小兔子。我问这幅画是不是泰迪的作品，卡罗琳点点头。“我们才搬进来六周，他就开始暗示我们要养宠物了。我告诉他，我们要先把打包的行李拆完才行。”

“看样子他很有天分呢。”我对她说，说完就担心自己的话听起来有点儿刻意，这句夸奖也许说得太早、太快了。

但卡罗琳十分赞同我！

---

① 1品脱约合0.56升。

“噢，当然了。他在同龄人里非常拔尖。所有人都这么说。”

我们坐在早餐角的一张小餐桌边。她递给我一张纸。“我丈夫打印了几条规定。没有太严苛的禁令，但我们最好还是先把这部分说完。”

**保姆守则**

1. 禁止吸毒。
2. 禁止饮酒。
3. 禁止吸烟。
4. 禁止不文明用语。
5. 禁止看电视。
6. 禁止食用红肉。
7. 禁止食用垃圾食品。
8. 禁止未经允许接纳访客。
9. 禁止在社交媒体上发布泰迪的照片。
10. 禁止宣传宗教和迷信思想。教泰迪科学。

印刷体的清单下面，还有手写的第十一条规则，是女性娟秀的笔迹：

尽情享受吧！☺

我还没有读完规则，卡罗琳就开始道歉了：“我们并没有严格执行第七条规则。如果你想做纸杯蛋糕，或者给泰迪买冰激凌，都没有问题。只是别给他买汽水就行。另外我丈夫对第十条的态度很坚决。他是工程师，科技行业的。所以科学在我们家的地位很重要。

我们不做祷告，也不庆祝圣诞节。如果有人打了喷嚏，我们甚至也不会说‘愿上帝保佑你’[①]。”

“那你们会说什么？”

“Gesundheit。或者‘祝你健康’。两种说法是一个意思。”

她的话里带着歉意，我看见她瞥了眼我颈间的金色小十字架。这是我第一次参加圣餐礼时，妈妈送给我的礼物。我要卡罗琳放心，这些守则对我来说不成问题：“泰迪的宗教信仰是你们需要操心的事，和我无关。我来这儿是为了给他提供一个安全的环境，并且照顾和教导他。”

她看起来松了口气：“玩得开心点儿，好吗？这是第十一条规则。所以如果你想给泰迪策划一场特别旅行，比如去参观博物馆或者动物园，我愿意承担你们的所有开销。”

我们聊了聊这份工作和我的具体职责，但卡罗琳没有问太多涉及我个人的问题。我告诉她，我在南费城尚克街长大，就在城里几座主要体育场的北面。我从前和妈妈还有妹妹住在一起，给整个街区的所有家庭都做过保姆。我毕业于费城中央高中，就在刚刚获得宾州州立大学全额运动奖学金之后，我的人生脱轨了。罗素一定把之后的事情都告诉卡罗琳了，因为她并没有要我重新讲述一遍我不堪回首的过去。

相反，她只是说：“我们去找泰迪吧，看看你们俩投不投缘？”

厨房旁边就是休息室——一个温馨舒适、毫无拘束感的家庭娱乐空间，摆放着一套组合沙发、装得满满的玩具箱和蓬松的粗毛地

---

① 按照一些西方国家的习俗，人们打喷嚏后，其他人会说“愿上帝保佑你”，祝愿对方身体健康。

毯。一排排书架贴墙而立，墙上还挂着几幅镶在相框里的纽约大都会歌剧院海报——《弄臣》《丑角》和《茶花女》。卡罗琳解释道，这是她丈夫最爱的三部作品，泰迪出生前，他们是林肯表演艺术中心的常客。

而孩子自己呢，正四肢摊开趴在毯子上，手里拿着一个线圈本和几支黄色的2号铅笔。见我来了，他抬头望向我，转瞬间露出一个狡黠的微笑——然后马上又沉浸在他的创作中了。

“你好啊，又见面了。你在画画吗？”

他动作夸张地耸了耸肩。他还是太害羞了，不敢回应我。

“宝贝，甜心，”卡罗琳插话道，“马洛维刚刚问了你一个问题呢。”

他又耸了下肩膀，把脑袋往纸里埋，鼻尖都碰到了画上，仿佛在努力钻到里面去。之后，他用左手去拿铅笔。

“噢，我发现你是个左撇子！”我对他说，“我也是！”

“有很多领袖都是左撇子。”卡罗琳说，“贝拉克·奥巴马、比尔·克林顿、罗纳德·里根——他们都是左撇子。”

泰迪动了动身子，挡住了我的视线。我看不到他在画什么。

“看见你，我就想起了我妹妹。”我对他说，“她像你这么大的时候，很喜欢画画。她有一个巨大的特百惠塑料桶，装满了蜡笔。”

卡罗琳把手伸向沙发底下，拖出一个巨大的装满蜡笔的特百惠桶。“像这样的吗？”

“就是这样的！”

她轻快地笑起来，声音十分动听。“给你讲个有趣的事。我们住在巴塞罗那的时候，没有一次能让泰迪拿起画笔。我们给他买过马克笔、指画颜料、水彩颜料——他对艺术没有表现出一点儿兴趣。

但等我们一回到美国，搬进这栋房子的时候，突然间，他就化身成了毕加索。现在，他就像疯了似的画个不停。”

卡罗琳掀起咖啡桌的顶部，只见下面兼做储藏柜。她取出一沓用夹子固定好的纸张，有一英寸[①]厚。“我丈夫总笑话我什么都要留着，但我就是忍不住。你想看看吗？”

“当然了。”

地板上，泰迪不再动笔了。他整个身体都紧绷起来。我能看出他正在仔细地聆听，全神贯注地等待我的反应。

“哎呀，第一张画得真不错。”我对卡罗琳说，“这是匹马吗？”

“对，我觉得是。”

“不，不，不，”泰迪说。他从地上一跃而起，挪到我身旁。“这是只山羊，因为它头上有角，看见了吗？还有胡子。马可没有胡子。”之后他靠在我的膝头，翻动画纸，把我的注意力转移到下一张画上。

“这是门前的那棵垂柳吗？”

“没错，就是它。你要是爬上去，还能看见一个鸟窝呢。”

我继续翻页，不久，泰迪就放松地靠进我的怀里，脑袋倚在我的胸口。我感觉自己搂着一只大号的小狗崽。他的身体暖洋洋的，散发出衣物烘干后的气息。卡罗琳坐在对面，看着我们的互动，显得非常满意。

画里都是儿童画中常见的事物——很多动物、很多笑容满面的人和晴朗的天空。泰迪认真观察着我对每幅画的反应，我的夸奖都被他像海绵一样充分地吸收了。

---

① 约合 2.54 厘米。

卡罗琳看到最后一张画出现在册子里，显得有些惊讶。“我本来要把这张拿走的。”她说。但现在她别无选择，只能解释，“这是泰迪和他的，嗯，特别的朋友。”

“安妮娅。”泰迪说，“她的名字叫安妮娅。”

“对，是安妮娅。”卡罗琳说着，对我挤了挤眼睛，示意我配合泰迪的说法，“我们都爱安妮娅，因为爸爸妈妈工作的时候，是她陪着泰迪玩。”

我意识到安妮娅一定是小孩子幻想出来的某种奇怪玩伴，所以我尽量挑好话说：“我想有安妮娅在一定很棒。如果你是一个刚来到新城市，还没有见到其他小朋友的小男孩，有安妮娅就更棒了。”

“没错！”卡罗琳见我这么快就弄清了情况，松了口气，“说得很对。”

“安妮娅现在在这儿吗？她和我们一起待在房间里吗？”

泰迪快速环视了一圈休息室，说：“不在。”

“那她在哪儿呢？”

“我不知道。”

“一会儿晚上你会见到她吗？”

“我每天晚上都能见到她。”泰迪说，“她睡在我床底下，这样我就能听见她唱歌啦。”

这时，门厅传来风铃响，我听到前门打开又关上的声音。一个男人叫道：“有人吗？”

“在休息室！”卡罗琳也喊道。她看向泰迪，“爸爸回来了！”

泰迪从我的膝头弹起来，跑出去迎接他的父亲。我把画还给卡罗琳：“这些画……很有意思。”

她摇了摇头，笑起来：“他没被附身，我向你发誓。这只是成长过程中一个很奇特的阶段。很多孩子都有想象中的朋友。我儿科的同事说这是相当普遍的。”

她看起来有点儿尴尬，我连忙安慰她说，这当然很正常：“我想一定是因为搬家的缘故。所以他创造了安妮娅，这样他就有玩伴了。”

“我只是希望她别长得这么诡异。我要怎么把这种画贴在冰箱上啊？”卡罗琳把画倒扣过来，放进摞好的其他画纸里，“但我要告诉你，马洛维，只要你开始在这里工作，他绝对就把她的事都扔在脑后了。他一定会因为和新保姆玩得太开心，什么都顾不上了！”

我喜欢她这种口气——好像现在面试已经结束，我得到了这份工作，现在只是在解决工作中的问题一样。“这里的操场一定全都是孩子。”我对她说，“我会确保泰迪在开学前交到很多真正的朋友。”

“太好了。”卡罗琳说。走廊里，已经能听到脚步声由远及近。她向我凑近了一些，“另外，关于我丈夫呢，我还想给你打个预防针。他对你过去的经历不是太满意。因为毒品，你懂吧？所以他想找个拒绝你的理由。但不用担心。”

“那我该怎么——”

“还有，叫他麦斯威尔先生。不要叫泰德。他喜欢别人这样称呼他。”

我正要问她说的这些是什么意思，卡罗琳就退开了。她丈夫走了进来，泰迪挂在他腰上，笑容灿烂。泰德·麦斯威尔比我想的年纪要大。他比卡罗琳年长至少十岁或者十五岁，身材高大健壮，头发灰白，戴着黑框眼镜，蓄有胡须。他穿着设计师品牌牛仔裤和一双略有磨损的牛津鞋，V领T恤外搭配一件运动外套——他全身上下的衣着看似随便，却比你能想象到的价格贵上十倍。

卡罗琳吻了吻他，表示问候。

“亲爱的，这是马洛维。”

我站起身来，和他握手：“你好，麦斯威尔先生。”

“抱歉，我回来晚了。有些临时的工作需要处理。”他和卡罗琳对视了一眼，我不由得疑惑，他是否经常有临时的工作。“面试如何？”

“非常顺利。”卡罗琳说。

“非常非常顺利！”泰迪叫道。他从父亲的怀抱中挣脱出来，跳回到我膝头，仿佛我是圣诞老人，他想把圣诞节要什么礼物一股脑都告诉我一般，“马洛维，你喜欢捉迷藏吗？”

“我爱极了捉迷藏。”我回答他，“特别是在古老的大房子里捉迷藏，有好多好多房间的那种。”

“这不就是我们的房子吗？”泰迪睁大了眼睛，惊奇地环顾休息室，“我们有古老的大房子！还有好多好多房间！”

我搂了搂他的肩膀，说：“太棒了！”

泰德似乎对整个对话的走向感到不快。他拉住儿子的手，把他从我怀里哄了下来：“听着，小家伙，我们正在进行一场求职面试。这是大人之间非常严肃的对话。妈妈和爸爸需要问马洛维一些重要的问题。所以你现在得上楼了，好吗？去玩乐高或者——”

卡罗琳打断了他。“亲爱的，我们刚才已经聊完了。我想带马洛维出去看看客用小屋。”

“我个人还有几个问题。给我五分钟。”

泰德轻轻推了儿子一下，叫他出去。之后他解开外套的扣子，在我对面坐下。我意识到他的身材不像我以为的那样完美——他有一点儿肚腩——但这部分额外的体重对他来说正合适，使他看起来生活优渥，衣食无虞。

“你还带了多余的简历吗？”

我摇摇头，表示没有：“对不起。”

“没关系。我从其他地方拿来了一份。”

他打开公文包，取出一个装满文件的浅棕色资料夹。他翻找文件时，我注意到这里还有许多信件和其他申请人的简历，看起来足有五十份。“找到了，马洛维·奎因。”他把我的简历从一打文件中取出来，我看到了上面密密麻麻的手写标注。

“毕业于中央高中。但是没有读大学，对吗？”

“还没有。”我回答道。

“今年秋季入学吗？”

“不是。”

“那就是春季？”

“不是，但我希望能早日入学。”

泰德看着我的简历，眯起眼睛，摇了摇头，仿佛简历上的内容令人费解：“这里没有写你是否掌握外语。”

“我不会外语，对不起。但不知道南费城的方言算不算。‘伙机（计）们，想来甸（点）冰仨（沙）吗？’”

卡罗琳大笑起来：“噢，太逗了！”

而泰德只是在笔记上画下一个黑色的小叉。

“乐器呢？会钢琴或者小提琴吗？”

“不会。”

“美术呢？学过油画、素描、雕刻吗？”

"没有。"

"你经常旅行吗？出过国吗？"

"我十岁的时候，全家一起去过迪士尼乐园。"

他在我的简历上又画了一个叉。

"你现在在你姑妈贝姬那里工作？"

"她不是我的姑妈。那只是日托中心的名字——贝姬姑妈的儿童托管学院。英文简称就是ABC[①]，为了方便记，好理解吧？"

他浏览着笔记。"对，对，我想起来了。那是一家愿意接纳戒毒康复人员工作的场所。你知道他们雇用你，州政府会补贴多少钱吗？"

卡罗琳皱起眉："亲爱的，这和面试有关系吗？"

"只是好奇罢了。"

"没关系，我不介意回答这个问题。"我对她说，"宾夕法尼亚州会支付我工资的三分之一。"

"但我们要全额负担你的工资。"泰德说。他开始在我简历的边缘飞快地写数字，做着复杂的计算。

"泰德，你还有其他问题吗？"卡罗琳问，"马洛维已经在这里待了很久了。我还得带她出去看看后院呢。"

"好了，我需要的信息都问到了。"我不由得注意到，他把我的简历放在了那叠纸的最下面。"很高兴认识你，马洛维。谢谢你能来。"

"别在意泰德。"没过一会儿，卡罗琳对我说。这时，我们正要通过一道玻璃滑门离开厨房，去往庭院。"我丈夫很聪明。在电脑方

---

① "贝姬姑妈的儿童托管学院"英文全称为Aunt Becky's Childcare Academy，首字母组合为ABC。

面，他无所不能。但社交方面，他就有点儿笨拙，也完全不了解戒毒康复。他觉得雇用你的风险太高了。他想雇一个宾大的学生，最好是SAT[①]满分的神童。但你也值得拥有一个竞争的机会，我会让他认识到这点的。别担心。”

麦斯威尔家有一个宽敞的后院，高大的树木、灌木和五彩斑斓的花坛包围着一片绿茵茵的草坪。院子中央，是一个豪华的游泳池，池边环绕着户外休闲椅和阳伞，布置得如同拉斯维加斯的赌场一般精致。

“太美了！”

“这是专属于我们的世外桃源。”卡罗琳说，“泰迪可喜欢在这儿玩了。”

我们穿过草坪，脚下的草结实而有弹性，像踩在蹦床上一样。卡罗琳指着院子边缘的一条小路，告诉我沿着它向下走，会到达黑顿峡谷——一个占地三百公顷的自然保护区，曲径通幽，溪水潺湲。“因为有小溪，我们不让泰迪单独去那儿。但你想带他去多少次都没问题。只要小心有毒的常青藤就行。”

我们即将走到后院另一边时，我才终于瞥见了客用小屋——它半掩在树后，仿佛森林正要把它吞没。这幢房子让我想起了童话故事《汉塞尔和格蕾特尔》中的糖果屋——它是一座微缩版瑞士山中小屋，粗木制的外墙，尖尖的屋顶。我们登上三级台阶，来到一个小门廊前，卡罗琳用钥匙打开了前门。“前屋主以前把割草机放在这里，把这里当作园艺工具棚来用。但我为你把它整理好了。”

---

① S美国高中毕业生学术能力水平考试，俗称“美国高考”。

屋内是个开间，虽然小，却一尘不染。墙壁雪白，屋椽裸露在外，粗大的棕色房梁在头顶纵横交错。木质地板光洁如新，我忍不住想踢掉运动鞋再踩上去。右手边是一个小厨房，左手边是我见过的最舒适的一张床，上面铺着洁白蓬松的被子和四个巨大的枕头。

“卡罗琳，这里太棒了。”

“唉，我知道空间有点儿小，但和泰迪在一起一整天下来，我觉得你可能想要一个属于自己的空间。对了，床是全新的。试试吧。”

我坐在床垫的边缘，往后仰去，如同跌进了云朵里：“我的天哪！”

“这是布伦特伍德的双垫层床垫。有三千根弹簧支撑你的身体。我和泰德的卧室里有一张一样的。”

小屋的另一端有两扇门。一扇打开后，是一个浅浅的壁橱，排满了架子；另一扇门里面是世界上最小的浴室，淋浴花洒、马桶和带底座的洗手池一应俱全。我走了进去，发现以我的身高，刚好不用低头就能站在花洒下。

参观完整间屋子才用了不到一分钟，但我觉得自己有责任多花点儿时间观察每一处陈设。卡罗琳在屋里布置了几十处设计上的小巧思：床头的阅读灯，折叠式熨衣板，带 USB 接口的手机充电器和保持空气流通的吊扇。厨房的橱柜里摆满了常用餐具：盘子、玻璃杯、马克杯和镀银餐具，全都和主屋用的一样高端。厨房还配备了烹饪用的几样基本原料：橄榄油、面粉、发酵粉、盐和胡椒。卡罗琳问我喜不喜欢烹饪，我说我还在学。“我也是。”她笑道，“我们可以一起琢磨。”

这时，我听见门廊外传来沉重的脚步声。随后，泰德·麦斯威尔打开了门。他把运动外套换成了海蓝色的网球衫，但即使穿着休闲装，他也很有威慑力。我本来盼着直到面试结束，都不会再见他了。

“泰迪有点儿事要你帮忙，”他对卡罗琳说，“我可以带她看其他地方。”

气氛一时有些尴尬，因为我已经没有什么好参观的了。但我还没来得及开口，卡罗琳就出去了。而泰德站在那里盯着我，似乎觉得我要偷走床单和毛巾似的。

我微笑道：“这里棒极了。”

“这是个单人间。未经允许，禁止访客入内。留宿当然更不可能。这会让泰迪感到困惑的。有问题吗？”

“没有。我没在谈恋爱。”

他摇摇头，对我没有领会他的意思感到恼火：“从法律上说，我们不能禁止你谈恋爱。我只是不想让陌生人在我家后院过夜。”

“我明白。没问题。”我希望这代表着一种进展，表示距离我们成为雇主和员工近了一小步。“你还有其他担心的事情吗？”

他得意地笑了笑。“你有多少时间？”

“你们需要多少，我就有多少。我真的很想得到这份工作。”

他走到窗前，指着外面的一棵小松树，说：“给你讲个故事吧。我们搬进来那天，卡罗琳和泰迪在那棵树下发现了一只小鸟。它一定是从巢里掉出来的。有可能是被推下来的，谁知道呢？总之，我妻子心地非常善良，她找来一个鞋盒，铺上碎纸，把糖水灌进眼药水瓶，开始喂那只鸟。与此同时，我把搬家公司的车引导到门前的车道上，准备把全部家当都拆箱，共同开始我们的生活。而这时卡罗琳在和泰迪讲，他们要怎样照顾这只小鸟，让它恢复健康，总有一天它会飞上高高的树梢。泰迪当然很喜欢这个主意。他给鸟起名叫罗伯特，每小时都来查看罗伯特的情况。他对这只鸟像对自己的弟弟一样好。但过了不到48小时，罗伯特就死了。我不骗你，马洛维，泰迪哭了整整一星期。他彻底崩溃了，就为了一只小鸟。所以我想说的是，我们要对邀请来家里同住的人抱有十二万分的谨慎。鉴于你的前科，我担心雇用你的赌注太大了。”

我还能反驳什么呢？这份工作薪水优厚，而泰德的文件夹里多得是从来没染上过毒瘾的女申请人。他大可以雇用一名朝气蓬勃、受过心肺复苏训练的护理学校学生，或者雇用一位来自洪都拉斯、家里有五个孙辈的奶奶，她能一边教西班牙语课，一边准备自制墨西哥玉米卷配绿莎莎酱。他有这么多选择，还有什么理由给我机会呢？我意识到自己现在最大的希望，就是打出那张王牌——我在下车前的最后一刻，从罗素那里收到的礼物。

“我想我有办法解决。”我把手伸进包里，掏出一个类似于纸质信用卡的东西，下方有五条试纸。“这是浸入式药物检测试剂卡。亚马逊网站上一片一美元，我很乐意用自己的工资买。它能检出冰毒、鸦片剂、安非他命、可卡因和大麻。五分钟就可以出结果，我愿意每周检测一次，检测日期由你们随机指定，这样就不用担心了。这么做，你能放心了吗？”

我把卡递给泰德，他隔得远远地拿着，好像拿着什么恶心的东西，好像不知为何已经有温热的黄色尿液从卡上滴下来似的。“不，你看，问题就在这儿。”他说，“你看起来是个好人。我祝愿你一切顺利。我是真心的。但是我想找一个不需要每周往杯子里尿尿的保姆。你能理解的，对吗？”

我在主屋的门厅里等待，而泰德和卡罗琳在厨房里争执。我听不见对话的具体内容，但双方各持什么立场是显而易见的。卡罗琳的语气非常耐心恳切，泰德的回答则短促、尖锐而断续，仿佛小提琴和电钻的交锋。

他们终于回到了门厅，两人都面色通红。卡罗琳挤出一个微笑。“抱歉让你久等了，”她说，“回头再聊，保持联系，好吗？”

而所有人都知道这句话的潜台词是什么，对不对？

泰德打开门，几乎一把将我推向室外湿热的暑气里。房屋前院比后院要热得多，我感觉自己站在天堂和现实世界的交界处。我装出一副坚强的样子，感谢他们给我面试的机会。我对他们说，希望他们能考虑我，和他们一家共事我真的会很开心。“如果对我不满意，需要我做任何改进，请你们一定提出来。”

他们正要关门时，小泰迪从他父母的腿间挤了出来，交给我一张纸：“马洛维，我给你画了幅画，是送你的礼物。你可以带回家。”

卡罗琳越过我的肩头看过去，倒吸了一口气：“噢，我的天，泰迪，画得真漂亮！”

我知道这只是两个火柴人，但真正令我感动不已的，是画中流露出的亲昵。我弯下腰，平视着泰迪，这一次他没有退缩或逃跑。“我喜欢这幅画，泰迪。我一到家，就会把它挂在墙上。非常感谢你。”我张开双臂，想迅速地抱一下他，而他却给了我一个结结实实的拥抱，小胳膊环住我的脖子，把脸埋进我的肩头。这是我几个月以来最为亲密的身体接触，我感觉自己有点儿情绪失控。一滴眼泪滑出了眼角，我把它擦掉，放声笑起来。也许泰迪的父亲并不信任我，也许他认为我只是又一个注定会故态复萌的瘾君子，但他可爱

的孩子却觉得我是个天使。“谢谢你，泰迪。谢谢，谢谢，谢谢。”

我慢慢地走向火车站。我在绿荫如盖的人行道上漫步。路边，几个小女孩正在画粉笔画，十几岁的男孩在私家车道上投篮，草坪上的洒水喷头发出“滋滋”的响声。我途经小型购物中心区，路过水果冰沙店和星巴克门前的那群青少年。我想象着，在斯普林布鲁克长大一定无比幸福——这个小镇上，所有人都能负担起水电费，也不会遭遇任何灾祸。假如我不用走，该多好啊。

我走进星巴克，点了一杯草莓柠檬汁。作为一名正在康复的吸毒者，我已经下决心不碰任何影响精神活动的物质，包括咖啡因（但我保持了一点儿理智，我把巧克力算作例外，因为它只含有几毫克咖啡因）。正当我把吸管戳进杯盖时，我发现了坐在餐厅另一头的罗素。他一边喝着黑咖啡，一边读《费城调查者报》的体育版。他大概是全美国最后一个还在买纸质报纸的人了。

“你不应该等我的。”我对他说。

他合上报纸，微笑道：“我预感到你会来这里坐一会儿。我想知道面试怎么样。来吧，好好给我讲讲。”

“糟透了。”

“怎么了？”

“你给的王牌太失败了。完全没用。”

罗素大笑：“奎因，孩子妈妈已经给我打过电话了。就在十分钟前，你刚离开她家的时候。”

“真的吗？”

“她担心其他家庭抢先把你要走。她想让你尽快上岗。”

# 3

收拾打包只花了我十分钟。我没有多少行李，只有一些衣物、洗漱用品和一本《圣经》。罗素给了我一个二手行李箱，这样我就不用拿塑料垃圾袋装我的东西了。“安全港”的室友们给我举办了一场小得可怜的欢送会，吃的是中餐外卖和超市买来的长方形大蛋糕。求职面试只过去了三个晚上，我就离开了费城，回到梦幻岛，以保姆的身份开始新生活。

即使泰德·麦斯威尔对聘用我还有顾虑，他也隐藏得很好。他和泰迪在火车站接我，泰迪抱着一束黄色的雏菊。“我挑的花，”他说，“但是爸爸买的。”

他的父亲坚持帮我把箱子搬上车——在开车回家的路上，他们带我简单地在周边逛了一圈，指出了比萨店、书店，还有一个深受跑步和骑行爱好者欢迎的旧铁轨步道。之前的泰德·麦斯威尔——那个不苟言笑，盘问我会不会外语、有没有出国旅行过的工程师——已经无影无踪。新的泰德·麦斯威尔友好又平易近人（“拜托，叫我泰德吧！”），连他的着装风格都变得更轻松随意了。他穿着一件巴萨球衣，一条宽松的高腰牛仔裤和一双崭新的纽巴伦995

系列运动鞋。

下午我们到家后，卡罗琳帮我打开行李，在小屋里安顿下来。我问她泰德的态度为什么会突然转变，她笑起来。“我告诉过你，他会想通的。他看到了泰迪有多喜欢你，比我们面试过的任何一个人都喜欢。这是我们做过最简单的决定。”

我们一起在后院石板砌成的露台上吃了晚饭。泰德做了拿手的大虾扇贝串烤，卡罗琳端上了自制冰茶，而泰迪像只小陀螺一样在草坪上转着圈飞跑，还是不敢相信我整个夏天每时每刻都会和他们住在一起了。“这是真的吗，这是真的吗！”他尖叫道，然后向后一仰，倒在草地上，兴奋极了。

“我也不敢相信这是真的。”我对他说，“来到这里，我太高兴了。”

我们甚至还没有开始吃甜点，我就已经感觉自己像家里的一员了。卡罗琳和泰德之间的氛围既相敬如宾，又轻松愉快。他们会替彼此接下一句话，从对方的盘子里取走食物吃。他们还一起给我讲述了十五年前，两人在林肯中心的巴诺书店童话般的浪漫邂逅。讲到中途，泰德的手下意识地放在了妻子的膝盖上，她则把手覆在上面，与他十指相扣。

就连他们的争论都是有趣又吸引人的。吃着吃着，泰迪突然大声说要去洗手间。我站起来，准备陪他去，但泰迪摆摆手，拒绝了我。“我都五岁啦。”他提醒我，“洗手间是私人空间。”

“好孩子。”泰德说，“别忘了洗手。”

我回到座位上，感到有些难堪，但卡罗琳叫我不用介意。“这对泰迪来说是个新阶段。他正在培养独立性呢。”

“这也是为了他以后不进监狱。”泰德补充道。

这句玩笑话似乎惹恼了卡罗琳。我不明白这话是什么意思，她解释了一番。

“几个月前出了一个小插曲。泰迪向几个孩子炫耀。我的意思是，他暴露了自己的隐私部位。这对小男孩来讲是很典型的行为，但我还是第一次遇到，所以我可能反应过度了。”

泰德大笑起来：“你当时好像管这叫性骚扰来着。”

“如果他是个成年男性，这就是性骚扰。我想说的重点是这个，泰德。”卡罗琳转向我，“但我同意，我当时的措辞可以再谨慎一些的。”

“这孩子甚至还不会自己系鞋带，”泰德说，“就已经成了色狼了。”

卡罗琳故作夸张地把丈夫的手从她膝盖上拿了下来。“重点是，泰迪已经吸取教训了。私处是私人的，我们不会向陌生人展示。下一步我们要教他什么是性同意和不当触摸，因为学会这些对他是很重要的。”

“我完全同意。”泰德说，“我向你保证，卡罗琳，他会是班里觉悟最高的男孩。你不用担心。”

“他真的很贴心。”我安慰她说，“有你们教养他，我相信他会成长为一个出色的人。”

卡罗琳握住丈夫的手，放回到自己膝头。“我知道你说的都对，但我就是担心他，我控制不住自己！”

这场对话还没能继续下去，泰迪就急匆匆地跑回餐桌前。他上气不接下气，眼睛瞪得溜圆，已经准备好开始玩了。

“说曹操，曹操到！”泰德哈哈大笑。

我们吃完甜点，就到了泳池戏水的时间。我不得不承认，自己实际上没有泳衣——我上高中以后就没再游过泳了。所以第二天，泰德就给我预支了五百美元的薪水，卡罗琳开车带我到购物中心去挑选一件连体泳衣。那天下午，她顺路来到我的小屋，给了我十几套挂在衣架上的衣服，有巴宝莉、迪奥和唐可娜儿的精美连衣裙和上衣。它们要么是全新的，要么几乎没有穿着痕迹。她说，她已经长到了8码，胖得穿不下这些衣服了。她巴不得我能收下它们，否则她就只能捐给慈善机构了。

“另外，你可能会觉得我太多疑了，但我还是给你买了这个。”她递给我一个小小的粉色手电筒，顶部伸出两个金属尖角。“以备你夜跑的时候用。”

我打开开关，电流霎时发出巨大的噼啪声。我吓坏了，立刻松开手，东西摔在了地上。

“对不起！我以为这是——”

“不，不，我应该先提醒你的。这是一个迷你电击枪。可以挂在你的钥匙链上。”她从地上捡起电击枪，展示它的功能。上面有分别标着“照明”和“电击”的按键，外加一个可以切换的安全开关。“它的电压是一万伏。我在泰德身上试了一下我自己的那个，只是想看看它能不能起作用。他说，他感觉像被雷劈中了一样。”

我对卡罗琳随身携带自卫武器这件事毫不意外。她曾经提过，在退伍军人医院，她的很多病人都存在精神问题。但我想不出，自己只是绕着斯普林布鲁克慢跑，为什么还需要带电击枪。

“这里犯罪率很高吗？”

“几乎没有犯罪。但你知道吗？两周前，一个和你同龄的女孩被劫车了，就在韦格曼斯超市的停车场。有个男人胁迫她开到一个提款机前，取走了三百美元。所以我觉得还是有备无患的好，你说呢？”

她满怀期待地等着，我这才意识到只有我取出钥匙环，挂上电击装置，她才会满意。我久违地感受到了母亲一般的关怀。

“我很喜欢。”我对卡罗琳说，“谢谢你。”

这份工作本身非常轻松，我很快就适应了新的作息。通常来讲，我工作日的行程如下：

6:30——我不需要闹铃就能早早起床，因为森林里到处是生机勃勃的鸟鸣声。我穿上睡袍，给自己煮一杯热茶，冲一碗麦片，然后坐在门廊上，看朝阳从泳池后升起。我能看到不同种类的野生动物在院子边缘觅食：松鼠、狐狸、兔子、浣熊，偶尔还会看到鹿。我感觉自己像经典动画里的白雪公主。于是我把蓝莓和葵花籽装在大盘子里，放在门外，希望动物们能来和我一起吃早餐。

7:30——我穿过后院，通过露台的滑门进入主屋。泰德上班很早，所以这时他已经不在屋里了。但卡罗琳坚持要让儿子吃上热腾腾的早餐。泰迪钟爱自制华夫饼，她就用一个米老鼠造型的特殊模具来制作。我负责清扫厨房，卡罗琳准备去上班。当泰迪妈妈终于要离开家时，我和泰迪会送她到私家车道上，和她挥手告别。

8:00——在正式开始一天的活动之前，我和泰迪需要完成几项杂务。首先，我要准备好泰迪的衣服，但这很简单，因为他总是穿着同一种衣服。小家伙有一个大衣柜，里面都是成套的盖璞童装，样式非常可爱，但他坚持要穿同一件紫色条纹衫。卡罗琳不想再反复洗它了，于是回到盖璞服装店，又买了五件同样的上衣。她愿意纵容他，但也要我"委婉地建议他"考虑其他选项。当我把泰迪的衣服铺开供他选择时，需要准备几种不同的样式。但他从来都只选紫条纹上衣。接着，我会帮他刷牙，并在他使用便盆时，在洗手间外面等候。之后，我们的一天就真正开始了。

8:30——我尽量每天早上都安排一项主要活动或外出。我们会走到图书馆，参加"故事会"，或者去超市采买制作曲奇饼干所需的原料。泰迪很好哄，也从来不会拒绝我的提议。当我告诉他我要进城买牙膏时，他高兴得好像要去游乐园一样。他是个小开心果——聪明、亲人，而且一肚子刁钻问题："方"的反义词是什么？为什么女孩子的头发这么长？世界上所有东西都是"真的"吗？听他说话，我从来不会厌倦。他就像我从未有过的小弟弟一样。

12:00——上午的活动结束后，我会准备一顿简单的午餐——芝士通心粉、比萨百吉饼，或者炸鸡块。之后，泰迪会回到他的卧室里，独自度过一段"静心时间"，我则给自己放一个小时的假。我会读书，或者用耳机收听播客。有时候，我只是躺在沙发上，打一个二十分钟的盹。最后，泰迪会下楼把我摇醒，和我分享一两张新画作。他通常以我们最喜欢的活动为题材——画我们穿过森林、在后院玩耍或在我的小屋附近闲逛的情景。我把这些画贴在我的冰箱门上——这是一个记录他画技成长历程的美术馆。

14:00——这时通常是一天中最热的时候，所以我们会在室内玩蛇梯棋或捕鼠游戏[①]，之后涂上防晒霜，去泳池里玩。泰迪不会游泳（我自己也不是很擅长），所以确认他套上了泳圈后，我们才会下水。我们会玩你追我逃的游戏，或者用泡沫浮条当作武器决斗。有时我们还会爬到巨大的浮排上，玩角色扮演游戏，比如“荒岛余生”或“泰坦尼克号”。

17:00——卡罗琳下班回家，我会在她准备晚餐时，和她简单汇报一下我和泰迪一天的活动。之后我出门跑步，根据罗素的建议，每天的路程在三到八英里之间。我会经过各种各样的人，他们有的在人行道上散步，有的在给草坪浇水，而所有人都以为我是斯普林布鲁克的居民。一些邻居甚至会向我挥手并大声问好，仿佛我从小到大都生活在这里，是某家人在外地上大学、回来度暑假的女儿。我喜欢这种感觉——集体的感觉——就好像我终于找到了自己的归宿一样。

19:00——跑步后，我会在全世界最小的浴室里快速地冲个澡，再在小屋的迷你厨房里做一顿简单的晚餐。每周，我会去城中心一两次，逛逛当地的商店和餐馆，或者去“我们的圣母”教会

---

① 均为棋盘游戏。

的地下室参加一场对外界开放的聚会。讨论牵头人讲得很好，参会人也很友善，但每次开会时，我都比全场最年轻的人还要小至少十岁，所以我没指望在这里交到很多新朋友。我当然不会留下来参加“附加会”，因为这时所有人都会沿着街区走到面包房，一路上抱怨着孩子、房贷和工作之类的事情。和麦斯威尔一家一同生活的这短短两周里，我被保护起来，与外界的种种诱惑相隔绝，甚至感觉不用再参加教堂的聚会了。我相信自己可以独立解决问题。

21:00——此时，我通常已经躺在床上，阅读从图书馆借来的书，或者用手机看电影了。为了犒劳自己，我开通了霍尔马克频道的付费订阅，每月花 5.99 美元，就可以尽情观看爱情电影，没有数量限制。这是睡前最好的放松方式。我关上灯，枕在枕头上，沉浸于令人快慰的圆满结局里——家人久别重逢，反派黯然退场，宝物失而复得，主角重获荣光。

也许这些听起来很无聊。我知道我所做的工作没有多么复杂精密。我意识到我无法改变世界，或者治愈癌症。但经历了过去那些烦扰，我感觉自己已经向前迈了一大步。我为自己感到骄傲。我有一个居所，有稳定的收入。我能烹饪营养丰富的菜肴，而且每周能存下两百美元。我感到照顾泰迪的工作意义重大，而泰德和卡罗琳对我毫无保留的信任，则证明了我的价值。

特别是泰德，他非常信任我。白天我不常见到他，因为他每天早上六点半就离开家，去办公室了。但有时我晚上跑完步回来会见到他。他有时会坐在露台上，身边是笔记本电脑和一杯红酒，有时会在泳池里游几个来回。这时，他就会招手叫我过去，问我跑步的情况，或者问我和泰迪这一天做了什么，又或者随口说几个消费品牌，问我对它们有什么看法——耐克、多宝宠物、吉列、里昂比恩等。泰德解释说，他的公司专门为全世界的大型企业设计“后端软件”，而他一直在寻找新的合作伙伴。他会问我：“你觉得‘都市服装’怎么样？”或者问，“你在饼干桶餐厅吃过晚餐吗？”他真的会倾听我的回答，好像我的观点也许能左右他的商业决策一样。说实话，我感到受宠若惊。除了罗素，我没怎么遇到过重视我想法的人。所以我总是很高兴能见到泰德，每当他邀我聊天时，我都会有点儿激动。

讽刺的是，开始新工作后唯一给我带来困扰的人，是并不存在的安妮娅。这位泰迪假想中的死党总是习惯在我下指示时添乱，令人格外恼火。比如某一天，我要泰迪把他的脏衣服归拢，放进洗衣篮里。两个小时后，我回到他的卧室，发现衣服依旧扔得满地都是。“安妮娅说应该妈妈收拾。”他对我说，“安妮娅说这是她的活儿。”

还有一次，我正在煎午饭吃的豆腐块，泰迪却要吃汉堡。我告诉他不行，提醒他麦斯威尔一家都不吃红肉，因为牛是温室气体最大的排放源之一，吃红肉对环境不好。我端给他一盘豆腐配白米饭，泰迪却只是用叉子把食物推来推去。“安妮娅觉得我肯定会很爱吃肉的。”他说，“安妮娅觉得豆腐就是垃圾。”

我虽然不是儿童心理学专家，但也明白泰迪在做什么：他用安妮娅当作挡箭牌，来达到自己的目的。我向卡罗琳寻求建议，她说只需要耐心一点儿，这个问题最终会自己迎刃而解。“他已经好多了，”她坚持说，“每次我下班回家，他总是‘马洛维这’‘马洛维那’的。我已经一周没听过安妮娅的名字了。”

但泰德却要求我立场再强硬些。“安妮娅是个难缠的麻烦。这里的规矩是我们说了算，不是她。下次她再发表观点的时候，直接提醒泰迪，安妮娅是不存在的。”

我决定采取一个介于这两种极端之间的办法。一天下午，当泰迪在楼上度过静心时间时，我烤了一盘他最爱的肉桂饼干。等他带着新画好的画下了楼，我就邀请他坐到餐桌前。我端来饼干和两杯凉牛奶，一边随意地向泰迪询问更多有关安妮娅的事情。

“你说哪些事情？”他立刻起了疑。

“你们在哪儿认识的？她最喜欢的颜色是什么？她多大了？”

泰迪耸耸肩，就好像在说这些问题他回答不了似的。他的目光在厨房里四下游走，似乎突然之间不愿意和我对视了。

“她有工作吗？”

“不知道。”

“她一整天都在做什么？”

“不确定。”

“她从你卧室出来过吗？”

泰迪的视线越过桌子，瞥向一把空椅子。

“有时候。”

我看着那把椅子。

“安妮娅现在在这里吗？和我们坐在一起？”

他摇了摇头：“没有。”

“她想尝块饼干吗？”

“她不在这儿，马洛维。”

“你和安妮娅都聊些什么？”

泰迪低下头，鼻尖对着盘子，直到脸几乎贴在饼干上。“我知道她不是真的。”他小声说，“不用证明给我看啦。”

他听起来又难过又失望，我突然感到一阵愧疚——就好像我刚刚欺负了一个五岁的小男孩，强迫他承认世界上没有圣诞老人一样。

“听我说，泰迪，我的妹妹贝丝以前有个像安妮娅一样的朋友。她的朋友名叫卡西奥佩娅，是不是很好听？白天，卡西奥佩娅参加冰上迪士尼的演出，在世界各地旅行。但每到晚上，她就会回到我们在南费城的联排房屋，睡在我们卧室的地上。我得当心不要踩到她，因为她是隐形的。”

“贝丝觉得卡西奥佩娅是真实的吗？”

“我们假装她是真实存在的。这办法效果很好，因为贝丝从来不用卡西奥佩娅做借口来违反规则。懂了吗？”

“差不多吧。”泰迪说。然后他在椅子里扭动了一下，好像肋下突然疼了起来。“我要去洗手间了，我要上大号。”说罢，他从椅子上爬下来，急匆匆地出了厨房。

零食他一点儿都没碰。我用保鲜膜把饼干盖上，又把他那杯牛奶放进冰箱，留着之后喝。然后我走到洗碗池边，清洗所有餐具。等到我终于洗完，泰迪还没有从洗手间出来。我坐在桌前时，意识到自己还没有欣赏他的新画作，于是我伸手拿起那张画纸，将它翻到正面。

# 4

泰迪的父母严格限制他看电视的时间，所以泰迪从没看过《星球大战》《玩具总动员》之类其他孩子喜欢看的电影。父母甚至不允许他看《芝麻街》。但麦斯威尔一家每周会聚在休息室里，度过“家庭电影之夜”。卡罗琳会做爆米花，泰德则会放一部“有真正审美情趣”的电影。这些电影往往都很有年代感，或者配着外语字幕。我敢保证，这些电影里你只听过《绿野仙踪》的名字。泰迪非常喜欢这个故事，并且表示这是他迄今为止最爱的电影。

所以，在泳池戏水的时候，我们通常会玩一个叫作“奥兹国”[①]的角色扮演游戏。我们会坐在浮排上，泰迪扮演女主角桃乐丝，我扮演电影里其余的角色——托托、稻草人、坏女巫和矮人们。不是我自夸，我使出了十八般武艺，又唱又跳，还装作电影里能飞的猴子拍打着翅膀，现场仿佛百老汇首演夜。我们花了将近一个小时，才演到故事结尾，浮排变成了一个热气球，载着泰迪扮演的桃乐丝回到堪萨斯的家。等到我们终于结束谢幕时，我已经冻得牙齿打战。我必须得上岸了。

---

① 《绿野仙踪》中虚构的国度。

“不要！”泰迪叫道。

“对不起，泰迪熊。我快冻死了。”

我将一块浴巾铺在泳池边的水泥平台上，然后四肢摊开，在太阳下晾干自己。气温已经飙升到三十二三度——强烈的阳光快速驱散了我身上的寒气。泰迪还在不远处拍着水。他发明了一个新游戏，嘴里灌满水，再吐出来，活像喷泉上的小天使雕塑。

“别这样。”我对他说，“水里有氯。”

“我会生病吗？”

“如果你咽了太多的话，会的。”

“那我会死吗？”

他突然变得很担忧。我摇了摇头。

“只有你喝下了整个泳池的水，你才可能会死。但一点点都不要喝，好吗？”

泰迪爬上浮排，划着水漂到泳池边，和我并排躺着——他在浮排上，我在岸上。

“马洛维？”

“嗯？”

“人死了会怎么样呢？”

我看向他。他正注视着池水。

“能具体一点儿吗？”

“我是说，身体里的人会怎么样？”

显而易见，我对这个话题持鲜明立场。我相信上帝会赐予人永生。知道我的小妹妹贝丝身边有天使做伴，这给了我巨大的力量。我也知道，如果幸运的话，终有一天我们会在天堂重聚。但我不会和泰迪讲述这些。我还记得求职面试时听到的话，还有第十条规则：禁止宣传宗教和迷信思想。教泰迪科学。

“我想你该去问爸爸妈妈。”

“为什么你不能告诉我？”

“我可能不知道答案。”

“人有没有可能死了，但还活着？”

“你说像鬼魂一样？”

“不，不吓人的那种。”他正在艰难地措辞——我想，在讨论这些事时，我们都很难找到合适的词来表达。“这个人有任何一部分会活下来吗？”

“这是个很大很复杂的问题，泰迪。你真的应该去问爸爸妈妈。”

我没有回答这个问题，让他很沮丧，但看起来他接受了我不会帮他的事实。“好吧，那我们能再玩一次奥兹国吗？”

“我们才刚玩过！”

“只演最后女巫融化的那一幕好不好？”他说，“只演结尾嘛。”

“那好吧。但我不要再下水了。”

我站了起来，像女巫披斗篷一样，把浴巾围上肩膀。我曲指成爪，嘎嘎狂笑道：“我会抓住你的，漂亮的小姑娘，还有你的小狗！”泰迪朝我泼水，我大声尖叫，树上的鸟都能被我吓走。“噢，你这个可恶的小混蛋！噢，看看你都干了什么好事！”我以一个相当夸张的姿势往平台上倒去，挥舞着双臂，痛苦地翻滚。“我要融化了！我要融化了！噢，这残酷的世界，这残酷的世界！”我仰面倒下，闭上眼睛，吐出舌头，泰迪大笑着鼓掌。我的腿最后抽搐了几下，不动了。

“呃，这位小姐？”

我睁开眼睛。

不到五英尺[①]远的地方，一个青年站在泳池另一头的围栏处。他身形瘦长，但体格结实，穿着一条染上草汁的卡其色裤子和一件罗格斯大学的T恤，戴着一双工作手套。“我是‘草坪之王’的，来做景观设计，有印象吗？”

“Hola（你好），阿德里安！”泰迪叫道。

阿德里安对他眨了眨眼：“Hola，泰迪。¿Cómo estás?（你好吗？）”

我努力想把浴巾抽出来盖在身上，但它压在我身下，害得我像只四脚朝天的甲虫一样拼命扑腾。

“如果你们没意见的话，我要把大割草机开过来了。我只是想预先提醒你们一下。它噪音很大。”

“不碍事。”我对他说，“我们可以进屋。”

“不，我们得看！”泰迪说。

阿德里安去开割草机了，我看向泰迪问：“我们为什么得看？”

“因为我喜欢大割草机！它太不可思议了！”

我还没看到割草机，就已经听到它靠近的声音了。巨大的汽油发动机声刺破了后院这片庇护所的宁静。接着，阿德里安驾驶着一个既像拖拉机又像卡丁车的机器，沿着房屋的侧面轰隆隆地开了过来。他站在机器的后部，身体前倾，贴在方向盘上，如同驾驶一辆全地形车。他所过之处，留下了一排排刚刚修剪整齐的青草。泰迪爬出泳池，跑到围栏边，好看得更清楚。景观设计师正在炫技，超

① 一英尺约合30.48厘米。

高速转弯，倒车割草，甚至把帽檐拉低，遮住眼睛盲开。这对小孩子来说并不是很好的榜样，但泰迪已经看入迷了。他张大嘴，吃惊地看着，好像在看太阳马戏团的演出一样。最后阿德里安奉上了终场节目，他加速倒车，接着猛地一推变速杆，切换成前进挡，向我们急速冲来。他将前轮抬起，维持了这个姿势三秒，足以让我们看清飞转的骇人刀片。之后，伴随着一声巨响，整部机器在距离泳池围栏只有几英寸的地方停了下来。

阿德里安从侧面跳下来，把车钥匙交给泰迪："想开着它转转吗？"

"真的可以吗？"泰迪问。

"不行！"我冲他们说道，"绝对不可以。"

"或许等到你六岁了再说吧。"阿德里安说着，对他挤了挤眼睛。"你要把我介绍给你的新朋友认识吗？"

泰迪耸了耸肩："这是我的保姆。"

"马洛维·奎因。"

"幸会，马洛维。"

他脱下工作手套，伸出手来。这个动作正式得有些古怪——尤其是我现在穿着连体泳衣，而他满身的泥点和草屑。由此我隐隐感觉到，他的身份或许不像看起来这么简单。他的手掌内侧硬硬的，触感像皮革。

突然泰迪想起了什么，开始摸索着想打开泳池的儿童安全门。

"你要去哪儿？"

"我给阿德里安画了张画。"他说，"在屋里，在楼上，我的卧室里。"

我拉开门闩，让泰迪出去。他一溜小跑，穿过草坪。"你的脚还是湿的！”我在他后面喊道，“上楼小心点儿！”

“知道啦！”他也喊道。

等待泰迪的过程中，我和阿德里安只能没话找话。我很难准确判断出他的年纪。他完全是一副成年人的体格——瘦高个，皮肤晒成了棕褐色，肌肉结实——但他的脸上还带着孩子气和一点儿腼腆。他往小说十七岁，往大说可能是二十五岁。

“我很喜欢这孩子。”阿德里安说，“他在巴塞罗那学了一点儿西班牙语，所以我现在在教他新词。你在全职照看他吗？”

“就照顾到夏天结束。他九月就上学了。”

“那你呢？你去哪里上学？”

这时我意识到，他把我当作学生了。他一定以为我住在斯普林布鲁克，是他的邻居。在这里，所有年轻女孩都会读四年制大学。我想纠正他，但“我哪儿都不去”这句话无论怎么表达，都显得我的人生失败透顶。我知道我可以把自己的悲惨经历和盘托出，但鉴于这只是场闲聊，我就顺着他的误会往下说了。我假装自己的人生并没有偏离正轨，一切都在按照计划进行。

“宾州州立大学。我在女子越野跑队。”

“真的假的！你是十大联盟[①]的运动员？”

“理论上讲，是的。但橄榄球队包揽了所有荣誉。你永远不会在体育节目里看到我们。”

我知道说谎是不对的。戒毒康复的一大重点——也许是最重要的一步——就是对自己的过去负责，承认自己犯下的所有错误。但

---

① 十大联盟是指以美国中西部为主的十四所大学组成的体育竞技联盟。

我必须承认，沉迷于幻象，假装我还是一个正常女孩，做正常女孩会做的梦，这种感觉非常美妙。

阿德里安打了个响指，好像突然把我和之前的事情联系了起来。“你晚上会跑步吗？在这周边跑？”

“对，那个人就是我。”

“我见过你训练！你真的很快！”

我正在疑惑为什么景观设计师天黑后还要在这附近工作，但我来不及问了，因为泰迪已经穿过院子，跑了过来，手里抓着一张纸。“给你。”他说，喘得上气不接下气，“我给你留着呢。”

“噢，老弟，画得可真棒！”阿德里安说，“看看这墨镜！我看着挺帅的，是吧？”他把画拿给我看，我忍不住笑出了声。他看起来就像猜单词游戏里的上吊小人。

“非常英俊。”我表示赞同。

“Muy guapo。”阿德里安对泰迪说，“这是你这周要学的新词。它的意思是‘超级帅’。”

“Muy guapo？”

“Bueno（好）！非常好！”

院子对面，一个老人从麦斯威尔宅子的侧面走过来。他个子很矮，棕色的皮肤皱皱巴巴，头发剪得很短。他大喊着阿德里安的名字，明显很不高兴。“¿Qué demonos estás haciendo?（你在搞什么鬼？）”

阿德里安向他挥挥手，然后对着我们这边露出一个忍俊不禁的表情。“那是 El Jefe。我得走了。但我两周后还会回来的，泰迪。谢谢你送的画。还有，祝你训练顺利，马洛维。我会关注体育节目里有没有你的，好吗？”

“¡Prisa!（快点儿！）”老人吼道，“¡Ven aqui!（过来！）”

“好吧，好吧！”阿德里安吼了回去。他跳上割草机，把它发动起来，几秒钟的工夫就穿过了院子。我能听到他用西班牙语道歉，但那个老人只是冲他怒吼。他们一路走一路争执，最后绕过屋子，不见了。我只在高中阶段学过一点儿基础西班牙语——我还记得“el jefe”的意思是“老板”——但他们的语速太快了，我跟不上。

泰迪显得有点儿担心：“阿德里安遇到麻烦了吗？”

“希望没有。”我四下打量着院子，不禁啧啧称奇。尽管阿德里安展示了一通惊险的高速花式炫技，但新割好的草坪看起来漂亮极了。

麦斯威尔家的主屋后面有一个小型室外淋浴间，以便他们游泳后冲洗身子。这是一个小小的木质隔间，和旧式电话亭差不多大，卡罗琳在里面摆满了贵得出奇的洗发水和沐浴露。泰迪先进去，我隔着门大声指导他，提醒他冲洗头发，把他的连体泳衣抖开。洗完后，他裹着一条沙滩巾，一步步挪了出来。“我是一张素墨西哥卷饼！”

“你太可爱了。”我说道，“去穿好衣服，我们楼上见。”

我正挂着毛巾，准备进淋浴间时，听到一个女人叫我：“你是马洛维，对吧？新来的保姆？”

我转过身，看到麦斯威尔家的邻居快步穿过草坪。她是个矮小的老妇人，胯部很宽，走起路来一摇一摆。卡罗琳曾经提醒过我，她疯疯癫癫的，而且很少出门。但她现在就站在我面前，穿着一件海蓝色的宽大长袍，浑身上下戴满了珠宝：饰有水晶的金项链、大圆圈耳环、叮当作响的手镯，还有手指和脚趾上的宝石戒指。“我是米琪，亲爱的，我住在隔壁。因为你初来乍到，我想给你一点儿善意的忠告：当那些景观设计师接近的时候，你不应该坐在泳池边，把什么地方都露出来。”她对着我的全身比画了一下，“我们管这个叫作挑逗。”

她走近我，我顿时闻到一股绳子烧焦后臭烘烘的气味。要么是她太久没有洗澡，要么是她嗑嗨了，也可能两者皆有。“不好意思？”

“你身材很好，我理解你想炫耀的心理。而且这是个自由的国家，我是个自由论者，要我说，只要是让你感觉舒服的事，就尽管去做。但当这些墨西哥人来的时候，你需要谨慎一点儿。这是个常识。我是为了你的人身安全着想。你在听吗？”我想回答，但她却继续说道，“这话听起来像种族歧视，但它是有道理的。这些男人——他们穿越美墨边境的时候，就已经犯过一次法了。所以如果一个罪犯看见后院里有一个无人陪伴的漂亮姑娘，他还有什么顾忌呢？”

“你是认真的吗？”

她抓住我的手腕，来强调她所言非虚。她的手在颤抖。“我的公主，这话比珍珠还真啊。你得遮好你的屁股。”

楼上，泰迪透过打开的卧室窗户，隔着纱窗对我喊道：“马洛维，我们能吃冰棍吗？”

“等我洗完澡。”我说，“给我五分钟。”

米琪向泰迪挥手，他见状一低头，从我们视线里消失了。“他是个可爱的孩子，长了张讨人喜欢的小脸。但我对他父母的印象不是太好。在我看来有点儿高傲。你有这种感觉吗？”

“呃——”

“他们搬进来那天，我烤了一盘肉酱千层面。搞好邻里关系嘛，对不对？我端着面送到大门口，你知道她对我说什么吗？她说：‘抱歉，这个礼物我们不能收。’因为里面有肉末！”

“或许——”

“对不起，亲爱的，一般人不会这么处理这种情况。你会微笑着说谢谢，把面拿进去，然后再把它倒掉，而不是当面扇我一耳光，这很没礼貌。孩子爸爸甚至更糟！他一定把你逼疯了。”

“其实——”

“噫，你还是个孩子呢。你还无法看透人的本质。我是个很有人情味儿的人，富有同理心。我会看人灵魂散发出的气息，这是我的谋生手段。你能看见客户一天到晚敲我的门，但不用担心，我们没在搞非法勾当。我做完子宫切除术后，就对那些事不感兴趣了。”说着，她对我眨眨眼，“话说回来，你觉得那个小屋怎么样？你一个人睡在那儿，会紧张吗？”

“我为什么要紧张？”

“因为之前发生的事。”

“什么事？”

我们聊到现在，米琪头一次不知道该说什么。她伸手挑起一绺头发，在指间搓动，直到只剩一根。她把它连根拽下来，一扬手扔过脑后。“你该问问那对父母。”

“他们刚搬来，什么也不知道。你说的是什么事？”

“我小的时候，人们都管你住的那个小屋叫鬼宅。我们会互相试胆，比谁敢从窗户向里看。我哥哥说，只要我能站在门廊上数到一百，他就给我二十五美分。但我总是临阵退缩。”

“为什么？”

“有个女人被杀了。安妮·巴瑞特。她是个艺术家，油画家。她生前把你住的小屋当作画室。”

“她是在小屋里被杀的？”

“呃，其实到最后也没有找到尸体。这是很久以前的事了，二战刚结束后。”

泰迪的脑袋又从二楼的窗户冒出来，问：“到五分钟了吗？”

“快了。”我对他说。

当我回头看米琪时，她已经穿过院子往回走了。“别让小天使等太久了。去享用冰激凌吧。”

“等等，这个故事后来怎么样了？”

“没有后来。安妮死后——或者说失踪后，谁知道呢——她的家人把小屋改成了园艺工具棚，不让任何人住在那儿。从那以后，小屋就没有动过，已经七十多年了。直到这个月为止。”

卡罗琳开着一辆装满了杂货的小面包车回到家，我帮她卸货并打开所有购物袋。泰迪在楼上的卧室里画画，于是我借着这个机会，向她询问米琪说的那件事。

“我告诉过你，她疯疯癫癫的。”卡罗琳说，“她觉得邮递员会用蒸汽熏开信封封口，偷看她维萨卡账单里的信用分。她有疑心病。”

“她说有个女人被杀了。”

“八十年前的事了。这个社区年代非常久远，马洛维。这里的房子都多多少少有点儿恐怖的传言。”卡罗琳打开冰箱，往保鲜格里放菠菜、羽衣甘蓝和一捆根部还带着泥土的萝卜。“而且前任房主在这里住了四十年，很显然他们没遇到任何问题。”

“没错，你说得对。”我把手伸进一个帆布购物袋里，取出一组六瓶装的椰子水。“但他们把小屋当作工具棚来用，对吗？没人住在那里。”

卡罗琳看起来有点儿恼火。我意识到，她在退伍军人医院度过了漫长的一天，肯定不想一进家门就被连珠炮般的问题轰炸。“马洛维，那个女人嗑的药，可能比我所有的病人加起来还要多。她还活着我都觉得匪夷所思，但她的脑子绝对不正常。她是个神经兮兮、疑神疑鬼的邋遢女人。作为一个关心你康复状态的人，我强烈建议你少和她来往，好吗？”

“我不会理她的，我明白。”我说。我感到有点儿愧疚，因为卡罗琳从没像现在这样，几乎对我大喊大叫。之后我什么也没说，只是打开食品柜，拆开一盒盒意大利圆粒米、粗麦粉和全谷物饼干。我收起一袋又一袋燕麦片、生杏仁、土耳其椰枣以及模样奇怪的干蘑菇。收拾好所有东西后，我和卡罗琳说，我要出去一趟。她一定察觉到我的情绪还是很低落，因为她走了过来，把手放在我肩头。

“听着，二楼有间客卧，条件很好。如果你想搬到这里来，我们非常欢迎。泰迪一定会高兴坏的。你觉得怎么样？”

她本来用一只胳膊揽着我，后来这个姿势不知不觉变成了一个拥抱。“我在外面挺好的。”我对她说，“我喜欢拥有自己的空间。这对我融入现实世界是个很好的锻炼。”

“如果你改变主意了，只需要和我们说一声就行。这栋房子永远欢迎你。”

那天晚上，我穿上我的高档运动鞋，出门跑步。我一直等到太阳落山才出发，但天气还是湿热得让人难受。给自己一点儿压力，忍耐着痛苦奔跑，这感觉很不错。罗素说过一句话，我很喜欢——他说，只有给自己的身体提出严苛的要求，才能知道它的承受能力有多强。这么说吧，那天晚上我对自己的要求很高。我在附近的人行道上折返冲刺，飞速穿过街灯的阴影和成群的萤火虫，经过永远在嗡鸣的中央空调。我用38分钟跑完了5.2英里，走到家时，已经精疲力竭。

我又冲了一次澡——这次是在小屋又小又窄的浴室里——然后给自己做了一顿简单的晚餐：在小型电烤箱里加热好的冷冻比萨，搭配半品脱冰激凌作为甜点。我想这是我应得的奖励。

等我收拾完，已经是九点以后了。我关掉所有的灯，只留了一盏床头柜上的台灯。我拿着手机爬上洁白的大床，打开了一部霍尔马克频道的电影，名字叫《冬之恋》。但我很难集中精力。不知道是因为我之前看过这部电影，还是因为故事情节和另外几十部霍尔马克频道的电影如出一辙的缘故。另外，小屋里还有一点儿闷，于是我站了起来，拉开窗帘。

前门旁边有一扇很大的窗户，我床头还有一扇小一些的。晚上，我把它们都打开，让空气保持对流。吊扇缓慢地、懒洋洋地转着圈。屋外的森林里，蟋蟀叫个不停，有时我能听见小动物走在林子里，脚步轻轻踩在枯叶上。

我躺回床上，继续看电影。差不多每隔一分钟，一只飞蛾就会被灯光吸引，撞在我的纱窗上。床后面的墙上，传来有规律的拍击声，但我知道那只是树枝在响。小屋三面都环绕着树木，它们靠近外墙，每次起风时，树枝就会刮擦墙面。我瞥了一眼门，确认它是锁着的。虽然门的确锁着，但锁头却很不结实，假如有人执意破门，它是拦不住的。

这时，我听见了那个声音。那是一种高频率的嗡鸣声，像一只在我耳边飞舞的蚊子。我挥挥手赶走它，但几秒钟后，那个声音又回来了。它就像一个灰点，在我的视野边缘游移，我总是差一点儿就够到它了。我回想起宾夕法尼亚大学的那位医生，还有实际上并不存在的那场调查实验。

也是这一晚，我第一次感觉有人在窥视我。

# 5

我的周末过得很安静。卡罗琳和泰德一般会策划一场家庭出游——他们要么开车到海边，度过“沙滩日”，要么带泰迪去参观市内的博物馆。他们每次都邀请我同去，但我总是婉拒，因为我不想打扰他们的亲子时光。我只是在小屋周围漫无目的地转悠，想要找点儿事做，让自己忙起来。因为人一旦无所事事，就容易沉溺于各种诱惑。周六的晚上，当美国数百万年轻人在举杯痛饮、打情骂俏、翻云覆雨的时候，我正握着一瓶漂白喷雾，跪在马桶前，清理浴室瓷砖的水泥接缝。周日也没有好到哪儿去。当地所有的教会我都体验过一遍了，但迄今为止没有哪一家合我的眼缘。我永远比在场最小的人还要年轻二十岁，而且我也不喜欢教友看我的眼神，像在打量什么奇特的动物。

有时我忍不住想重新激活 Instagram 和脸书的账号，回归社交网络。但匿名戒毒会的所有指导老师都警告我要敬而远之。他们说，这些网站本身就有可能致人上瘾，并且会摧毁年轻人的自尊心。所以我试着用跑步、做饭、散步等现实世界中的简单乐趣，来充实自己的生活。

但我最开心的还是周末结束，终于可以重返工作岗位的时候。周一早上，我来到主屋，发现泰迪正趴在厨房的餐桌下，玩着塑料做的农场小动物。

“嗨，泰迪熊！你好吗？”

他举起一只塑料奶牛，发出哞哞的叫声。

“不会吧，你变成奶牛了？那我猜我今天要当奶牛的保姆了！真期待！”

卡罗琳风风火火地穿过客厅，手里抓着车钥匙、手机和几个装满了文件的文件夹。她问我能不能和她去一下门厅。我们一和泰迪拉开距离，卡罗琳就告诉我，泰迪尿床了，换下的床单还在洗衣机里。“你能等床单洗好后，把它烘干吗？我已经在他床上铺好新的了。”

“没问题。他还好吗？”

“他很好，就是有点儿尴尬。最近他经常尿床，是搬家造成的压力。”她从壁橱里抓过剑桥包，将它甩过肩头。“别告诉他我和你说过这事。他不想让你知道。”

“我会保密的。”

“谢谢你，马洛维。你真是我的救星！”

泰迪最喜欢的早间活动，是探索麦斯威尔宅外面的“魔法森林”。树木在我们头顶织出一片浓密的绿荫，即使是最炎热的天气，树林里也会清凉几分。林中小路没有记号，也没有路牌，因此我们给它们编了自创的名字。“黄砖路”平坦硬实，从我的小屋后面延伸出去，和艾治伍德街上的住宅同向并列。我们沿着这条路来到一块名叫“龙蛋”的灰色大圆石面前，然后转个方向，走上“飞龙小径”。这条路窄一些，弯弯曲曲地穿过一片茂密的荆棘丛。我们只能一前一后地走，并且要伸开双手，以免被划伤。小路尽头是一片谷地，通向“帝王河”（一条臭气熏天、水流缓慢的小溪，水深不到腰部）与“青苔桥”——一根横跨两岸已经开始腐烂的长树干，表面覆盖着藻类和外形怪异的蘑菇。我们踮着脚尖走过独木桥，顺小路一直走到“巨型魔豆藤”。它是森林里最高的树，枝干高耸入云。

又或者这些都是泰迪喜欢的说法。我们一边徒步，他一边精心编着故事，讲述泰迪王子和马洛维公主的冒险经历。这对勇敢的姐弟与皇室分离后，正努力寻找回家的路。有时，我们走了一个上午，都看不见一个人。偶尔能遇到一两个人在遛狗，但极少有孩子出现，我想这也许是泰迪钟爱这里的原因。

但我并没有把这个猜测告诉卡罗琳。

我们在森林里跌跌撞撞地走了两个小时，已经产生了吃午饭的食欲。于是我们回到家里，我做了一点儿烤奶酪。之后泰迪上楼度过“静心时间”，这时我想起他的床单还在烘干机里，便向楼上的洗衣房走去。

经过泰迪房间时，我无意间听到他在自言自语。我停下脚步，把耳朵贴在他的房门上，但我只能听到只言片语。我感觉自己像在听人打电话，但大多数时候都是电话另一头的人在说。泰迪说话时偶尔会停顿，有的停顿长些，有的短些。

“或许吧？但我——”

“……………”

“我不知道。”

“……………”

“云吗？很大？很蓬松？”

“………………………”

"对不起，我不明——"

"……………………………………………………………………"

"星星？好，星星！"

"………………………………………………………………"

"好多星星。明白了。"

"………………………………………………………………………"

在强烈的好奇心驱使下，我准备敲门——但就在这时，家里的电话响了。我离开他的房门口，急忙跑下楼。

泰德和卡罗琳都有手机，但他们坚持为泰迪留一部固定电话，这样如果遇到紧急情况，他就能报警求救了。我接了电话，来电者自称是斯普林布鲁克小学的校长。"请问是卡罗琳·麦斯威尔吗？"

我告诉她自己是保姆，她强调并没有急事要说。她表示，打电话来是想亲自欢迎麦斯威尔一家加入学校系统。"我想在开学日之前，和所有的家长都聊聊。他们一般都有很多关切。"

我记下了她的姓名和电话号码，并承诺会转告卡罗琳。没过一会儿，泰迪带着一幅新画溜达进了厨房。他把画倒扣在桌上，爬上椅子。"我能吃个绿甜椒吗？"

"当然能。"

绿甜椒是泰迪最喜欢的零食，所以卡罗琳成打地买。我从冰箱里抓了一个，用冷水冲洗一下，把蒂挖去。接着我切掉顶部，使它成为环状，再把剩余的部分切成便于入口的小条。

我们坐在桌前，他开心地大嚼甜椒，而我的注意力转向了他最新的作品。画中，一个男人倒退着走进一片枝叶交缠的密林。他抓着一个女人的脚踝，将她毫无生气的身体拖在地上。背景里，一弯

新月和无数亮闪闪的小星星点缀在树的缝隙间。

“泰迪？这是什么？”

他耸了耸肩。“就是个游戏。”

“什么样的游戏？”

他咬上一根彩椒条，一边嚼一边回答道：“安妮娅表演故事，我把它画下来。”

“像你画我猜那样的吗？”

泰迪扑哧一声笑出来，彩椒碎渣喷了一桌。“你画我猜？！”他仰倒在椅子上，笑得上气不接下气。我抓过一张纸巾，擦掉桌面的脏物。“安妮娅玩不了你画我猜！”

我温和地哄着他，让他冷静下来，喝口水。

“从头开始说。”我对他说。我尽量保持着轻快的语气，不想让自己听起来像吓坏了一样。“和我解释一下这个游戏的玩法。”

“都告诉过你啦，马洛维。安妮娅把故事演出来，我要负责画。就这样。整个游戏就是这么简单。”

“那这个男人是谁？”

“我不知道。”

“这个男人伤害了安妮娅吗？”

“我哪儿知道？但这不是你画我猜！安妮娅玩不了桌面游戏！”

然后他又倒回椅子上，叽叽咯咯地笑起来。这是只有儿童才会发出的，愉快又无忧无虑的笑声。我想，这份发自内心的快乐压过了我可能产生的忧虑。泰迪明显并没有烦恼。他看上去和我见过的任何一个孩子一样开心。他创造了一个奇怪的假想朋友，一起玩奇怪的幻想游戏——那又怎样？

我站起来，拿着画穿过厨房。泰迪还在椅子里笑得前仰后合。卡罗琳在收纳水电费单子的抽屉里放了一个文件夹，她要我把泰迪的作品放在里面，以便她把所有的画扫描进电脑里。

但泰迪看到了我在做什么。

他止住了笑声，摇了摇头。

“那张画不是给妈妈和爸爸的。安妮娅说，她想把它给你。”

那天晚上，我走到一英里外的商店街，去电子产品零售店花一点儿薪水买了一台便宜的平板电脑。八点之前，我回到了小屋。我锁上门，换好睡衣，带着我的新玩具爬上床。我只花了几分钟，就设置好了平板，并连上了麦斯威尔家的无线网络。

我上网搜索“安妮·巴瑞特”，显示出一千六百万条结果：婚姻登记处、建筑公司、手工制品交易网站、瑜伽教程和几十个领英档案。我再次搜索“安妮·巴瑞特＋斯普林布鲁克”“安妮·巴瑞特＋艺术家”和“安妮·巴瑞特＋死＋谋杀”，但这些关键词没带来任何有用的信息。互联网上没有她存在的记录。

屋外，就在我头顶的位置，有什么东西撞在了纱窗上。我知道那是森林里随处可见的棕色大飞蛾。它们的颜色和质地跟树皮一样，可以轻易地伪装自己——但从纱窗这一边，我只能看见它们滑溜分节的下腹部、三对足和两条晃来晃去的触须。我震动纱窗，把它们抖落，但盘旋几秒钟后，它们就又回来了。我担心它们会找到窗纱的缝隙挤进来，成群结队地飞向我的床头灯。

台灯旁是那幅安妮娅被拖着穿过森林的画。我在想，留着它是不是个错误的决定。也许我应该在卡罗琳进门的第一时间，就把画交给她。或者更好的做法是，把它揉成一团，塞进可回收垃圾箱里。我不喜欢泰迪画她头发的方式。她长得离谱的黑发拖在身后，仿佛一条轨迹。床头柜上，有什么东西尖声响起来。我从床上弹起来后，才意识到那只是我的手机——有人来电，而铃声被我调大了。

“奎因！”罗素说，“打扰你休息了吗？”

这是一个很有罗素风格的问题。现在才八点四十五，但他主张，所有真正重视健康的人都应该在九点半前关灯上床。

“没事的。”我回答道，“怎么了？”

“我来问问你的腿筋怎么样了。前两天，你说感觉很僵硬。”

“现在好些了。”

“你今天跑了多少？”

“4 英里。用了 31 分钟。”

“感觉累吗？”

“不累，还好。”

“你准备好加大一点儿运动量了吗？”

我不由自主地盯着那幅画，注视着拖在女人身后，缠结在一起的黑发。

什么孩子会画这种画？

“奎因？”

“在呢——对不起。”

“你还好吗？”

我听见一只蚊子在嗡嗡叫，于是我狠狠地拍上了右边的脸颊。我看向手掌，希望能看见一团面目全非的黑色污迹，但皮肤上却干干净净。

“我没事。就是有点儿累了。”

“你刚刚才说不累。”

他的声音起了一点儿微小的变化，似乎突然意识到有什么不对劲。

“那家人对你怎么样？”

“他们非常亲切。”

“那孩子呢？汤米？托尼？托比？”

“是泰迪。他很可爱。我们玩得很开心。”

有一瞬间，我考虑过告诉罗素安妮娅的事，但我不知道从哪里说起。如果我开门见山地讲出实情，他多半会觉得我又开始吸毒了。

“你最近有大脑死机的情况吗？”

“哪种死机？”

“像是记忆中断？健忘？”

“没有，我印象里没有。”

“我是认真的，奎因。在特定情境下，发生这种事是很正常的。比如新工作的压力，新的生活环境都会触发这种现象。”

“我的记忆没问题。这些情况很久没出现过了。”

“好，好，好。”现在我听见他在电脑上打字，调整我的锻炼计划表。“麦斯威尔家有个泳池，对吧？他们允许你用吧？”

“当然。”

“你知道长度吗？大致的数字？”

“大概三十英尺？”

“我用邮件给你发几个 YouTube 视频。是关于游泳练习的，是些简单、低冲击力的交叉训练。一周游两到三次，好吗？”

“好的。”

他听到我的语气，还是有些不放心。“如果你需要什么，就给我打电话，知道吗？我又不在加拿大。我离你只有四十分钟路程。”

“别担心，教练。我很好。”

# 6

我的游泳技术很差。小时候，我家附近有个公共泳池。但到了夏天，那里一定会变成动物园。三英尺深的水漂着油垢，几百个尖声大叫的孩子站在里面，挤作一团。你没法游来回，也几乎没有空间让你仰面浮在水上。我妈妈警告我和妹妹，不要把头埋进水下，因为她担心我们会得红眼病。

所以我对罗素的新练习并不期待。第二天晚上，我直到十点后才终于出发去了泳池。天色一黑，麦斯威尔家的后院就会显得很奇怪。我们距离费城只有一箭之遥，但现在，到了夜晚时分，我们便仿若身处数英里外的乡间。唯一的光线来自月亮和星星，还有泳池底部发亮的射灯。池水透着诡秘的气息，水面闪烁着亮蓝色，仿佛具有辐射性的等离子体，给屋后投下怪异的阴影。

这天晚上有些热，扎进清凉的水中感觉很好。但当我露出水面换气，并睁开眼睛时，我发誓，森林向前移动了，好像所有的树都向我逼近了几分。就连蟋蟀的合鸣声都显得更响了。我知道这只是幻觉，新的视角破坏了我对深度的感知，抹去了泳池围栏到树林边缘这二十英尺草坪的距离。但即便如此，眼前的景象还是太诡异了。

我抓住泳池边，做了五分钟热身踢腿。远处的主屋里，楼下所有的灯都亮着，我可以看到厨房里的情况，但那里却没有泰德和卡罗琳的身影。他们大概正坐在休息室里，一边喝着红酒一边读书。他们一般都会这样消磨晚上的时光。

热身结束后，我一蹬池壁，从笨拙的自由泳开始。我的目标是从泳池一端到另一端，游十个来回。但到第三个来回时，我就知道我游不完了。我的三角肌和肱三头肌火烧火燎地疼，整个上半身的动作变形到惨不忍睹。连我的小腿都开始僵硬了。我努力完成了第四圈，第五圈游到中途，我不得不暂停了。我扒住泳池边，艰难地大口呼吸。

就在这时，我听到森林里传来轻轻的咔嚓声。

那是人把全身重量压在一根干树枝上，用力将它踩断所发出的声音。我转身面对着树林，眯起眼睛观察阴影处，却什么也看不到。但我听见有东西，或者有人——脚步轻轻踩过枯叶，向小屋的方向走来……

“水温怎么样？”

我转过身，发现是泰德正在打开泳池的门。他赤裸上身，穿着一条泳裤，肩上搭着一条毛巾。他每周有几天的晚上会在泳池里游泳锻炼，但我从没见他这么晚出来过。我游到扶梯边，说道：“我准备上岸了。”

“不用。这里空间很大。你从那里开始游，我从这里开始。”

他把毛巾扔在椅子上，踏出泳池边缘——连寒战都没有打，就干脆地落入水中。只听他一声口令，我们就从泳池两端并列的泳道出发了。理论上，我们应该只在泳道中间相遇一次，但泰德太快了，只过了一分钟，我就被套圈了。他的泳姿无可挑剔。从泳池一头游到另一头，他的脸几乎都埋在水下，我甚至不知道他是怎么换气的。他像鲨鱼一样几乎无声地游动，而我一个劲儿拍打扑腾，活像从游轮上掉进水里的乘客。我勉强又游了三个来回，然后放弃了。泰德继续游了六个来回，在我身边停下了。

“你游得真好。”我赞叹道。

“我高中时游得更好。当时我们有个优秀的教练。”

“真羡慕。我正在 YouTube 上跟着视频学呢。”

“那我能主动提一点儿建议吗？你换气太频繁了。要每划两下，再换气一次。一直保持左侧或右侧换气，选你觉得舒服的一侧。”

他鼓励我试试，于是我蹬开池壁，按照他的建议游。效果立竿见影。我换气的频率低了一半，速度快了一倍。

“好些了，是不是？”

“好多了。还有别的诀窍吗？”

“没了，我已经给了你我最好的建议。在所有体育项目中，只有游泳教练会因为呼吸问题冲你发火。但如果你勤加锻炼，一定会有进步的。”

“谢谢。”

我抓住泳池扶梯，爬上了岸，准备结束今晚的锻炼。我的泳衣下摆跑上去了，于是我把它向下拽回原位，但我的速度明显不够快。

“嘿，那是费城飞人队。”他说。

他指的是我臀部底端的小文身。它的图案是格雷迪的脸——国家冰球联盟费城飞人队毛茸茸的橙色大眼睛吉祥物。我一直小心地藏着它，不让麦斯威尔一家看见。我为自己无意中暴露了它感到恼火。

“那文身是个错误的决定。”我回答道，“我准备一攒够钱，就把它用激光洗掉。”

“但你喜欢冰球，对吗？”

我摇了摇头。我从没打过冰球，甚至连一场比赛也没看过。但两年前，我和一个比我年长的男人走得很近。他是个忠实的体育迷，并且能弄到现成的处方药。艾萨克当时三十八岁，他父亲七十年代曾效力于费城飞人队，挣了一大笔钱，却英年早逝，而艾萨克在慢慢地挥霍父亲的财产。我们那帮人中有几个住在艾萨克的公寓里，睡在他家的地板上，有时候还会睡他的床。简单说，我文身是为了讨好他。我希望这样会让他觉得我很酷，把我留在身边。但计划落空了。我文身后，等了五天才拆掉伤口的绷带，但那时艾萨克已经因为持有非法药品被逮捕了。后来，他的房东把我们所有人都赶回了街上。

泰德还在等我解释。

“我那时太傻了。”我说道，“我没有想清楚。”

“那你不是一个人。卡罗琳也有一个不想要的文身。她上大学时，有过一段附庸风雅的时期。”

这话很体贴，但我的心情完全没有变好。我确信卡罗琳的文身一定极有品位。那很可能是一朵玫瑰、一弯新月，或者一个富有深意的汉字——而不是什么不伦不类的大眼怪物。我问泰德她把文身藏在哪里，却被另一声巨大的“咔嚓”打断了。

我们都转身向森林看去。

“有人在那儿。”我对他说，“我之前听见有人在走动。”

“多半是只兔子。”他说。

又传来“咔嚓”一声，什么东西在惊慌地逃窜，听上去像一只小动物在森林里飞奔。

“那肯定是只兔子。但之前你还没有出来的时候，那个声音要更大。听着像是个人。”

“也许是十几岁的孩子。我敢说高中生一定很喜欢在这种森林里玩。”

“晚上情况更糟。有时我躺在床上听见那个声音，好像那个人就在我窗外似的。”

“或许是米琪给你灌输的那些怪谈起了反效果。”他眨眨眼，“卡罗琳告诉我你遇见她了。”

“她是个有趣的人。”

“我要是你就远离她，马洛维。她那些所谓‘读取灵魂能量’的生意？把车停到她门前、敲她后门的陌生人？只付现金？在我看来很可疑。我不信任她。”

我察觉到，泰德身边很少有自称能通灵的人。小时候，我的一个邻居古柏太太在本地比萨店后面支了一个塔罗牌摊。她因为预测了一名女服务员买刮刮乐彩票会赢得十万美元大奖而一战成名。她同时也接求婚、男友出轨和其他恋爱相关的咨询。我和朋友叫她“女祭司”，我们觉得她的话比《费城调查者报》头版还要可靠。

但我不指望泰德能理解这些事。这个人甚至不承认牙仙[①]的存在。几天前的晚上，泰迪吐出了一颗松动的臼齿。而泰德直接从钱包里掏出一美元来——没有神秘传说，没有大肆庆祝，也没有人假

① 欧美国家传说中的一种妖精，会在儿童入睡后收集他们掉落的牙齿，并留下礼物或钱。

扮牙仙，在深夜里神不知鬼不觉地溜进泰迪卧室。

“她没做坏事。”

“我觉得她在贩毒。”泰德说，“我不能证明，但我在密切关注她。她在你身边时，你要小心点儿，知道吗？”

我举起右手。“以童子军的荣誉起誓。”

“我没在开玩笑，马洛维。”

“我知道。谢谢你的好意，我会小心的。”

我打开泳池大门准备离开，突然发现卡罗琳正穿过院子，向这里走来。她还穿着职业装，手里拿着笔记本和一支铅笔。“马洛维，等一下。你昨天是不是接到一个电话？泰迪学校打来的？”

我立刻意识到自己搞砸了。我记得那通电话，也记得把校长的电话号码写在了一张纸上。但之后泰迪就拿着那张奇怪的画走进了厨房。我一定是分神了。

“对——是校长。”我答道，“她留的消息在小屋里。便条大概还在我短裤的裤兜里。我去拿——”

卡罗琳摇头。“没关系。她刚才给我发邮件了。但我本来昨天就能用上这个消息的。”

“是的。对不起。”

“如果我们漏掉哪怕一个电话，泰迪都会丢掉入学名额。学校的学前班有个候补名单，上面有三十个人。”

“我明白，我明白——”

她打断了我。“别再说‘我明白’了。如果你真的明白，就该早点儿把消息转告我。下次再细心点儿吧。”

她转过身，向主屋走去。我呆住了。这是她第一次真正意义上对我大叫大嚷。泰德急忙出了泳池，把手放在我肩上。“听我的，别放在心上。”

“对不起，泰德。我心里很难受。”

“她是生学校的气，不是你。他们给我们塞了很多需要填的资料。疫苗接种记录、过敏史、行为分析——这个愚蠢的学前班的入学申请材料比我的纳税申报单还要长。”

“我不是有意的。”我对他说，“我把电话号码记下来了，但泰迪后来给了我一样东西，害我分心了。”我急于补救，开始向他描述那幅画。但泰德的声音盖过了我的，他似乎急着要回到主屋。我能看到卡罗琳的影子投在玻璃滑门上，她正注视着我们。

“她会冷静下来的，别担心。”他说，“明天她甚至都不会记得这件事了。”

他语气轻松，但离开时步伐却很急。他穿过院子，逐渐模糊成一个剪影——走到卡罗琳身边后，他搂住了她。她伸手去按灯的开关，然后我就什么也看不见了。

一阵微风吹来，我开始发抖。我把浴巾围在腰上，走回了小屋。我锁上门，正在换睡衣时，又听见了脚步声，轻轻地踩在柔软的草地上——只不过这一次，它就在我的窗外。我拉开窗帘，试着向外看，但透过纱窗只能看见扭动着的黏糊糊的飞蛾。

是头鹿。我告诉自己。只是一头鹿。

我拉上窗帘，关灯上床，把被子拉到下巴。屋外，那个东西就在我的床后面活动——我能听见它在墙的外侧移动，观察小屋，围着整片区域打转，好像在寻找进屋的路线。我握紧拳头，狠狠捶了一下墙，也许巨大的声音能把它吓走。

但它反而钻到了小屋下面，刨着土，试图挤进地板下。我不知道那么小的空间能容下什么东西。这栋房子距离地面最多只有十八英寸。这绝不可能是鹿，但听声音又是比较大的动物，体型近似于鹿。我从床上坐起来，徒劳地跺着地板。“来啊！”我大喊道，希望用响动把它吓跑。

但是事与愿违，那个东西掘得越来越深，扭动着钻到了房间中央。我站起来，打开灯，然后趴在地板上仔细聆听，试图追踪那个声音。我掀开地毯，发现地板上嵌着一个方形的轮廓——这是一条地下密道的出入口盖板，大小足够一人通行。盖板上没有合页和把手，只有两个椭圆形的孔洞，抓住后可以将盖板提起来。

我想，假如天色还早，并且卡罗琳没在生我气的话，我也许会给麦斯威尔家打电话，向他们求助。但现在我决心自己解决这个问题。我去了厨房，用一个塑料罐盛满了水。这个东西，无论它是什么，都不可能和听上去一样大。我知道，声音有时候是有欺骗性的，在深夜和黑暗中更是如此。我跪在地板上，试图提起盖板，但它纹丝不动。夏季的潮气使木头膨胀，将盖板牢牢固定在原地。我把全身的力气集中在一侧的孔洞，用两只手向上拉。干燥坚硬的木头勒进手指柔嫩的肌肤里，传来一阵疼痛，但我忽略了。最后，随着一声“砰”，扬起一片灰尘，盖板像香槟瓶口飞射出去的软木塞一样，从地上弹了出来。我抓起盖板，把它举在我胸前当作盾牌。然后，我倾身向洞里看去。

里面太暗了，什么也看不见。下方的土壤干燥而死气沉沉，如同篝火燃烧后的灰烬。小屋非常安静。那个不明生物消失了。地下空无一物，只有灰尘和零星的黑色霉斑。我意识到自己一直屏着呼吸，于是长舒了一口气。我拽起盖板发出的动静一定把那个东西吓走了。

但就在这时，那团灰烬动了，黑斑眨了眨。我突然意识到，我正盯着那个东西本身——它抬起前肢，面对着我，露出丑陋的肉色爪子和又长又尖的牙。我尖叫起来，声音之大，足以穿透黑夜。紧接着，我猛地扣下盖板，扑到上面，用全身的重量压住出口。我用拳头捶打盖板的边缘，努力把变形的木板敲回原位，但它已经无法合拢了。卡罗琳很快就来到我的小屋，用钥匙打开了门。她穿着一件女式睡衣，泰德紧跟在她身后，没穿上衣，只穿了一条睡裤。他们听见了小屋下方的响动，那个东西正在地板下面挣扎。

“是只老鼠。”我对他们说。他们赶来后，我终于不再是一个人了，这让我感到如释重负。“那是我见过最大的老鼠。”

泰德拿起塑料水罐出了门，而卡罗琳则把手放在我肩头安抚着我，并向我保证一切都会没事的。我们一起把盖板旋转了九十度，让它与通道口对在一起。之后，我扶住它，卡罗琳把盖板的四角踩回原位。即使在她做完这些后，我还是不敢离开那个位置，生怕盖板被掀飞。她站在我身边，一直搂着我。之后，我们听到打开的窗户外传来一阵泼水声。

不一会儿，泰德就拿着空水罐回来了。“是负鼠。”他咧嘴笑道，“不是老鼠。它跑得很快，但我还是抓住它了。”

“它为什么会在马洛维的小屋下面？”

“篱笆上有个洞。在西面。看着像是一小块篱笆腐烂掉了。”卡罗琳皱了皱眉，要说什么，但泰德早就抢在她前头开了口。“我知道，我知道。我明天修。我去建材店看看。”

“明天头一件事就是这个，泰德。这东西把马洛维吓坏了！要是她被咬了怎么办？要是它有狂犬病怎么办？”

“我没事的。”我安慰她。

“她没事。”泰德说。但卡罗琳不放心。她低头看着地道出入口。“要是它回来了怎么办？”

虽然现在已经将近半夜，但卡罗琳还是坚持要泰德去主屋把工具箱拿来。她执着地要求他把盖板钉进地板里，这样就不会有任何东西强行闯进我的小屋了。我们一边等待他完工，卡洛琳一边用我的炉灶烧上水，给我们三个都沏了甘菊茶。之后，麦斯威尔夫妇又多待了一会儿，只是为了确保我的心情恢复了平静和放松，并且感觉安全了。我们三个坐在我的床边，谈天说地，分享逸事，最后开怀大笑，仿佛那通因电话而起的责备从未发生过。

# 7

第二天是7月4日美国独立日，天气闷热潮湿。我强迫自己出门长跑，用71分钟跑完了8英里。走回家的路上，我经过了一栋房子。我和泰迪最近给它取名为“繁花城堡”。它距离麦斯威尔家三个街区，是一栋巨大的白色住宅，门前是一条U形私家车道，院子里花团锦簇，有菊花、天竺葵、忘忧草和很多其他种类的花。我注意到前院的花架上多了一蓬橘色的花，于是我向前几步，走到私家车道上，好看得清楚一点儿。这种花非常奇特——花朵像小小的交通锥筒——我用手机给它拍了几张照片。但就在这时，前门开了，一个男人走了出来。我远远地看到他穿着一身西装，预感到他是来把我赶出他的地盘，斥责我擅闯民宅的。

“嘿！”

我走回人行道，笨拙地挥手道歉，但为时已晚。那个男人已经出了门，向我追来。

“马洛维！”他喊道。“你最近怎么样？”

直到这时我才意识到，我见过他。气温达到了三十四五度，但阿德里安穿着浅灰色西服，却显得非常自在，如同电影《瞒天过海》

里的主角一样。西装外套里面是一件挺括的白衬衫，搭配藏蓝色领带。他这回没戴帽子，我看到他顶着一头乱蓬蓬的浓密黑发。

“对不起。”我说道，“我没认出你。”

他低头扫了一眼自己的打扮，仿佛忘记了自己穿着西装。“噢，对！我们今晚有个活动。在高尔夫球俱乐部。我爸爸——他要上台领奖。”

“你住在这儿？”

“我父母住这儿。我是回来过暑假的。”

前门打开了，他的父母走了出来——他母亲身着一袭深蓝色长裙，身形高挑优雅；父亲穿的是经典的黑色无尾礼服，佩一对银质袖扣。“那是 El Jefe 吗？”

“他就是草坪之王。南泽西岛有一半的草坪都是我们修剪的。夏天时，他会带领一个八十人的工作团队。但我负责任地告诉你，马洛维，这么多人里只有我会被他吼。”

他父母走向一辆停在私家车道的黑色宝马车，但阿德里安挥手招呼他们过来。我真希望他没这么做。你看过卫生棉条广告吗？里面所有的人在跑完步后都神采奕奕，发型仿佛要上 T 台一样光鲜。在三十多度的天气里跑完八英里后，我的形象和他们相差十万八千里。我的上衣被汗水浸透了，头发黏成油腻的一绺绺，额头上还贴着好几只小飞虫的尸体。

“马洛维，这是我母亲索菲亚，这是我父亲伊格纳西奥。”我把手在裤子上蹭干，才去和他们握手。“马洛维是麦斯威尔家的保姆。就是艾治伍德街新搬来的那家。他们有个年纪很小的儿子，叫泰迪。”

索菲亚怀疑地打量着我。她的穿着极其精致，头发也精心打理过，过去三十年里，她或许连一滴汗也没流过。但伊格纳西奥却对我露出了友善的微笑：“你一定是个非常敬业的运动员，这么闷热还出来跑步！”

“马洛维是宾州州立大学的长跑运动员。”阿德里安解释道，“她在校越野跑队。”

听到这个谎言，我有点儿难堪，因为我早就把它忘了。如果我和阿德里安此时正在独处，我就会向他坦白澄清——但现在他的父母都看着我，我什么也说不出口。

“你一定比我儿子跑得快。”伊格纳西奥说道，“他花上一整天，才能修剪两个后院！”他被自己讲的俏皮话逗乐了，发出洪亮的大笑声，阿德里安尴尬地把重心换到另一只脚上。

“那是景观设计领域的笑话。我爸爸觉得自己是个脱口秀演员。”

伊格纳西奥笑呵呵地说：“这个笑话好笑就好笑在它是真的！”

索菲亚观察着我的外表。我确信她已经把我看穿了。“你读几年级？”

“大四。快要读完了。”

“我也是！”阿德里安说，“我上的是罗格斯大学，在新布朗斯维克，学工程专业。你读什么专业？”

我不知该怎么回答这个问题。我关于大学的所有规划都集中在教练、体育球探和不歧视女性的联邦教育资助上，还没有开始考虑我实际会学什么。商科？法学？生物学？这些答案没有一个是可信的。但我回答这个问题的间隔已经太长，现在所有人都盯着我，我必须得说点儿什么，什么都行——

“教书。”我说。

索菲亚看起来很怀疑。“你是说教育？”

她把这个词说得很慢——j-i-ao-y-u——好像她疑心我是不是第一次听到这个词似的。

“对。教小孩子。”

“初等教育？”

“没错。”

阿德里安十分欣喜。“我妈妈教四年级！她也是教育专业！”

“真的吗！”幸好我刚跑完步，脸色通红，因为我确信自己的脸已经烧起来了。

“这是最崇高的职业。”伊格纳西奥说，“你做了一个很好的选择，马洛维。”

到了这个地步，我已经急不可待地想要转移话题了，我得说些什么——随便什么都行——只要不是假话。“你们的花真漂亮。”我对他们说，“我每天跑步都会特意经过你们家，看一看花。”

“那么接下来就是价值一百万美元的有奖竞猜了。”伊格纳西奥说道，“你最喜欢哪种？”

阿德里安解释道，这是他父母会和客人玩的一个游戏。“他们认为，你最喜欢的花多多少少反映了你的性格。就像占星术一样。”

“它们都很漂亮。”我答道。

索菲亚不让我蒙混过关。“你必须得选一个。只要是你最喜欢的花就行。”

于是我指向攀在花架上，之前映入我眼帘的橘色花朵。“我不知道它的名字，但我看到它就联想起小小的橙色交通锥筒。”

“是凌霄花。”阿德里安说。

伊格纳西奥显得很高兴。“从来没有人选过凌霄花！它非常漂亮，自由生长，不怎么需要照料。只需要给它一点儿阳光和水——不要过度关心——它就能自己照顾自己。非常独立。”

“但也像野草。”索菲亚补充道，“有点儿难管。”

“那叫生命力旺盛！”伊格纳西奥叫道，“是优点！”

阿德里安向我投来一道恼火的目光——看见我每天都要受什么气了吧？——之后，他的母亲提醒他们，现在已经很迟了，需要出发了。于是我们匆忙客套一阵，然后道别，我继续往家里走去。

几秒钟后，那辆黑色宝马经过我身侧。伊格纳西奥按了按喇叭，而索菲亚目不斜视。阿德里安从后车窗里向我挥手，一瞬间我仿佛看到了他年幼的样子——坐在车后座上，和父母一起出游，在林荫道上骑车，坐拥绿荫夹道的美丽景致，并将它视为与生俱来的权利。我感觉得到，他的童年一定非常幸福，一生中没有任何悔恨。

不可思议的是，我长到二十一岁，却还没有过真正意义上的男朋友。我的意思是，我和男人交往过——如果你是一个五官还算端正的女瘾君子，总能找到这么一个获得更多毒品的保险办法——但我从没拥有过一段近似于传统恋爱的关系。

但在我那如同霍尔马克频道电影一样的虚构人生里——在那个平行时空中，我出生在斯普林布鲁克，被如泰德和卡罗琳夫妇一般善良、富裕、拥有高学历的父母抚养长大——我的理想男友应该会和阿德里安非常相似。他会是个帅气、幽默又勤奋的人。我一路走，一路在心里计算两周后是什么时间，那时他就会回到麦斯威尔家的院子里工作了。

斯普林布鲁克有很多小孩子，但我却不幸没能介绍泰迪和任何小朋友认识。我们的街区尽头，是一个大操场，里面有很多秋千、转椅和尖叫大笑的五岁的孩子——但泰迪完全不想加入他们。

某个周一的上午，我们坐在公园长椅上，看一群小男孩把“风火轮”玩具小跑车“开”下轨道。我怂恿泰迪过去和他们玩，但他却说：“我没有‘风火轮’。”

“让他们借你玩。”

“我不想借他们的。”

他闷闷不乐、无精打采地坐在长椅上，靠着我。

“泰迪，拜托你啦。”

“那我和你玩。不和他们玩。”

“你需要跟你同龄的朋友。再过两个月你就要上学了。”

但他还是不听。那天上午余下的时间，我们都在屋里拼乐高积木。之后他吃了午饭，上楼去度过静心时间。我知道我应该利用这段休息时间清扫厨房，但我很难打起精神来。前一天晚上，我没有睡好——独立日的烟花表演很晚才结束——和泰迪的争执又给了我深深的挫败感。

我决定在沙发上躺一会儿。再清醒过来时，泰迪已经站在我面前。是他把我摇醒了。

“我们能去游泳了吗？”

我坐起来，发现室内的光线已经变化了。现在快要三点了。“好啊，当然能，去拿你的泳衣吧。”

他递给我一张画，跑出了房间。和之前那张一样，画上是枝叶交错的漆黑树林——但这一次，那个男人正在把土铲进一个大坑里，安妮娅的尸体四肢扭曲，躺在坑底。

泰迪穿着泳衣，回到休息室里。“好了吗？”

“等等，泰迪。这是什么？”

“什么是什么？”

“这个人是谁？坑里的这个？”

“安妮娅。”

“那这个男人呢？”

“我不知道。”

“他在埋她吗？”

“在森林里。”

“为什么？”

“因为他偷走了安妮娅的小女儿。”泰迪说，“对了，我游泳前能吃点儿西瓜吗？”

“可以，泰迪，但为什么——”

太晚了。他已经蹦跳着进了厨房，拉开了冰箱门。我跟上去，发现他正踮着脚，去够最上层一大块熟透的红瓤西瓜。我帮他把西瓜搬到切菜桌上，然后我用厨师刀切下一小块。泰迪等不及我盛盘，就直接抓过西瓜，吃了起来。

“泰迪熊，告诉我，安妮娅还和你说什么了？关于这幅画的？”

他嘴里塞满了西瓜肉，红色的汁水顺着下巴流下来。“那个男人挖了一个洞，这样就没人能找到她了。”他耸了耸肩，说道，“但我猜她逃出来了。”

# 8

那天晚上，麦斯威尔一家三口出去吃晚餐。卡罗琳邀请我一起去，但我说我要跑步。之后，我在小屋周围徘徊了一阵，直到听见她的车从车道上倒了出去。

然后我穿过草坪，走向隔壁的住宅。

米琪的房子是整个街区最小的。这是一栋红砖砌成的牧场式住宅，屋顶由金属制成，滚动式窗帘把每扇窗户都遮得严严实实。她的住所如果放在南费城我的旧居一带，将会非常和谐，但在富裕的斯普林布鲁克这里，就显得扎眼了。生锈的雨水管摇摇欲坠，杂草从人行道的缝隙里冒出来，斑驳的草丛需要草坪之王来修剪一番。卡罗琳已经说过不止一次，她等不及要让米琪搬走，这样开发商就可以把房子推平，从头开始建设了。

前门贴着一张小小的手写便条：各位顾客，欢迎光临。请从后门进。我敲了三次，米琪才终于应门。她没有取下防盗链，而是从一英寸宽的门缝里向外瞧。“你好？”

“我是马洛维。隔壁邻居，记得吗？”

她摘掉防盗链，打开门。“耶稣、玛利亚和约瑟啊，你把我吓死了！”她穿了一件紫色和服，手里抓着一罐胡椒喷雾。“这么晚来砸我家的门，你在想什么呢？”

现在七点刚过几分钟，街上的小女孩还在人行道上玩跳房子。我端上一小盘用保鲜膜包着的曲奇饼干。“我和泰迪做了薄脆姜饼。”

她睁大了眼睛。“我去煮咖啡。”

她抓住我的手腕，把我拉进一个昏暗的起居室。我眨了眨眼，好适应暗淡的光线。屋里很脏。空气中弥漫着霉味和臭味，既像大麻，又像高中更衣室里的气味。沙发和扶手椅包裹着透明的塑料外罩，但表面能看见一层污垢，好像几个月都没有擦拭过。

米琪领我走进厨房，我发现她的后屋稍微宜居了一点儿。她的遮光帘拉开了，窗户俯瞰着森林。吊兰种在花篮里，从天花板垂挂下来，长满叶片的长卷须多得涌了出来。橱柜和电器像是从八十年代直接穿越来的，一切的感觉都是如此熟悉而舒适，如同身处南费城邻居家的厨房。贴了防火胶板的厨房桌面上，铺满了报纸和几个上过油的黑色金属零件，包括一只弹簧、一个枪栓和一个瞄准镜。我意识到，如果按照正确的顺序组装零件，将会拼成一把手枪。

“我在清理它呢，正好被你撞见了。”米琪解释道。她伸臂一抹，就把所有东西推到了桌面一端，零件全堆在了一起。“好了，你想要什么咖啡？”

“你有低因咖啡吗？”

“呸，没有，从来不喝。那就是一杯化学物质。今晚我们要喝经典醇香的福爵咖啡。”

我不想告诉她我正在戒毒康复，所以我只是说自己对咖啡因很敏感。米琪保证道，一小杯咖啡不会影响我，我想她多半是对的。

"我想加点儿牛奶，如果你有的话。"

"我们用淡奶油吧。这样口感更香浓。"

一只猫咪造型的旧时钟挂在墙上，露出淘气的笑容，尾巴来回摇动。米琪将一台老古董咖啡机连入墙上的插座，给它的水壶蓄满水。"隔壁那家的情况怎么样？你喜欢这份工作吗？"

"挺好的。"

"那对父母一定烦得你要疯了。"

"他们人不错。"

"说实话，我不知道那个女人为什么要工作。我敢肯定她丈夫赚得很多。你也知道，退伍军人医院发不出什么工资。所以为什么不待在家里呢？她想讨好谁呢？"

"也许——"

"有的女人不想当妈妈，个人观点。她们想要孩子，想把可爱的照片发到脸书上。但她们真的想要育儿的体验吗？"

"呃——"

"我跟你说，那个男孩很可爱。可爱到我想把他一口吞掉。我不要报酬也可以照顾他，前提是他们客客气气地请求我，并且展示出哪怕一点儿正常的礼节也行。但这就是千禧一代的问题！他们没有任何价值观！"

在我们等咖啡煮好的期间，她一直说个不停，和我讲述她的种种不满：全食超市（定价太高）、参与反性骚扰运动的性侵受害者（矫情、自命不凡）和夏令时（《宪法》里根本没提过）。我开始反思自己来到这里是不是个错误，我需要和人倾诉，但我不确定米琪是否喜欢听别人讲话。关于泰迪的画，我有一个逐渐成形的猜想，但我不想让罗素担心，更不能告诉麦斯威尔夫妇。他们是如此坚定的无神论者，我知道他们绝不会考虑我的说辞。米琪是我最后、最大的希望了。

“你能多讲讲安妮·巴瑞特的事吗？”

她的话音戛然而止。

“你为什么问这个？”

“只是好奇。”

“不，公主，这个问题太具体了。而且恕我直言，你现在脸色可不只是好奇。”

我要米琪向我保证不对外人——特别是麦斯威尔夫妇——透露这件事，之后我把泰迪最新的作品放在了桌上。

“泰迪最近在画一些很不寻常的画。他说他的灵感来自一个假想朋友，她的名字叫安妮娅。她会在泰迪独处的时候，在他卧室里和他见面。”

米琪审视着这几幅画，脸色暗下来。“那你为什么要问安妮·巴瑞特的事？”

“呃，只是因为她们的名字太像了。安妮娅和安妮。我知道孩子有假想朋友是很正常的，很多孩子都会这样。但泰迪说，是安妮娅要他画这些画的。一个男人拖着一个女人走进森林。一个男人掩埋女人的尸体。而且安妮娅告诉泰迪，要把这些画交给我。”

厨房陷入一片寂静。这是我和米琪相处以来，她沉默时间最久的一次。我只能听见咖啡机咕嘟作响的声音，和猫咪挂钟规律的“唰——唰——唰”的摇尾声。米琪仔细地研究着画——样子几乎像是想要看穿这些画面，想透过铅笔的痕迹，把目光刺进纸的纤维里去。我不确定她是否完全理解了我想传达的意思，于是我替她说了出来：

“我知道这听起来很离奇，但我猜想安妮娅的灵魂是不是出于什么原因，被困在这个房子里了，她是不是想通过泰迪来传递信息。”

米琪站起来，走到咖啡壶旁边，给两个马克杯倒上了咖啡。她用颤抖的手把马克杯端回桌上。我倒进一些奶油，尝了一口。这是我喝过最浓、最苦的咖啡。但我不想惹她生气，还是喝了。我急需有人听取我的猜想，并告诉我，我没有精神失常。

“关于这件事，我读过一些资料。”最后，米琪说。“自古以来，儿童就更容易与灵界沟通。儿童的意识不像大人，还没有树立起屏障。”

“所以——这是可能发生的咯？”

“看情况。你和他父母提起过这件事吗？”

“他们是无神论者。他们认为——”

“哦，我知道了。他们认为自己比其他人都要聪明。”

“我想再多做点儿调查，再和他们坐下来谈。我想试着把所有的线索都连起来。也许画中有什么信息和安妮·巴瑞特的故事重合了呢。”我身体前倾，探过桌子，语速也变快了。我已经感到咖啡因唤醒了我的中枢神经系统。我的思维愈发敏捷，脉搏加速跳动。咖啡的苦味对我来说已经不算什么，我又喝了一口。“按照泰迪的说法，画里的男人偷走了安妮娅的小女儿。你知不知道安妮有没有孩子？”

“这是个很有趣的问题。”米琪说，“但如果我从头开始讲，答案应该会清晰一些。”她靠进椅子里，找了个舒服的姿势，把一块曲奇扔进嘴里。“记住，安妮·巴瑞特在我出生前就死了。所以我要讲的都是我小时候听来的故事，但我不保证它们的真实性。”

“没关系。”我又啜了一口咖啡，“全都告诉我吧。”

“你住的这间屋子原本属于一个叫乔治·巴瑞特的男人。他是杜邦化工公司的工程师，在北边的吉布斯敦工作。他有一个妻子和三个女儿。1946年，二战刚结束后，他的表妹安妮来到这里，住了下来。她搬进了你的小屋，把它当成某种客房兼工作室来用。她当时和你差不多大，非常漂亮，留着黑色长发，总之是个出众的美人。那时，所有美国大兵都从欧洲回来了，他们被她迷得神魂颠倒，完全忘了高中交往的那些甜心宝贝，开始从早到晚围着乔治家打转，问他表妹是不是有空聊聊天。”

“但安妮安静又害羞，不愿意和别人打交道。她不去跳舞，也不去看电影。她拒绝了他们所有的邀约。她甚至连教堂也不去，在那个年代，这可是大忌啊。她只待在小屋里画画，或者在黑顿峡谷漫步，寻找写生的素材。渐渐地，整个镇子似乎都开始攻击她了。人们都说她是个未婚妈妈，把孩子送去领养了。她出于羞耻，才来到斯普林布鲁克。后来，谣言甚至更难听了。人们说她是个女巫，把有妇之夫引诱到树林里，和他们偷欢。”讲到这个荒谬的说法，米琪大笑起来。“有这种传闻，是因为女人就会像这样编排别人，对不对？我敢确定这个街区里所有当妈妈的也都是这么说我的！”

她又喝了一口咖啡，继续说道：“总之，有一天乔治·巴瑞特走到小屋，敲了敲门，却没有人回应。他进了门，只见屋里到处是血，床上、墙上都不例外。‘连头顶的屋椽上都有。’他和我爸爸说。但他没有发现尸体。哪里都没有安妮的踪迹。乔治报了警，整座小镇的人都去森林里寻找，挨个排查所有路线，沿河拉起打捞网，还派出了搜救犬，用尽了一切办法。你猜最后他们找到了什么？一无所获。她消失了。这就是结局。”

“四十年代以后，还有人住过这个小屋吗？”

米琪摇了摇头。“我父母说，为了抹去那段悲惨的记忆，乔治差点儿把它拆了。但他最后把它改造成了工具棚。我和你说过，在五六十年代，我小的时候，我们都叫它鬼宅。我们都害怕这座房子。但这只是个荒诞故事，是只在我们自家后院间流传的本地异闻。我从没见过真正吓人的东西。”

“下一任屋主怎样了呢？在乔治死后？”

“是这样的，乔治死后，他的妻子把房子卖给了巴奇和波碧·赫齐克。我和他们做了四十年的邻居。你和泰迪游泳的泳池就是他们建的。我们关系很好，是无话不谈的朋友。”

“他们有孩子吗？”

“有三个女儿，两个儿子，没遇到任何异常情况。我和波碧很熟，如果她的孩子画了死人，她一定会告诉我的。”米琪又喝了一口咖啡，“当然，他们很明智，没有碰那座小屋。也许麦斯威尔夫妇收拾它的时候，惊扰了什么东西。可能把某种邪恶的能量释放出来了。”

我想象了一下，自己如果走到泰德和卡罗琳面前，警告说他们放出了一个恶灵，他们肯定会立刻上网发布招聘启事，物色新的保姆。到那时我该做什么，我该去哪儿呢？我的心跳急剧加快，如同在空挡飞转的引擎。我把手按在胸口上。

我需要放松。

我需要冷静下来。

我不能再喝咖啡了。

“你介意我用一下洗手间吗？”

米琪指引我向后走到起居室。“你左手边第一扇门后就是。灯的开关是一根拉绳，你进去就看见了。”

卫生间小而逼仄，一个老式四角浴缸被围在塑料浴帘中。我打开灯的一瞬间，一只蠹鱼掠过瓷砖地面，钻进灰浆的裂缝里消失了。我向洗手池俯下身，打开水龙头，把冷水泼在脸上。心悸的感觉逐渐平息后，我伸手去拿客用毛巾，却发现它们全都覆盖着一层薄薄的灰，好像很多年没人碰过了。门后挂着一件粉色的毛巾面料浴袍，我用它的袖子吸掉了脸上的水珠。

然后我打开了米琪的药品柜，快速扫视了一眼。上高中的时候我总是在别人的洗手间里四处窥探，你会发现在这里，无人看管的处方药多得惊人。我可以顺走一点儿药片，有时甚至能拿走整瓶的药，没有任何人会起疑。也许是拜剧烈的心跳和颤抖的双腿所赐，我感觉自己又回到了高中时期。米琪的药品柜简直像药店一样种类齐全，四排置物架上摆满了棉签、棉球、镇痛冷敷垫、修护晶冻、镊子、抗酸剂，以及空了一半的管装咪康唑和氢化可的松。此外，还有十几个橙色处方药瓶，从立普妥、左旋甲状腺素钠片到阿莫西林、红霉素，应有尽有。在柜子最深、最深的地方，隐藏在其他药后面的，是我的老朋友：奥施康定。第六感告诉我，我会找到它的。近年来，几乎每个人家里都有奥施康定，它可能是一次小型外科手术后剩下的半瓶药。而很少有人能意识到，这些药片不见了……

我拧开瓶盖，向里面看去：空的。这时米琪敲了一下门，我手里的东西差点儿都掉进洗手池。“冲水的时候要按住把手不放，好吗？我的挡板阀出了点儿问题。”

“好的，”我回答道，“没问题。”

突然间，我为自己小偷小摸、重蹈覆辙的行为感到极度愤怒。我感觉米琪像是将我人赃俱获了一样。我归咎于咖啡——我根本不该喝那杯咖啡的。我把药瓶放回去，打开水龙头，咕咚咕咚地喝了好一会儿凉水，希望它能稀释我身体里的毒素。我感到羞耻，我十九个月没有吸毒，现在却在一个老妇人的药柜里到处翻找。我到底是怎么了？我冲了马桶，并按住冲水把手，直到所有水都流入下水道。

我回到厨房，米琪正在桌边等着我，身旁是一块写满了字母和数字的木板。我意识到，这是某种灵应盘——但它完全不同于我小时候去朋友家过夜时看到的粗制滥造的纸板，而是厚厚的一块枫木，刻着神秘的符号。它看起来与其说是玩具，不如说像一块砧板。

“我是这么想的。”米琪说，“如果这个鬼魂想要告诉你什么事，那我们不如去掉中间人的步骤。绕过泰迪，直接和她联系。”

“像降神会那样吗？”

“我更愿意称之为‘聚会’。但不能在这儿办。在你的小屋里效果会更好。明天怎么样？”

“我得看着泰迪。”

“好，我知道了，我们需要让泰迪也参与进来。这个鬼魂和他绑定了。如果他能加入，我们与她沟通的成功率会高得多。”

“不行，米琪。我做不到。”

“为什么？”

“他父母会杀了我的。”

“我来和他们商量。”

“不，不，不。”我说道，声音逐渐恐慌起来，“你向我保证过，什么都不会告诉他们的。求你，米琪，我不能丢掉这份工作。”

“你为什么这么担心？”

我告诉了她求职面试时提到的家规——他们雇用我是要我教科学，而不是宗教迷信思想。“我不能带泰迪参加降神会。要是他打了喷嚏，我甚至都不能说‘愿上帝保佑你’。”

米琪用手指敲打着那几幅画。“这些画不正常，亲爱的。那栋房子里有怪事发生。”

我拿回画，塞进包里，并感谢她请我喝了咖啡。我的脉搏又开始加速了——心悸的次数也随之增加。我感谢了米琪提供的建议，然后打开后门，准备离开。“别把这些事告诉他们，好吗？我把秘密交托给你了，一定要帮我保守它。”

她把那块木板装进一个黑天鹅绒制成的护套里。“我的提议仍然算数，以防你改变主意。而且我很肯定地告诉你，你会的。”

我在晚上八点前回到了小屋，到凌晨四点还清醒着。入睡是不可能的。喝咖啡是个巨大的错误。我试了所有常见的入睡妙招——深呼吸、喝一杯热牛奶、洗一次很长的热水澡——但都没用。蚊子不知疲倦地嗡嗡叫着，让它们安静下来的唯一方式，是用被子蒙住头，露出一双赤脚。我对自己相当失望。我不敢相信，自己竟然真的打开了她那个该死的药品柜。我辗转反侧，不断回想在米琪洗手间里的两分钟，试图确定我的大脑具体是在哪一刻切换成自动驾驶模式的。我以为我能控制住毒瘾，但很明显，我还是那个为了嗑一口药不惜任何代价的马洛维，依然会洗劫药品柜，想方设法地吸毒。

早上七点钟，我被闹铃叫醒。我感觉到晕眩和一股羞耻感——我决心再也不走回头路了。

再也不喝咖啡。

再也不执着于画的事。

并且再也不提安妮·巴瑞特。

谢天谢地，我到主屋时，一场新的危机转移了我的注意力。泰迪最喜欢的炭笔丢了，他怎么也找不到。我们走到艺术用品商店，去买一套新的炭笔。一回到家，他就快步走上楼，度过静心时间去了。我因为前一夜的失眠，依然感到疲惫不堪，所以我来到休息室，瘫倒在沙发上。我本打算只小憩几分钟，但这次泰迪又不得不把我摇醒。

“你又打盹了！”

我跳了起来。“对不起，泰迪熊。”

“我们去游泳吗？”

“没问题。换上你的泳衣。”

我感觉好多了。午睡的长度刚好能把我的电量充满，让我恢复最低限度的正常状态。泰迪跑去拿泳衣了，我看到他留下了一张新画，倒扣在咖啡桌上。我知道我应该把它放在那儿不管，让他妈妈或者爸爸去处理。但我控制不住自己。好奇心还是占了上风。我把那张纸翻过来，它可以算是压倒我的最后一根稻草了。

这么说吧，我知道世上有很多种类型的父母——有观念开放的父母和思想保守的父母，信奉无神论的父母和信仰宗教的父母，还有大包大揽的父母、工作狂父母和高压育儿的问题父母。我知道所有这些不同的父母，对于教育子女的最佳方式有着迥异的看法。但当我仔细观察这幅画，看到安妮娅瞪着双眼，脖子被两只手死死掐住的画面时——那么，我想不管什么样的父母都会认同，现在大事不好了，是不是?

# 9

五点半，卡罗琳下班回家了。我抑制住了自己在她进门一瞬间就截住她的冲动。她很忙，她心思不在这儿，她需要和儿子打招呼，然后准备做晚饭。所以当她问起我们这一天过得如何时，我只是笑了笑，告诉她一切都好。

我出门跑步，但前一晚的经历依然让我感到很疲惫。三十分钟后，我放弃了。我走过繁花城堡，但那里没有阿德里安和他家人的影子。我回到家，冲了个澡，用微波炉加热了冷冻墨西哥卷饼，试图沉浸在霍尔马克频道的电影里。但我分心得太厉害，无法集中注意力。我的思绪总是飘回到最后一幅画，回到一双手紧紧掐住安妮娅脖子的那个画面。

我一直等到九点，确信泰迪这时已经在卧室里睡着了。然后，我整理出最新的三幅画，走出了门。我听见风中有人在低声说话，接着，我发现两个人坐在池边。泰德和卡罗琳穿着白色浴袍，共同享用着一瓶葡萄酒。他们看上去就像游轮广告里那些快乐的夫妻——仿佛他们刚开始一场为期七天的皇家加勒比游轮之旅。卡罗琳躺在泰德腿上，他轻柔地按摩着她的肩膀。

“快速地下一趟水就行，”他说，“有助于放松。”

“我已经放松了。”

“那我们要上楼吗？”

“泰迪怎么办？”

“泰迪怎么了？他已经睡了。”

我蹑手蹑脚地踏上柔软而有弹性的草坪，穿过院子中间时，我的鞋跟踩在了洒水喷头上。我脚踝一扭，摔倒了，尾椎骨着地，胳膊肘狠狠磕在地面上。我实在忍不住了：我疼得大叫起来。

卡罗琳和泰德穿过院子，向我跑来。“马洛维？你还好吗？”我拢着手护住肘部——我感到一阵突如其来的尖锐疼痛，我确信自己流血了。但当我移开手指去看时，却发现皮肤瘀青了，但没有破皮。

“我没事。就是绊倒了。”

“咱们到亮点儿的地方去。”泰德说，“你能站起来吗？”

“让我缓一会儿。”

泰德却没有等我。他用胳膊抄过我的膝弯，像抱孩子一样抱着我站了起来。他带着我走回泳池平台，弯下腰，轻轻把我放在露台的椅子上。

“我没事了。”我对他们说，“真的。”

但卡罗琳还是检查了一下我的胳膊肘。“你刚才在院子里做什么？你需要什么东西吗？”

“没事，不着急。”

在整个过程中，我都抓着那三张画，没让它们掉下去。卡罗琳看见了画。“这是泰迪画的吗？”

到了这个地步，我判断自己已经没有什么可失去的了。“他叫我不要给你们看。但我想你们应该看一看。”

卡罗琳注视着那几幅画，脸色变得越来越阴沉。之后，她把画塞进丈夫手里。

“都怪你。”她说。

泰德看到第一张画，大笑起来。“噢，亲爱的。这个人是被掐死了吗？”

“对，泰德，她被谋杀了。她的尸体被拖进了森林里。我很想知道，我们又乖又可爱的小男孩是从哪儿得到这些可怕的灵感的？”

泰德举起双手，做投降状。“是《格林童话》。”他解释道，“我每晚都给他读一个新故事。”

“这可不是迪士尼版本的《格林童话》。”卡罗琳对我说，“原版的故事要暴力得多。你知道在《灰姑娘》里有个情节，是邪恶的继姐想穿上水晶鞋吗？在原版故事里，她为了使鞋合脚，把脚趾削掉了。鞋里全是血。太恐怖了！”

“他是个小男孩，卡罗琳。男孩都喜欢这类东西！”

“我不管。这太不健康了。明天我就去图书馆，借几本迪士尼的故事书。没有勒颈，没有谋杀，只有正常健全、适合儿童阅读的有趣故事。”

泰德倾斜酒瓶，给自己杯里倒了相当多的酒。“我觉得这才恐怖呢。”他说，“但我懂什么呢？我只是这个男孩的爸爸而已。”

“我还是有行医执照的精神科医生呢。”

他们看着我，似乎在等我选择其中一方，宣布哪个家长说得对。

“我觉得这不是童话故事的情节。”我对他们说，“泰迪说他是从安妮娅那里得到这些点子的。他说是安妮娅告诉他要画什么。”

“他当然会这么说。”卡罗琳说道，“泰迪知道我们不会接受这些画的。他知道，画女人被掐死、杀害和掩埋的情景是不对的。但如果安妮娅说没关系，那么他就得到允许，可以继续画了。他可能产生了某种认知失调。”

泰德一边听妻子讲，一边点头，好像这个说法完全合乎情理。但我不知道她在说什么。认知失调?

“泰迪说他画的是安妮娅的故事。他说画里这个男人偷走了安妮娅的小女儿。”

“那是《格林童话》里的经典故事。”泰德解释道，“一半的故事里都有儿童失踪的情节，比如《汉塞尔和格蕾特尔》《花衣魔笛手》《死神教父》——”

“《死神教父》?”卡罗琳摇摇头，“拜托，泰德。这些故事太过火了。你不能再讲了。”

泰德又看了一眼画，最后投降了。“好吧，听你的。从现在开始，我只讲苏斯博士或者理查德·斯凯瑞[①]。但我不会讲无聊的《贝贝熊》系列的。这是我的底线。”他伸臂环住卡罗琳，搂了搂她的肩膀。“你赢了，亲爱的，可以了吧?”

他的举动就像是这个问题已经解决了一样，好像我们都该回到屋里去，今天的事情就到此为止了。但我担心，如果我现在不问出我的问题，可能永远不会再有机会了。“我刚想到另外一种可能性。”我告诉他们，“如果安妮娅就是安妮·巴瑞特呢?”

卡罗琳一脸迷惑：“谁?”

---

① 均为美国童书作家。

"就是在我的小屋里被谋杀的女人。二十世纪四十年代的事。如果静心时间里，泰迪是在卧室和她的灵魂对话呢？"

泰德哈哈大笑，好像我说了个笑话一样——卡罗琳又冲他甩了一记愤怒的眼刀。"什么，你认真的吗？你是说鬼魂之类的吗？"

现在我已经无法再回头了。我得简要地说明我的论断："这两个名字太像了。安妮和安妮娅。另外，你说泰迪在巴塞罗那的时候，从不喜欢画画。但你们一搬回美国——你们一搬到这栋房子来——也就是安妮·巴瑞特失踪的地方——他就像疯了似的画个不停。这是你的原话：'像疯了似的。'"

"我只是想表达他的想象力很丰富。"

"但他在和什么人说话。在他卧室里。我站在他门前听，他聊了很久。"

卡罗琳眯起眼睛。"你也听到那个鬼魂说话了吗？你听到安妮·巴瑞特用悲伤、邪恶的声音指示我儿子画画了吗？"我承认自己没有，卡罗琳的反应就好像在说，这就能说明情况了似的。"因为他在自言自语，马洛维。这是有智慧的表现。天才儿童都会这样。"

"但他其他的问题又怎么解释呢？"

"问题？泰迪有问题？"

"他会尿床。他每天都穿同样的条纹衫。他不愿意和其他孩子玩。现在，他画了女人被谋杀的画。把这些都结合起来看，卡罗琳，我不知道该怎么解释。我很担心。我觉得他应该看医生。"

"我就是医生。"卡罗琳说。我这才意识到我触怒了她，但为时已晚。

泰德拿过她的酒杯，为她倒上酒。

"亲爱的，给。"

她挥挥手，拒绝了。“我完全有能力评估我孩子的心理健康状况。”

“我知道——”

“真的吗？你听起来并不知道。”

“我就是担心。泰迪是个特别可爱、懂事、天真的小男孩。但这些画给我的感觉像是来自另一个空间。我觉得它们很脏，不纯洁。米琪认为——”

“米琪？你把这些画拿给米琪看了？”

“她认为你们可能惊扰了什么东西。在你们翻新客用小屋的时候。”

“你找我们之前跟米琪谈过？”

“因为我知道你们会有这种反应！”

“如果你是说这种理性的反应，那么是的，你说得没错。那个女人说的话，我一个字都不信。你也不应该信。她就是个瘾君子，马洛维。她就是个嗑多了药，一事无成的废物！”

我们之间的空气凝固了。我从没听过卡罗琳骂人。我从没听过她用这种字眼来形容一个吸毒者。

“听着，”泰德说，“你能为泰迪担心，我们很感谢，马洛维。”他把手搭在妻子的膝头，“我们自己难道不是吗，宝贝？我们非常支持坦诚的沟通。”

“但我们不会把泰迪尿床归结于鬼魂作祟。”卡罗琳说，“你明白的，对吗？如果我这么做了，州政府会吊销我的执照的。尿床是正常的。害羞是正常的。拥有假想玩伴也是正常的。这些画——”

“妈妈？”

我们都转过身，看见了泰迪——他穿着消防车图案的睡衣，拿着哥斯拉毛绒玩具，站在泳池围栏的另一侧。我不知道他等了多久，听到了多少。

“我睡不着。”

“回房间再试试。”卡罗琳说。

“已经很晚了，小男子汉。”泰德说。

他们的儿子低下头，看着自己光溜溜的脚丫。泳池的灯照在他身上，投下朦胧的蓝色光晕。他看起来非常紧张，似乎不想独自回去。

“去吧。”卡罗琳对他说，“二十分钟后，我去看你。但你要自己试着睡着。”

“噢，还有，伙计？”泰德喊道，“别再画安妮娅的画了，好吗？你吓着马洛维了。”

泰迪转向了我——他很受伤。他的眼睛睁得大大的，仿佛控诉着我的背叛。

“不，不，不。”我对他说，“没事的——”

泰德举起那三张画。“没人想看到这些，伙计。它们太吓人了。从现在起，画点儿好的东西，行吗？比如马啊，太阳花啊。”

泰迪转过身，穿过草坪跑走了。

卡罗琳怒视着丈夫。“你这么说不合适。”

泰德耸耸肩，又喝了一口酒。“这话早晚要说给那孩子听。他还有两个月就要上学了。你觉得他的老师就不会担心这件事了吗？”

她站了起来。“我要回屋去了。”

我也站了起来。“卡罗琳，对不起。我没想惹你生气。我只是太担心了。”

她没停下，也没转身。只是踏上草坪，向主屋的方向走去。“没事，马洛维。晚安。”

但很显然并不是“没事”。这次甚至比她对我吼的那次还要糟糕。她生气到甚至不愿意看我。掉眼泪让我感觉很傻，但我忍不住。

为什么我非得提米琪？

为什么我就不能闭嘴呢？

泰德把我拉近一点儿，让我把头靠在他胸前。“听我说，没关系的，你只是实话实说而已。但在育儿方面，妈妈永远是对的。就算她犯了错也是一样。明白我的意思吗？”

“我只是担心——”

“让卡罗琳去操心吧。她一个人能操你们两个人的心。她对泰迪的保护欲很强，注意到了吗？我们以前费了很多周折，才有了他。当时非常辛苦。而那种煎熬——我猜就是因为这个，她才没有安全感。再加上现在，她重新开始工作了——又给她的负罪感添了个新的理由！所以一旦出了什么事，我妻子就很容易迁怒于人。”

我之前没有想到这一层，但泰德说的每句话似乎都有道理。早晨，当卡罗琳跑出门去上班时，她看上去总是对离开家感到内疚。也许她甚至会因为只有我能留在家里，和泰迪一起烤纸杯蛋糕而嫉妒。我只顾着崇拜卡罗琳，却从没想过她可能会羡慕我。

我调整好了呼吸，不再哭了。泰德似乎急着回到主屋，查看妻子的情况。在他走之前，我还有一个请求。我把那三张画交给他，不想再对它们负任何责任。“你介意把这些画拿走吗？这样我就不用再看到它们了？”

“当然。”泰德将纸对折，然后把它们撕成了碎片。“你再也不用看到这些画了。”

# 10

我睡得很差，醒来时感觉精神萎靡。卡罗琳·麦斯威尔对我很好，让我觉得受之有愧——她敞开大门欢迎我，把孩子托付给我，给了我开始新生活所需要的一切——而我一想到她在生我的气，就接受不了了。我躺在床上，设想了一百种道歉的方式。最后我无法再拖延了，我必须起床，去面对她。

当我来到主屋时，泰迪正穿着睡衣趴在餐桌下，搭着积木房子。卡罗琳在厨房洗碗池边，洗着早餐的碗碟。我主动提出要帮她洗。“另外，我还想说对不起。”

卡罗琳关掉水龙头。“不，马洛维，是我要说对不起。我昨天喝了太多酒，不应该冲你发脾气的。我一早上都觉得过意不去。”

她张开双臂，我们抱在一起，然后又同时向彼此道了歉。我们都放声笑起来，这时我知道，一切都会好的。

“我们还是欢迎你来主屋住。”她提醒我，“你可以睡泰迪旁边的卧室。只需要给我一天时间把它收拾好就行。”

但我不想给她多添一丁点儿麻烦了。“小屋就很好。”我回答道，“我喜欢在那儿住。”

“好吧，但如果你改变主意——”

我从她手里接过洗碗布，冲微波炉上的时钟点点头。现在是7点27分，我知道卡罗琳喜欢在7点35分路况还没有变得可怕之前开上路。“剩下的我来洗。”我对她说，“去吧，祝你今天一切顺利。”

于是卡罗琳离开家，上班去了。我开始工作。需要清洗的东西并不多——只有几个杯子和燕麦碗，还有昨晚的红酒杯。我把所有餐具都放进洗碗机，然后跪在地上，双手撑地，爬到餐桌下。泰迪刚用积木搭好一个两层的农舍，正用小小的塑料动物玩具把它围起来。

“你在玩什么呀？”

“它们是一家人。它们住在一起。”

“我能当小猪吗？”

他耸耸肩。“如果你想的话。”

我推着小猪绕过其他动物，并发出小汽车一样的嘀嘀声。一般来讲，泰迪是很喜欢这个把戏的。他喜欢我让动物们发出卡车的嘟嘟声和火车的噗噗声。但今天早上，他只是转过身去，背对着我。当然，我知道问题出在哪儿。

“泰迪，听我说，我想和你聊聊昨晚的事。你爸爸可能误会我了，我喜欢你所有的画，甚至包括有安妮娅的。我一直很期待看到你的画。”

泰迪把一只塑料小猫推上桌腿，模仿爬树的动作。

我试图挪到他面前，强迫他和我对视，但他把脸扭开了。“我希望你能继续给我看你的画，行吗？”

“妈妈说不行。”

“但我说可以。没关系的。”

“她说你不舒服。恐怖的画可能又会让你生病的。”

我坐起来的速度太快，头撞上了桌底。一阵火辣辣的疼痛袭来，有几秒钟我甚至动弹不得。我只能紧闭双眼，用手捂住头顶。

“马洛维？”

我睁开眼睛，意识到泰迪终于关注我了。他看起来吓坏了。“我没事。”我说道，“我希望你认真听我说。你做什么都不会让我生病的，不用担心。我百分之百没事。”

泰迪操控着一只小马跑上我的腿，让它停在我的膝盖上。“你的头还好吗？”

“我的头没事。”我说，尽管它正疯狂地抽痛着，我能感觉到一个肿包从头顶鼓起来，“我只是需要冷敷一下。”

之后几分钟里，我顶着保鲜袋装的冰块，坐在餐桌旁。脚边，泰迪正在和各式家畜玩过家家。每种动物都有自己独特的嗓音和性格。有顽固的山羊先生和专横的母鸡妈妈，还有一匹勇敢的黑色公马和一只傻乎乎的小鸭子，加起来一共十几个角色。

“我不想做家务。”马说。

“但规则就是规则，”母鸡妈妈对他说，“我们都必须遵守规则！”

“这不公平。”山羊先生抱怨道。

这场对话无穷无尽——主题从家务到午餐，再到谷仓后的森林里埋藏的秘密宝藏。泰迪能记住所有不同的角色和它们的声音，令我惊叹不已。但当然了，泰德和卡罗琳一直都这么说：他们的儿子有着极度丰富的想象力。就是这样。

那天下午晚些时候，泰迪去卧室度过静心时间，我等了几分钟，然后跟着上了楼。当我把耳朵贴在他卧室门上时，他已经在聊天了。

“……或者我们可以修一座碉堡。”

“……”

“或者玩‘你追我逃’。”

“……”

“不，不行。他们不让。”

“……”

“他们说不能这样。”

“………………………………………………………………………………………………………………………………………………………………………………………………………………………………………………………………………………………………………………………………”

“对不起，但——”

“…………………………………………………………………………………………………………………………………………………………………………………………………………………………………………………………”

“我不明白。”

“……”

然后他大笑起来，仿佛她提出了什么滑稽的建议。“我想我们可以试试？”

“………………………………………………………………………

……………………………………………………………………………”

“我们怎么——好吧，你说得对。”

“……………………………………………………………………………

……………………………………………………………………………

……………………………………………………………………………

………………………………………………”

“噢，好冷！”

从这时开始，就没有人说话了——但当我竖起耳朵，倾听里面的动静时，我分辨出一种沙沙声——是铅笔擦过纸张的声音。

画画？

他又在画画了？

我下了楼，坐在餐桌旁，开始等待。

通常来讲，静心时间不会超过一小时，但今天泰迪待在卧室里的时间是平时的两倍。最后他终于下楼进了厨房，却两手空空。

我对他微笑道："你来啦！"

他爬上厨房里的一把椅子。"你好。"

"今天没画画吗？"

"我能吃芝士夹心饼干吗？"

"当然。"

我走到冰箱前，给他盛了一盘。"你刚才在楼上做什么呢？"

"我能喝点儿牛奶吗？"

我给他倒了一小杯牛奶，然后把所有东西都端到餐桌上。他伸手去拿饼干时，我注意到他的手掌和手指都沾满了黑色的污迹。"或许你应该洗个手。”我建议道，“你手上好像有铅笔印。”

他匆忙跑到洗碗池边，一言不发地把手洗干净。然后他回到桌前，开始吃饼干。“你想玩乐高吗？”

之后几天里，一切正常。我和泰迪玩了乐高、木偶戏、橡皮泥、热缩片、涂色书和拼插积木，还去了无数次杂货店。他是个既勇敢，又有冒险精神的美食家，酷爱尝试奇特和充满异域风情的食物。有时，我们会走到维格曼斯超市，买一点儿凉薯和金橘，尝尝它们是什么味道。

他是我见过最有好奇心的孩子之一，而且总爱用很难回答的问题来考我：为什么会有云？谁发明了衣服？蜗牛怎么工作？我要不停地掏出手机查维基百科。一天下午，在泳池里，泰迪指着我的胸部，问为什么有两个小鼓包从我的泳衣里凸出来。我没有大惊小怪，只是说它们是我身体的一部分，遇到凉水就会变硬。

“你也有。”我告诉他。

他大笑起来。“不，我没有！”

“你当然有！每个人都有。”

后来，我在室外淋浴间冲澡时，听见他敲打着木门。

“嘿，马洛维？”

“怎么了？”

“你能看见你的‘女生部位’吗？”

“怎么说？”

“如果你往下看，能看见它们吗？”

“我很难和你解释，泰迪。不能吧？”

一阵长时间的沉默。

“那你怎么知道它们在的？”

我很庆幸我们之间隔着一道门，他看不见我大笑的样子。“我就是知道，泰迪。它们绝对在。”

那天晚上，我把这个小插曲告诉了卡罗琳。她非但没有笑，反而显得很警惕。第二天，她带着一大摞绘本回了家，标题包括《这很正常！》和《我从哪里来？》。这些书里的内容，比我小时候看的要露骨得多。里面对肛交、舔阴和性别酷儿的概念做了详细描述，还配有全彩图片，内容一应俱全。我表示，这些对于一个五岁的孩子来讲，可能都太难消化了，但卡罗琳不同意。她说，这是基本的人类生物学知识，她希望泰迪能早点儿学到这些事，这样就不会被朋友们误导了。

“我明白。但舔阴？他才五岁。”

卡罗琳瞥了一眼我颈间晃动的十字架，仿佛那才是问题所在。“下次他如果再问类似的问题，就直接让他找我。我来回答。”

我试图向她保证，自己完全能回答泰迪的问题，但她用行动明确表示，这场对话就到此为止。她已经打开橱柜，叮叮咣咣地拿出了锅碗瓢盆，准备做晚餐了。这段时间以来，她第一次没有邀请我留下和他们共进晚餐。

静心时间长达两个小时的情况越来越常见了，我不知道泰迪是怎样打发时间的。有时我偷偷守在他门外，会听见他自言自语，和谁说着奇怪、无意义和不成句的话。有时，我会听见他削铅笔或者从他的线圈速写本上撕下纸张的声音。他明显还在画画——并且设法瞒着我和他父母，把他的作品藏了起来。

所以周五下午，我决定小规模侦查一下。我一直等到泰迪去上大号，因为我知道，这样我就有了充足的十到十五分钟时间（他蹲马桶时会翻看一摞绘本，花的时间很长）。我一听到他锁门，就快步冲上楼，来到二层。

泰迪的卧室阳光明媚，屋里总有一丝尿液的气味。两扇大窗户俯瞰着后院，卡罗琳告诉我，即使中央空调正在运行，也要整天开着他的窗户，我想这么做是为了帮助驱散异味。墙面粉刷成了亮丽的天蓝色，装饰着恐龙、鲨鱼和《乐高大电影》角色的海报。泰迪的家具包括一张床、一个矮书架和一个梳妆台，所以你可能会觉得搜索这间房用不了多长时间。但我对藏东西还是有二三心得的。我对奥施康定上瘾的第一年，还住在家里。我把药片和吸毒用具一小批一小批地藏在卧室的各个角落，塞进我妈妈永远想不到去看的地方。

我卷起他的地毯，抽出他所有的绘本，取下梳妆台的抽屉，朝空空的桌洞里看。我抖动窗帘，站在他的床上，仔细观察着床帷。我在卧室角落，高高堆成一座小山的毛绒动物里翻找——一只粉色海豚、一只破破烂烂的灰驴和十几个“豆豆娃”毛绒玩具。我把床单从床垫上拽下来，在床垫下摸索。最后，我把整张床垫从床架上抬起来，让它侧面朝上，以便更清楚地看见地板。

“马洛维？”泰迪隔着一楼洗手间的门喊道，“你能把卫生纸递给我吗？”

“马上！”

我还没找完。我还要检查衣柜。我翻看了所有可爱的衣物，无论我们怎么劝，泰迪都从来不穿它们——漂亮的有领衬衫、小小的卡其色上衣和设计师款蓝牛仔裤，以及适合他22英寸腰围的小皮带。我突然看见衣柜顶层有三套棋盘游戏——“线索游戏”“捕鼠陷阱”和“对不起！”——我确定找到了我的宝藏。但我打开包装盒，倒出所有的棋盘，却发现除了棋子和游戏卡片外再无其他。没有画。

“马洛维？你听到我说话了吗？”

我把游戏盒放回衣柜，关上门，把房间基本恢复成了我进来时的样子。

然后，我从洗衣房里抓了一卷卫生纸，匆忙下楼，来到一层的洗手间。“给你。”我说道。他把门打开一道缝，仅够我把纸递进去。

“你去哪儿啦？”他问。

“只是在打扫。”

“好吧。”

他推上门，我听到按键锁咔哒一声合上了。

整个周末，我都坚定地相信是自己太多疑了。我没有证据证明泰迪还在画画。他卧室里传来的刮擦声可能来自任何东西。他手指上的黑渣可能是做园艺时蹭上的灰，或者是五岁男孩身上常见的污痕油渍。其他的一切似乎都很正常，所以我还在担心什么呢？

周一早上，我被垃圾车慢吞吞蹭过艾治伍德街发出的轰鸣声吵醒。它们一周来两次——周一清理可回收垃圾，周四收集其他垃圾。一瞬间，我回想起自己有一处忘记检查了：泰德二楼办公室里的垃圾桶。泰迪要下楼，就必须经过它。他要在出卧室的路上把画扔在那儿，简直易如反掌。

幸好我是穿着T恤和运动短裤睡觉的。我跳下床，冲出门去，飞奔着穿过草坪。草上沾着晨露，还是湿的，我绕过房子时差点儿滑倒。卡车距离我还有三栋房子的距离，所以我只有一分钟时间了。我跑到私家车道的尽头，每周日的晚上，泰德都会把两个蓝色垃圾箱拖到这里来——一个装金属和玻璃，一个装纸和纸板。我把手伸进底部，翻过撕碎的垃圾信件和水电费账单、外卖菜单、信用卡流水单和一大沓产品邮购目录：有“第九条”服装公司、“天涯海角”服装公司、里昂比恩和维蒙特乡村商店，每天都有十几封这样的信件。

垃圾车在我身边停下了。一个戴着工作手套的干瘦男人对我笑了笑。他的上臂盘着一条龙形文身。

“丢东西了？”

“没有，没有。”我对他说，“你拿走吧。”

但当他去搬垃圾箱时，里面的东西移动了位置，露出一个揉皱了的巨大纸团，带着纸屑的毛边看着很眼熟，就和泰迪的画纸一模一样。

“等等！”

他扶着垃圾箱，好让我去抓纸团。我拿着它，沿着私家车道回到我的小屋。

一进屋，我就烧了些水，用马克杯给自己泡了茶，然后坐下来研究这几张纸。这有点儿像是剥洋葱。一共有九页纸，我用手掌抚平所有的褶皱。前几张看起来没有任何内容，只是无意义的涂鸦。但随着我翻动页面，笔触越来越有章法，细节也越来越多。

构图开始进步了，有了光影的对比。它好像一个速写本，记录着某幅正在创作中的奇特画作。一些纸张上画满了画，其中很多都只完成了一半。

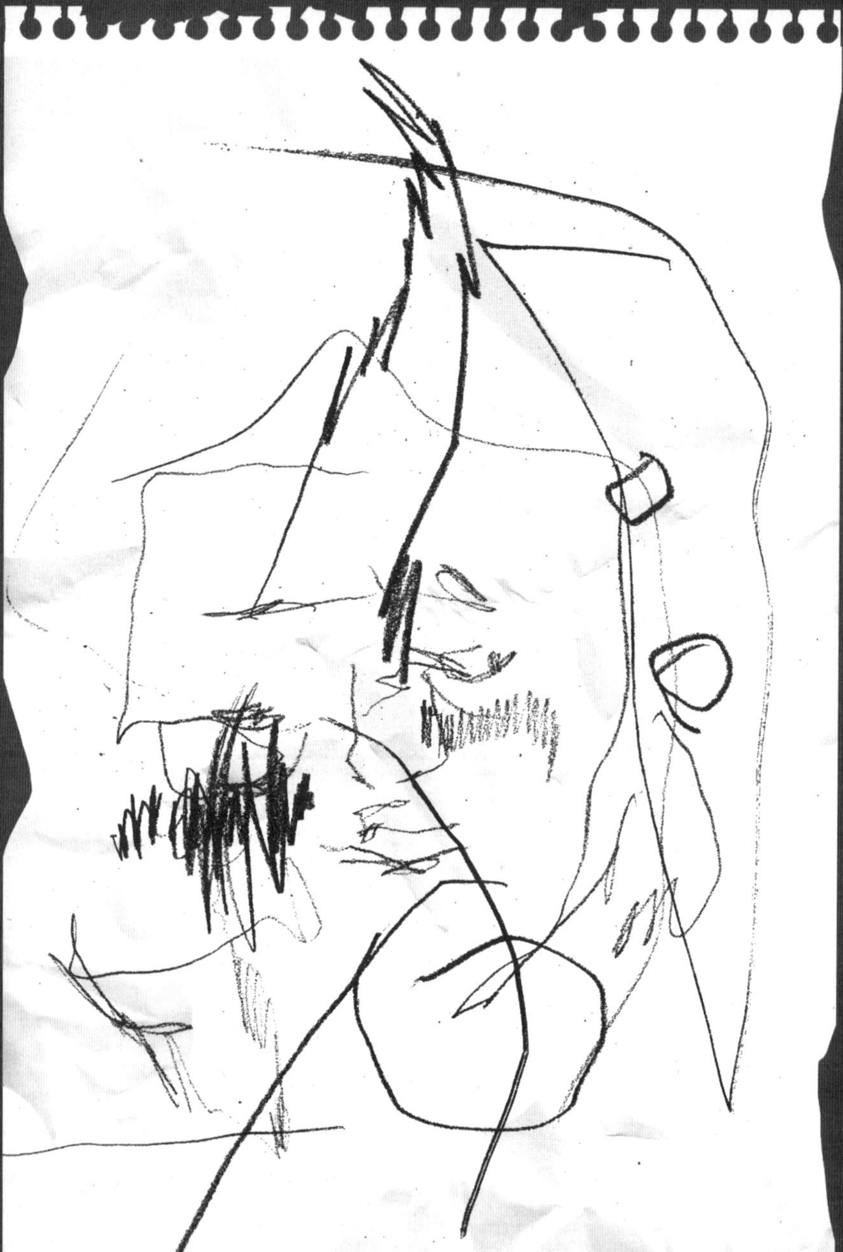

# 11

不好意思，这些画绝对不可能是泰迪画的。大多数成年人都没法画得这么好——更不要说一个和毛绒动物睡觉，数字只能数到二十九的五岁男孩了。

但如果不是泰迪，这些画是怎么到垃圾回收箱里去的？

是泰德画的吗？还是卡罗琳？

麦斯威尔夫妇业余时间在学习插画吗？

我所有的问题又引出了更多问题，很快我就宁愿自己从没下过床了。要是我让垃圾车直接把线索带走该多好，这样我就不用思考这些画的意义了。

周一稀里糊涂地过去了——乐高、奶酪通心粉、静心时间、泳池——但夜幕降临前，我准备做一点儿正经的研究。我冲了澡，洗了头发，穿上卡罗琳最靓丽的一套衣服：一条点缀着漂亮白花的淡蓝色中长裙。之后我步行一英里进城，来到斯普林布鲁克当地的一家独立书店“讲述者”。

我意外地发现，虽然是周一晚上，但这家书店依然人头攒动——本地的一位作家刚刚办完读书会，现场洋溢着派对般欢乐的气氛。人们用塑料杯喝着红酒，分吃着小纸盘盛的长方形大蛋糕。我要从人群里挤出一条路，才能到达育儿类书籍区。但我很庆幸有这些事情来分散人们的注意力。我不希望哪个导购主动来帮我找书，如果他们听了我要找的内容，一定会觉得我疯了。

我拿了几本书，从后门离开，来到一个砖砌的大露台——这是一家人满为患的咖啡馆，环绕着亮晶晶的圣诞彩灯。里面有一个小吧台，出售小吃和饮料。一个非常热情的十几岁女孩坐在吧台的高脚凳上。她穿着背带裤，抱着一把木吉他，唱着《泪洒天堂》。我一听到这首歌，就想起妹妹的追悼会。它在当天的播放列表里，一遍又一遍地循环。

我总是在超市和餐馆里猝不及防地听到这首歌，即使已经听过千百遍，我也还是会流泪。但这个女孩的版本比埃里克·克莱普顿的原唱更加阳光。她幼小的年纪仿佛有种魔力，使这首歌听起来几乎充满希望了。

我走向咖啡吧台，点了一杯茶和一份点心，却发现我两只手拿不了这么多东西。而且所有的餐位都满了，看起来也没有人急着离开。因此，当我看到阿德里安独自坐在一张两人桌旁，读着一本《星球大战》小说时，简直无法相信自己的好运气。

"我能和你坐在一起吗？"

有趣的是——这一次，他没有认出我，至少没有立即认出来，因为我穿着卡罗琳价值五百美元的漂亮裙子。"可以！当然！马洛维！你好吗？"

"我没想到人会这么多。"

"这里总是很红火。"阿德里安说，"这是斯普林布鲁克第三大热门去处。”

“另外两个是什么？”

“第一名是芝乐坊餐厅，这个很明显。排行第二的是维格曼斯超市的热食自助餐厅。”他耸耸肩，“我们没有什么夜生活。”

弹吉他的女孩唱完了《泪洒天堂》，掌声稀稀拉拉。但阿德里安用力地鼓了好一会儿掌，她朝我们的方向气恼地瞪了一眼。“那是我表妹加布里埃拉。”他说，“她才十五岁，你能相信吗？她带着把吉他，大摇大摆地走进来，然后他们就给了她一份工作。”

加布里埃拉靠近麦克风，说接下来她要唱披头士的歌了。然后她开始用甜美的声音翻唱《黑鸟》。我看着阿德里安正在读的书。封面是楚巴卡①向机器人军团发射激光的画面，大大的烫银字母印出了标题：《伍基人的复仇》。

“好看吗？”

阿德里安耸耸肩。“我想这不是官方作品？所以内容有很大自由度。但如果你喜欢《伊沃克人的复仇》，你一定会爱上这本书的。”

我实在忍不住了——放声大笑起来。“你可真有趣。你看着像景观设计师，晒得像佛罗里达州人一样黑，指缝里藏着泥。但最后发现你实际是乡村俱乐部的常客，还是个喜欢《星球大战》的宅男。”

“我整个夏天都在拔杂草。我需要一些帮助我逃避现实的娱乐活动。”

“我理解。我看霍尔马克频道也是出于这个原因。”

“你认真的？”

“不开玩笑。我看过《烘焙屋疑云》探案系列全部的五部作品。

---

① 《星球大战》角色。

这件事我没和多少人透露过，现在我把这个秘密托付给你保管了。”

阿德里安在胸前画了个 X。“我绝不泄密。”他说，“你在读什么书呢？”我不用回答这个问题，因为我的书已经摆在了桌上，阿德里安可以看到书脊:《非正常儿童心理学》和《超自然现象大全》。“你当了一整天保姆之后，就是这么放松的？”

“如果我告诉你我为什么在读这些书，你大概率会觉得我疯了。”

阿德里安合上《伍基人的复仇》，把它放到一边，全神贯注地看着我。“我最喜欢的故事全都是以你这种警告开头的。”他说，“全都讲给我听吧。”

“这可是个很长的故事。”

“反正我也没处可去。”

“我警告你啊，我可能还没讲完，书店就关门了。”

“从头开始讲，不要漏掉任何细节。”他对我说，“你永远不知道哪些细节会起到重要作用。”

于是我给他讲了麦斯威尔夫妇为我安排的求职面试，讲了小屋，还讲了我和泰迪的日常活动。我描述了泰迪画作的变化，以及发生在泰迪卧室里的奇怪对话。我告诉了他我和米琪还有麦斯威尔夫妇的讨论。我问他知不知道安妮·巴瑞特的故事，他肯定地说，斯普林布鲁克的每个孩子都知道安妮·巴瑞特的故事。显然，她就是本地用来吓唬小孩的恶鬼，总会盯上天黑以后在森林里迷路的孩子。

在讲了快一小时后（这时他的表妹已经收拾好吉他回家了，周围所有的桌子都清空了，只剩下我、阿德里安和擦桌子的咖啡馆服务生），我把手伸进包里，展示我最新的发现——从垃圾回收箱里翻出的画。阿德里安惊诧地翻过一张张画。“你说这些是泰迪画的？五岁的泰迪？”

“画纸来自泰迪的速写本。而且我能听见他在卧室里画画。他出来时，手指上都是铅笔印。我能想到的唯一解释是——”我敲了敲《超自然现象大全》，“也许他在充当谁的灵媒。可能就是安妮·巴瑞特的鬼魂。”

“你觉得泰迪被附身了？”

“不，这与《驱魔人》不同。安妮并没有试图摧毁泰迪的灵魂，或者占据他的身体。她只是想借用他的手。她在静心时间，泰迪在卧室里独处的时候使用它。其他时间里，她不会打扰泰迪。”

我停顿了一下，好让阿德里安大笑两声或者嘲弄我一番。但他什么都没说，于是我简单阐述了余下的猜想：“安妮·巴瑞特是个杰出的艺术家。她已经掌握了绘画技巧，但这是她第一次用其他人的手作画。所以她的前几次尝试很失败，只能乱涂一气。但画了几页后，她的手感越来越好。她有了章法，画面的细节更丰富了，画出了纹理和光影效果。她把她的新工具——泰迪的手，运用得越来越自如了。”

“那这几页纸是怎么跑到垃圾堆里的呢？”

“也许是安妮娅放在那儿的，也可能是泰迪干的。我不确定。他现在把自己的画藏得很严。”

阿德里安重新翻看起这些画来，这一次，他更加仔细地观察着它们。他把其中几张倒过来看，研究着乱涂乱画的部分，寻找深层含义。“你知道它们让我想起什么吗？少儿杂志里的图片解谜游戏。比如屋顶其实是个靴子、比萨或者冰球杆。你还记得吗？”

我知道他口中的解谜游戏——我和妹妹一度很喜欢——但我认为这些画更加直白。其中一幅里，一个女人正在痛苦地大叫。我指着它说：“我觉得这是一张自画像。我想安妮是在画她被杀的故事。”

“那么，有一个简单的判断方法。我们去找一张真正的安妮·巴瑞特的照片，把她和这张画里的女人对比，看看能不能对得上。”

“我已经查过了。网上什么也没有。”

“那你太走运了，我妈妈暑假在斯普林布鲁克公共图书馆工作。他们有一套庞大的小镇历史档案。相关材料堆满了一整个地下室。如果有人有安妮·巴瑞特的照片，那一定就是他们。”

“你能问问她吗？她介意吗？”

“你在开玩笑吗？她就是为这些而活的。她是个老师，也是兼职图书管理员。如果我告诉她你在调查本地的历史，她一定会成为你新的至交好友。”

他承诺第二天一早就去问她。和人倾吐了我的问题后，我感觉好多了。“谢谢你，阿德里安。你没有觉得我疯了，真是太好了。”

他耸耸肩。“我觉得我们必须考虑到每种可能性。‘当你排除了所有不可能的选项，剩下的无论多难以置信，都必然是真相。’这句话是《星际迷航》电影第六部中史波克说的，但他转述自夏洛克·福尔摩斯。”

“我的天啊。”我说，“你真的是个宅男。”

我们踏着夜色走回家，人行道上只有我们两个。周围是如此安全、宁静又祥和。阿德里安扮演着导游，指出他那些臭名昭著的高中同学所住的房子，比如“把父母的 SUV 撞翻的男生”和“TikTok 不雅视频遭曝光而被迫转学的女生”。我感觉他似乎认识斯普林布鲁克的每一个人，他的高中时光如同奈飞平台那些光鲜亮丽的青少年剧集一样。在那些幼稚的肥皂剧里，所有人都相貌出众，而一场大学校际足球赛的结果能左右主角的人生。

然后，他指着角落里的一栋房子，告诉我这里就是特蕾西·班坦长大的地方。

“我应该认识她吗？”

“她是宾州州立大学女子篮球队‘巾帼之狮’的控球后卫。我以为你们认识。”

“宾州州立大学太大了。”我对他说，“有五万个学生。”

“我知道。我只是以为所有大学运动员都会去同样的派对呢。”

我没有立刻回答阿德里安。他给了我完美的澄清机会。我应该告诉他这是个愚蠢的玩笑，是我和陌生人玩的游戏。在我们的关系更进一步之前说清真相。我想也许他会理解的。

但这样一来，我就必须向阿德里安坦白一切，遮遮掩掩是行不通的。如果我告诉他，自己其实从没上过大学，我就要解释自己前几年是怎么度过的——我完全没有准备好讲述这些，不是现在，不是在我们的对话进行得如此愉快的时候。于是我只是转移了话题。

我们走到了繁花城堡。阿德里安说要送我回家，我没有拒绝。他问我家在哪里，听说我是在南费城长大的，从我的卧室窗户可以看到市民银行球场，不禁感到惊讶。“你听着不像是费城人。”

我拿出了最像洛奇·巴尔博厄[①]的声线：“哟，阿德里安！你掘（觉）得我们都则（这）样缩（说）话吗？”

“我说的不是你的口音。是你的形象和气质。你太阳光了，不像

① 史泰龙主演的美国系列电影《洛奇》的男主角，费城人。

其他人那样满脸疲惫。”

哦，阿德里安，我心想。你真的什么也不知道。

他问道：“你父母还在南费城吗？”

“只有我妈妈在。我小时候他们就分开了，我爸爸搬去了休斯敦。我几乎不认识他了。”

这些都是实话，所以我觉得我的答案应该还是相当令人信服的。但之后，阿德里安问，我是否有兄弟姐妹。

“只有个姐妹，贝丝。”

“姐姐还是妹妹？”

“妹妹。她十三岁。”

“她去看你的比赛吗？”

“每次都去。单程开车要三个小时，但如果是主场作战，我妈妈和妹妹都会来。”我的喉咙哽住了——我不知道我为什么说这些。我想要对他坦诚，拥有一段真正的感情，可我现在却堆砌了更多的谎言。

但当我和这个贴心又帅气的草坪修剪师小伙并肩走在洒满月光的小道上时，屈从于幻想实在是太容易的事了。我真正的过去仿佛离我有一百万英里那么遥远。

等我们终于回到麦斯威尔家时，天已经黑透了。现在已经过了十点半，所有人一定都睡了。我们沿着小石板铺的路从侧面绕过房子，后院甚至更暗了，只能靠泳池闪烁的蓝光指引方向。

阿德里安眯着眼看向院子对面，扫视着树林，想找到小屋的轮廓。“你的屋子在哪儿？”

我也看不见。“大体位置是在后面那片树林里。我留着门廊的灯呢，但我猜灯泡已经烧坏了。”

“嗯……挺诡异的。”

“真的吗？”

“刚才你不是和我讲了那些故事吗？我现在心里没底了。”

我们穿过草坪，走向小屋。我登上门廊的台阶时，阿德里安一直站在草地上等着。我试着开门，它还是锁着的，于是我去掏钥匙。突然间我很感激卡罗琳坚持要我把电击枪挂在钥匙链上。“我还是先进门看一下吧。你介意等等吗？”

“没问题。”

我打开门，进入屋内，按下门廊灯的开关——绝对坏了。但室内的灯还能正常工作，小屋看起来就和我离开时一样。厨房里没有东西。浴室里也没有。我甚至跪在地上，飞快地看了一眼床下。

“一切都还好吗？”阿德里安喊道。

我走回到屋外。“没事。就是需要一个新灯泡。”

阿德里安保证，等他有了关于安妮·巴瑞特的更多信息，就给我打电话。我目送他穿过院子，绕过房子侧面，从视线中消失了。

当我转身进屋时，我的脚擦过一颗难看的灰色石头，约莫网球大小。我低头看去，意识到自己正踩在纸上。三张边缘不规则的纸，被石头牢牢压住。我保持着背对屋门的姿势，弯下腰，把它们捡了起来。

之后我进了屋，锁上门，坐在床边，一页页翻动纸张。它们和泰德·麦斯威尔撕成碎片的三张画很像——也就是他发誓我再也不会看到的那三张画。只是这一回，它们由另一只手画成。这些画色调更暗，更细致。画上使用了太多的铅笔和炭，导致纸弯曲变形了。一个男人正在挖一座坟。一个女人被拖着穿过森林。还有一个人正从极深的坑底向上看。

# 12

第二天早上，我走到主屋，泰迪正在露台的玻璃滑门处等我，手里拿着一个小笔记本和一支铅笔。“早上好，欢迎来到我的餐厅。”他说，“请问您几位？”

“就我一个，先生。”

“请这边走。”

他所有的毛绒动物都坐在椅子上，围在餐桌旁。泰迪领着我来到哥斯拉和蓝色大象之间的一个空座位上。他拉出一把椅子，递给我一张餐巾纸。我能听见卡罗琳在楼上的卧室里烦躁地走来走去。看起来，她离家的时间又要迟了。泰迪握着笔记本和笔，耐心地站在我身旁，准备听我点单。“我们没有菜单。”他说，“只要您想吃，我们都能做。”

“既然这样，那我要炒鸡蛋。还要培根、薄饼、意大利面和冰激凌。”他被逗得直笑，于是我又尽可能地添油加醋，“再加胡萝卜、汉堡、墨西哥煎玉米卷和西瓜。”

他咯咯地笑弯了腰。这个孩子总是能让我感觉自己像《周六夜现场》[①]里的凯特·麦金农[②]，仿佛无论我做什么事都“笑果十足”。“如您所

① 美国一档于周六深夜时段直播的喜剧小品类综艺节目。

② 美国女演员，2012—2022 年担任《周六夜现场》常驻嘉宾。

愿！”他说道。然后他摇摇晃晃地走向玩具箱，准备把塑料做的食物堆到我盘子里。

这时，座机响了。卡罗琳冲楼下的我喊道：“拜托，让它转语音留言吧，我没时间了！”

铃响三声后，机器开始播放留言提示，我听到了正在录制的信息：“早上好，我是斯普林布鲁克小学的戴安娜·法瑞尔……”

这是他们一周里留的第三条留言。卡罗琳一阵风似的冲进厨房，在她挂断前匆忙接起了电话。“你好，我是卡罗琳。”她向我飞来一个愤怒的眼神——这该死的学校系统也太离谱了吧？——然后拿着电话机走进了休息室。与此同时，泰迪端给我一个盘子，上面高高堆着过家家玩具：塑料鸡蛋、塑料意大利面和几勺塑料冰激凌。我摇摇头，假装大发雷霆：“我很确定我点了培根的！”

泰迪大笑着跑过房间去找玩具箱，然后带着一片塑料培根回来了。我正在试着偷听卡罗琳的电话，但她说的并不多。这就像静心时间里，在泰迪卧室发生的对话一样，基本是另一边在讲。她只说了“对，对”“当然”和“不，是我该谢谢你”。

我假装往嘴里塞着塑料食物，像食槽前一只圆滚滚的肉猪。我不断地吸鼻子，并发出哼哼声，泰迪爆发出一阵大笑。卡罗琳拿着无绳电话走进厨房，把它放回底座上。

“刚才是你新学校的校长。”她对泰迪说，“她等不及要见到你了！”

接着她紧紧地拥抱了他，又吻了他一下，然后急匆匆地出门了。因为现在已经是 7 点 38 分，她耽搁太久了。

“吃”完早餐后，我假装用钱支付了不存在的账单，问泰迪他想要做什么。我猜他彻底沉浸在了角色扮演的情绪中，因为他又想玩魔法森林的游戏了。

我们沿着黄砖路和飞龙小径，一路走到帝王河。然后我们攀上巨型魔豆藤的枝干，直到离地面有十英尺才停下来。枝条间有个小小的空洞，泰迪尽职尽责地往里面填满了小石块和尖锐的树枝——这是个武器库，以防我们遭到妖精的攻击。

“妖精不会爬树，因为它们的胳膊太短了。”泰迪解释道，“所以我们可以躲在这些枝叶里，朝它们扔石头。”

一整个上午，我们都沉迷于无穷无尽的创造和即兴发挥游戏。在魔法森林里，一切皆有可能，想象没有界限。泰迪在帝王河的岸边停下来，告诉我，我应该喝河水。他说，这条河有着神奇的特性，能让我们不被抓住。

“我已经在小屋里存了一加仑[①]河水。”我告诉他，“我们到家后，我会和你分着喝的。”

“太好了！”他叫道。

然后他跳下小路，带头迈向下一场探索之旅。

“对了，”我在他身后喊道，“我发现你留给我的画了。”

泰迪回头看着我，露出一个微笑，等我展开说。

“就是你留在我门廊上的画。”

“妖精的画吗？”

“不，泰迪，是安妮娅被埋起来的画。它们真的画得很好。有人帮你了吗？”

现在他显得很困惑——好像我瞒着他突然改变了游戏规则一样。

---

① 1加仑约合3.7升。

"我没有再画安妮娅了啊。"

"没关系的。我没生气。"

"但我没有画。"

"你把它们留在我的门廊上了。压在一块石头下面。"

他恼火地挥舞双手："我们就玩平时的魔法森林好吗？行不行？我不喜欢这个版本。"

"没问题。"

我意识到，或许这个话题聊得不是时候。但当我们回到主屋，准备吃午餐时，我也不想再提这件事了。我做了一些炸鸡块，吃完后，泰迪就上楼度过静心时间了。我等了一小会儿，然后跟着上了楼，把耳朵贴在他的卧室门上。我听到他的铅笔划过纸张的轻微声响，沙沙沙。

那天傍晚，罗素打来电话，邀请我一起吃晚餐。我因为前一晚的事，依然觉得浑身疲惫，便建议推迟。但罗素说他马上要外出度假两周了——必须是今晚。"我找了一个你住处附近的餐厅，叫芝乐坊。"

我差点儿笑出来，因为罗素可是一个坚决倡导健康饮食的人。他的饮食几乎完全由植物和蛋白质组成——无添加糖，无碳水，只是偶尔来几勺角豆片[①]和有机蜂蜜。

"芝士蛋糕[②]？你认真的吗？"

"我已经订好位了。七点半。"

于是我等到卡罗琳回家，然后冲了澡，换上一条裙子。出小屋之前，我伸手去拿泰迪最新的那一叠画。但到了门口，我犹豫地停下了。

---

① 由角豆制成的小吃，口感和外观类似巧克力片，但不含咖啡因，热量也较低。

② 芝士蛋糕是芝乐坊的主打菜。

在书店和阿德里安从头到尾讲述了这件事之后，我就明白，我需要一个小时才能说清所有事情。因此我决定把画留在家里。我希望罗素能以我为荣。我想展示一个强大、能干并且正在积极康复的女性形象。我不想因为自己的这些担忧而给他增添压力。于是我把画塞进了床头柜里。

餐厅很大，很拥挤，人们兴致勃勃地嗡嗡交谈着——这是芝乐坊餐厅的典型特色。女服务生把我领到一张餐桌前，罗素正在等我。他穿着一套海军蓝运动服，脚上是他最喜欢的霍伽运动鞋，他在参加纽约市马拉松时穿过。“你来了！”他拥抱了我，然后从头到脚端详了我一番，“怎么了，奎因？你看起来累坏了。”

“谢谢，教练。你看起来也不错。”

我们在椅子上坐下，我点了一杯天然气泡水。

“我是说真的。”他说，“你睡得好吗？”

“我很好。小屋晚上有点儿吵，但我快适应了。”

“你告诉麦斯威尔一家了吗？也许他们能帮忙。”

“他们愿意给我在主屋腾出一间房。但我和你说过的，我很好。”

“如果你不好好休息，是没办法训练的。”

“只有一个晚上状态不好。我发誓。”

我试着把话题转移到菜单上。每道菜下面，都标了卡路里数值和营养成分。“你看见这道那不勒斯意面了吗？它的热量有两千五百卡路里呢。”

罗素点了一道油拌蔬菜沙拉，配菜是烤鸡肉加油醋汁。我要了一个魅力汉堡，搭配炸红薯条。我们聊了聊他即将到来的假期——他和他在基督教青年会做私人教练的女朋友多琳，将在拉斯维加斯度过两个星期。但我能看出他依然忧心忡忡。我们吃完后，他又把话题拉回到我身上。

“所以斯普林布鲁克怎么样？匿名戒毒会的会议如何？”

“参会的人都比我年纪大，罗素。没有说他们不好的意思。”

“你一周去一次吗？”

“没必要。我情况很稳定。”

我能感觉到，他对这个答案并不满意。但他也完全没有对我大加批评。

“朋友呢？你结交过其他人吗？”

“我昨晚和一个朋友出去了。”

“你在哪儿认识她的？”

“他是罗格斯大学的学生，是回家来过暑假的。”

我的成长伙伴眯起了眼睛，显得很担忧。“现在约会还早了点儿，奎因。你才刚戒毒十八个月。”

“我们只是朋友。”

“那他知道你戒毒了？”

“是的，罗素，我们最先聊的就是这个话题。我告诉他，我曾经差点儿在一辆网约车的后座上吸毒过量。然后我们聊了那几次我在火车站过夜的经历。”

他耸耸肩，好像这些事都是很正常的谈资似的。“我陪伴过很多大学生，马洛维。这些校园——人们称兄道弟、狂喝滥饮——就是毒瘾者的温床。”

“我们在书店度过了一个非常宁静的夜晚。我们喝了气泡水，听了音乐。然后他送我走回了麦斯威尔家。我感觉很不错。”

“下次你见到他，就应该告诉他真相。这是你身份的一部分，马洛维，你需要主动接受它。你拖得越久，就越难做到。”

“这就是你邀请我来这儿的原因吗？来教育我？”

“不，我邀请你来，是因为卡罗琳给我打电话了。她很担心你。”

我被这突如其来的一击打蒙了。“真的吗？”

“她说，一开始你做得很棒。她说你充满了活力，奎因。她对你的表现非常满意。但她说最近几天，她注意到一些变化。每次我一听到这样的话——”

“我没在吸毒，罗素。”

“好，知道了，那很好。”

“她说我吸毒了吗？”

“她说你这两天的表现很奇怪。她看见你早上七点在外面翻她的垃圾桶。你究竟在搞什么？”

我意识到，卡罗琳一定是从她卧室窗户看到我的。“没什么。我不小心把一个东西扔掉了。我得拿回来。不是什么大事。”

“她说你提到了鬼魂。你觉得她儿子可能被附身了？”

“不，我从来没这么说过。她误会我了。”

“她还说你跟隔壁的吸毒者关系很亲密。”

“你是说米琪吗？我只和米琪说过两次话。而且是在四个星期里。只是这样，我们就变成闺密了吗？”

罗素打了个手势，示意我小点儿声。即使在这个拥挤嘈杂的餐厅里，邻桌也有几个人扭头盯着我们了。“我是来帮你的，明白吗？你想聊点儿什么吗？”

我真的能告诉他吗？我真的能把关于安妮·巴瑞特的忧虑用几句话就说清楚吗？不，我做不到。因为我知道我的担忧听上去都很荒唐。而我只想让我的成长伙伴为我骄傲。

“咱们看看甜品吧。我想点巧克力榛子芝士蛋糕。”

我把压膜菜单递给他，但他没有接。“别岔开话题。你需要这份工作。如果你被开除了，是没法回到‘安全港’的。那儿的申请人名单比你的胳膊还要长。”

“我不会回‘安全港’的。我会出色地完成工作，卡罗琳会向所有的邻居夸赞我，暑假结束后，她一定会留用我的。或者，我会在斯普林布鲁克另找一家人，给他们打工。这就是我的计划。”

“孩子的爸爸呢？泰德怎么样？”

“他怎么了？”

“他人好吗？”

“很好。”

“他是不是太好了？或许会对你动手动脚？”

“你真的说了动手动脚这个词吗？”

“你明白我的意思。有时候，这些男人会失去边界感。也可能他们知道边界在哪儿，但不在乎。”

我回想起两周前的游泳课。那天晚上，泰德称赞了我的文身。我想，他可能曾经把手搭在我肩上，但并没有做出抓我屁股这样的事。“他不会动手动脚的，罗素。他挺好。我也挺好。我们都挺好。拜托，现在我们可以点甜品了吗？”

这一次，他不情不愿地接过菜单。“我们要点哪个？”

“巧克力榛子的。”

他把菜单翻到背面，查看营养成分表。“一千四百卡路里？你在坑我吗？”

“还有九十二克糖。”

“我的老天，奎因。这家餐厅肯定每周都会死人。他们走出门去开车的路上，就会突发心脏病。停车场应该配医生，随时准备抢救他们。”

负责我们这桌的女服务生看到了罗素在浏览甜品。她是个十几岁的姑娘，满面笑容，兴高采烈。“好像有人想点芝士蛋糕呢！”

“没门儿。”他说，“但我朋友要点一个。她又健康又结实，人生还长着呢。”

吃完甜品后，罗素坚持要开车送我回麦斯威尔家，这样我就不用在天黑后穿过高速公路了。我们到了家，靠边停下后，已经将近九点半了。

“谢谢你请我吃了芝士蛋糕。”我对他说，“祝你假期愉快。”

我打开车门，这时，罗素拦住了我。“我说，你确定你没事？”

“你要问我多少次啊？”

“那就告诉我，你为什么在发抖。”

我为什么在发抖？因为我紧张。我害怕自己走到小屋，发现门廊上又出现了画——这就是我发抖的原因。但这件事我一句也不会向罗素解释的。

“我刚摄入了五十克饱和脂肪。我的身体在燃烧脂肪。”

他显得很怀疑。这是成长伙伴的经典困局：你要信任被陪伴人，你要显示出你相信他们，并且认定他们能够康复。但当他们的行为开始变得奇怪——炎热的夏夜，当他们坐在车里却还是浑身颤抖时——你就要不留情面了。你要问出那些残酷的问题。

我打开他的手套箱，里面还是装满了浸入式检测试剂卡。“你想测一下我吗？”

“不，马洛维。当然不。”

“你明显很担心。”

“没错，但我信任你。那些卡不是给你准备的。”

“还是让我测吧。让我证明自己没事。”

他车的后排有一摞散落在地的纸杯。于是我弯下腰，抓了一个。罗素从手套箱里拿了一张试剂卡，我们都下了车。我此刻最大的愿望，就只是有人能陪我走回小屋。我害怕独自回家。

这次，后院还是一片漆黑。我还没换门廊上坏掉的灯泡。“我们去哪儿？”罗素问，“你的房子呢？”

我指向树林。“在这后面。你一会儿就看见了。”

我们走近一些，我渐渐能分辨出它的轮廓了。我已经把钥匙握在手里，于是我试着启动了电击枪，它发出巨大的噼啪声，像一道闪电一样，点亮了后院。

“上帝啊，”罗素说，“那是什么玩意儿？”

“卡罗琳给了我一把电击枪。”

“斯普林布鲁克没有人犯罪。你要电击枪干什么？”

“她是当妈妈的，罗素。她会有各种各样的担心。我答应她会把电击枪挂在钥匙链上的。”

电击枪上有个微型 LED 手电筒，我用它来回照了照小屋的门廊：没有新的石块，也没有新画。我用钥匙打开门，开了灯，把罗素领进小屋。他四下打量着房间——表面是在欣赏我房间的布置，但罗素是个经验老到的成长伙伴，我知道他同时也在检查屋里是否有异样。“这里真不错，奎因。都是你自己收拾的吗？”

“不，是麦斯威尔夫妇在我搬来前布置好的。”我从他手里取走塑料杯，“给我一分钟。随便坐。”

吃完一顿丰盛的晚餐，回到家里，对着一个纸杯尿尿，然后把杯子交给自己的好友，让他分析里面的成分，你可能觉得这样很恶心，但如果你在戒毒康复中心待过哪怕一会儿，就都能很快适应这件事。我进入洗手间，按照流程操作。然后我洗了手，带着样本回来了。

罗素焦急地等待着。鉴于我的起居室同时也是卧室，我想他感觉有些不自在，好像打破了某种成长伙伴和被陪伴人之间的规矩似的。“我这么做只是因为你主动要求。”他提醒我，“我其实不担心的。”

“我明白。”

他把试剂卡浸入杯子，把它拿住不动，直到试纸吸满水。然后，他把卡片横着架在杯口，我们一起等待结果。他又讲了讲他的假期，如果膝盖的条件允许，他想徒步走到美国大峡谷的底部。但我们不需要等太久。检测面板如果显示单横线就是阴性，双横线则是阳性——而阴性结果总是显现得很快。

“干干净净，就像你说的一样。”

他拿起杯子，走回我的洗手间，把尿倒进马桶冲掉。之后他把纸杯揉皱，把它和试剂卡一起按到垃圾桶底部。最后他用温水耐心而慢条斯理地洗了手。“我为你骄傲，奎因。我回来后给你打电话。就两周，好吗？”

他走后，我锁上门，换了睡衣。美味的芝士蛋糕令我心满意足，此外我还感到相当自豪。我先前把平板电脑留在厨房充电了，因为

现在还早，我觉得或许可以看部电影。但当我绕过厨房料理台去取平板时，我看到了我一直害怕的画——没有压在门廊的石头下面，而是被磁铁贴在了冰箱门上。

我把画从冰箱门上扯下来，磁铁当啷一声摔在地上。画纸沾了潮气，变软了，还带着一点儿余温，仿佛刚从烤箱里拿出来。我把画倒扣在料理台上，不想再看到它们。

接着我匆忙绕着屋内走了一圈，把两扇窗户都锁上了。今天夜里一定会又热又闷，可能还会令人无法入眠，但在发现了画之后，我不会再冒一点儿风险了。我卷起地毯，查看了地上的盖板——还是好好地钉着，没有打开。然后我把床从屋子一头拖到另一头，用它堵住门。如果有人要打开它，门就会撞上床脚的挡板，把我惊醒。

在我看来，这些画最终被贴在我的冰箱上，一共有三种可能的途径：

#1: 是麦斯威尔夫妇做的。他们肯定有小屋的钥匙。我猜泰德或卡罗琳画了这些画，然后——趁我在外面和罗素吃晚餐时——他们其中一个进了小屋，把画留在冰箱门上。但是为什么呢？无论是他们中哪个人做了这件事，我都想不出任何说得通的动机。我要保证他们孩子的安全和健康。他们有什么理由对我进行精神控制，让我觉得自己疯了呢？

#2: 是泰迪做的。可能这个乖巧的五岁孩子从父母那里顺走了一把备用钥匙，然后溜出卧室，轻手轻脚地穿过后院，把画带进了小屋。但如果要相信这个猜测，同时也必须相信泰迪是个有魔力的艺术大师——他在几天时间里，画工就从火柴人水平跨越到成熟的现实主义三维作画，还具备以假乱真的光影表现力。

#3: 是安妮娅做的。我不知道静心时间中，泰迪的卧室里发生了什么——但如果安妮娅真的控制了他——占据他的身体，用他的手画下这些画，然后用某种办法，把这些完成的作品“带”到小屋里——我该怎么办？

我知道，我知道：这听上去匪夷所思。

但当我思考这三种猜测时，当我对比它们时？最不可能的解释，看起来就是最贴近真相的。

而那天夜里——当我在床上辗转反侧，努力入睡时——我想出了一个办法，来证明自己的猜想是对的。

# 13

第二天的午餐时间，我下楼来到麦斯威尔家的地下室，开始拆箱。地下室堆满了他们没来得及拆封的快递盒，我只打开了三个，就发现了自己要找的东西。我知道麦斯威尔夫妇一定会买婴儿监护器，令我高兴的是，它看起来还是很新的型号。信号发射端是一个高清摄像头，配有红外夜视功能和普通 / 广角镜头。信号接收端是一块简装书大小的屏幕。我把所有部件都装进一个小鞋盒里，带上楼。当我回到厨房时，泰迪已经在等我了。

“你在地下室干什么呀？”

“只是随便看看。”我回答他，“我给你煮点儿意大利饺子吧。”

我等到他开始专心吃午饭了，就偷偷溜上楼，去了他的卧室，找地方藏摄像头。我意识到，如果我想弄清这些画是怎么来的，就需要看到它们产生的过程——我要在静心时间里，看到他卧室内部的情况。

但藏摄像头并非易事。它很大，很笨重，难以隐藏。而更棘手的是，它还必须连上电源插座。但我在泰迪堆积如山的毛绒动物里找到了解决办法——我小心翼翼地埋住摄像头，让镜头从史努比和小熊维尼之间向外窥探。我确认它插好并且能够传输信号之后，吻了一下挂在颈间的十字架，向上帝祈祷泰迪不会发现任何异常。

我回到厨房，坐在泰迪身边，陪他吃完午饭。他今天上午非常健谈。他抱怨自己要去理发店了——泰迪讨厌去理发店，他说他想把头发留长，就像“胆小狮”[1]那样——但我没怎么听。我太紧张了。我的很多疑问马上就要得到解答，但我不知道自己是否做好了心理准备。

在过了仿佛几个小时那么久后，泰迪吃完了饭，我送他上楼去度过静心时间。然后，我急忙走进休息室，插上信号接收端。泰迪的卧室就在我正上方，因此音频和视频都相当清晰。摄像头朝向他的床，同时我还能看见绝大部分地板——这两个地方是泰迪最有可能坐下画画的。

我听到他的卧室门打开又合上。泰迪从右边走进画面，经过镜头，来到书桌前，抓过速写本和铅笔盒。然后，他跳上了床。我从接收端和头顶的天花板，听到床垫“嘭”地发出轻微的下陷声，效果如同立体声音响一般。

泰迪背靠床头板坐着，盘起双腿，用膝盖支撑着速写本。他在床边的小柜子上摆了一排铅笔。之后，他拿起一个迷你转笔刀——那种用圆顶透明塑料盒容纳笔屑的款式。他把一支铅笔插进去旋转——唰，唰，唰——然后取出来，查看了一下笔头，觉得它还不够尖，就又把它插回去——唰，唰——这才觉得已经削好了。

---

① 《绿野仙踪》中的角色，毛发长而卷曲。

我的视线移开了一瞬——仅仅是喝一口水的时间——等我再看时，视频开始噼啪作响，出现卡顿和跳帧，好像跟不上音频一样。我还能听见削笔的声音，但视频就定格在了泰迪伸手去拿铅笔的画面。

然后，我听见一个词。它说得很轻，比耳语声大不了多少："你好。"

接着快速传来一阵嗞嗞的电流声。视频先是快进，然后又静止不动了。画面变得模糊，分辨率也降低了。泰迪从速写本上抬起头，目光聚焦在卧室门处，看着画面外的某人，或者某个东西。

"正在削铅笔呢。"他说，然后笑起来，"铅笔吗？是画画用的。"

一段更长的嗞嗞的电流声响起，噪音时起时落，频率让我联想到呼吸。麦克风里传来什么东西噼啪爆裂的动静，图像再次快进——现在泰迪正直视着镜头，脑袋放大到原来的两倍，像是哈哈镜里的人。他的外形被拉长，显得不成比例，胳膊变得又小又短，像鳍足一样，但脸却无限放大。

"小心点儿。"他低声说，"轻点儿。"

电流声更大了。我试着调低音量，但旋钮没有起任何作用：声音越来越大，最后我感觉它环绕在我周围，仿佛脱离了扬声器，充满了整个房间。视频往前跳，只见泰迪四肢摊开躺在床上，伸着胳膊，身体抽搐，透过天花板，我听到他的床在"砰——砰——砰"地震动。

我跑出休息室，穿过门厅，奔上二楼。我去抓泰迪的门把手，但转不动。它卡住了，锁上了。

又或者有人正握着它，不让我开门。

"泰迪！"

我挥拳用力砸门。之后我学着电影里的样子，退了一步，踢在门上。但这么做除了弄疼我的脚以外，毫无作用。我试着用肩膀撞门，却因为被撞得太疼，不由得捂着身侧，倒在了地板上。然后我意识到，我可以看到泰迪的房间里面。他的门下有一道窄窄的、半英寸的缝隙。我侧身躺下，头枕在地板上，闭上一只眼，往门缝里瞧。一股异味猛地冲进鼻腔——那是一股浓郁刺鼻的氨水味，像热烘烘的汽车尾气一样从房间里喷出来。它充满了我的口腔，我就地一滚躲开了，一边咳嗽，一边干呕，抓着喉咙，感觉像被喷了胡椒喷雾一样。我泪流满面，心脏狂跳不止。

我躺在走廊里，把鼻涕擦干净，试着缓一口气，但仅仅是坐起来都很费力。这时，我听见门把手里的小机关发出咔哒一声。

我急忙爬起来，打开门。恶臭再次扑面而来——那是尿的气味，浓度极高，像淋浴后的蒸汽一样飘浮在空气中。我拉起上衣，捂住嘴。泰迪似乎不受异味的影响，他对我的叫声恍若未闻。他坐在床上，腿上放着速写本，右手拿着铅笔。他在快速地作画，在纸上画下又粗又黑的线条。

"泰迪！"

他没有抬头，好像没听到我说话。他的手一直在移动——在纸上涂抹阴影，用黑色填满夜空。

"泰迪，听我说，你还好吗？"

他还是忽视了我。我走近他的床，中途踩在了他的毛绒动物上。那是一只长毛绒小马，被我踩中后，发出了刺耳的高声嘶叫。

"泰迪，看着我。"我把手放在他肩上，他终于抬起了头。我看到他的眼睛是全白的。他的眼球转到了头后面。但他的手没有停，在目不视物的情况下作画。我抓住他的手腕，被他皮肤的温度，还有盘绕在手臂中的那股力量吓了一跳。平时他的身体松弛柔软，像个布娃娃一样。我经常开玩笑，说他的骨头是空心的，因为他太轻了，我能把他抱离地面再转个圈。但现在一股奇异的力量在他的皮肤下躁动，我感觉他的肌肉全部紧绷着，像一只准备发起攻击的美国斗牛犬。

这时，他的眼球迅速地转回了原位。

他对我眨眨眼："马洛维？"

"你在做什么？"

他意识到自己握着铅笔，马上扔掉了它。"我不知道。"

"你在画画，泰迪。我刚才一直在看。你整个身子都在发抖，像癫痫一样。"

"对不起——"

"别道歉。我没生气。"

他的下唇在颤抖。"我说了对不起！"

"快告诉我是怎么回事！"

我知道我在大喊，但我控制不住自己。我被眼前的一切吓得魂不附体。地板上有两张画，速写本上还有一张尚未完成的。

"泰迪，我问你，这个女孩是谁？"

"我不知道。"

"她是安妮娅的女儿吗？"

"我不知道！"

"你为什么画这些画？"

“我没有，马洛维，我发誓！”

“那它们怎么会在你房间里？”

他深吸一口气。“我知道安妮娅不是真的。我知道她其实不在这儿。有时候我会梦到我们在一起画画，但我醒来后，一张画也没有见过。”他把速写本扔到房间另一头，好像要否认它的存在一样。“不应该有画的！我们只是梦到它们了！”

于是我反应过来是怎么回事了：安妮娅一定是趁泰迪醒来之前，把画带出卧室的，这样他就不用看到它们了。而我的到来，打断了他们的常规流程。

这对泰迪的冲击太大了，他的眼泪夺眶而出。我把他拉进怀里，他的身体又变得松弛柔软了。他摸上去又是个正常的小男孩了。我意识到自己要他解释的，是他无法理解的东西。我在要求他解释不可能发生的事情。

他把右手放在我手上，我看到他小小的手指都被铅笔印蹭脏了。我紧紧抱住他，劝他冷静下来，并安抚他说，一切都会没事的。

但实际上，我并不确定。

因为我知道一件事：这孩子是左撇子。

# 14

那天晚上，阿德里安来找我，我们一起回顾了所有的画。一共有九张——三张留在我的门廊上，三张贴在冰箱上，还有三张是我今天从泰迪卧室拿到的。阿德里安一直在将纸张打乱重洗，好像试图把它们按正确的顺序排列起来，仿佛只要排出一个神奇的序列，就能揭开事情的来龙去脉一样。但我已经对画思索一整个下午了，还是无法解开它们的秘密。

现在是黄昏时分，太阳快要落山了。后院起了一片灰蒙蒙的薄雾。森林里到处飞着时明时灭的萤火虫。对面的主屋里，透过厨房窗户，我看到卡罗琳正把餐具放进洗碗机。她在做晚餐后的清洁，而泰德在楼上哄他们的儿子睡觉。

我和阿德里安并排坐在小屋的台阶上。我们蜷着腿，靠得很近，膝盖几乎碰到了一起。我和他讲述了自己用婴儿监护器做的实验，我看着泰迪在不用眼睛和惯用手的情况下画画。理论上讲，阿德里安应该告诉我，我疯了——我知道我讲的故事听起来很不可思议——所以他把我的话当真时，我松了一口气。他举着画，把它放到面前，然后咳嗽起来。“天啊，可真难闻。”

“这是泰迪卧室的气味。不是总能闻到，但有时候能。卡罗琳说这是因为他尿床的缘故。”

“我觉得这不像是尿。去年我们在伯灵顿郡的松林泥炭地附近接了一个工作，有人雇我们清理他闲置的地。那是一片半公顷的荒地，野草长得比人还高，不夸张地说，我们都已经用大砍刀割草了。你都想象不到那里有什么垃圾——旧衣服、啤酒瓶、保龄球瓶，全是你能想到的最奇怪的垃圾。但我们发现的东西里，最恶心的是一只死鹿。当时可是七月中啊。对方是雇我们来清理这块地的，所以我们要把它装进袋里运出去。我就不细讲了，马洛维，整个过程一言难尽。有一件事我永远也忘不了——你总能在电影里听到这个说法，它是真的——那种气味非常难闻。和这些画闻起来一样。”

“我该怎么办？”

“我不知道。”他拿起那叠画，放到远处，好像坐得离它们这么近是件很危险的事一样，“你觉得泰迪还好吗？”

“我不知道。这太奇怪了。他的皮肤烫得像火烧一样，我碰他的时候，感觉他不像是泰迪了。他给我的感觉像是……别的什么东西。”

“你告诉他父母了吗？”

“告诉他们什么？‘我觉得你们的儿子被安妮·巴瑞特的鬼魂附身了？’我已经试过了。他们气疯了。”

“但现在不一样了。你有证据。就是这些新的画。就像你说的：泰迪不可能在没有帮手的情况下画出这些来。”

“但我不能证明是安妮娅帮了他。我证明不了是她潜入小屋，把画留在了我的冰箱上。这听上去太离奇了。”

“那也不代表这就不是真的。”

“你不像我这么了解他的父母。他们不会相信我的。我得继续查下去，我需要实实在在的证据。”

我们喝着气泡水，分吃着一大碗微波炉爆米花——这是我临时能提供的最好的小吃了。我对自己的待客能力没什么信心，但阿德里安似乎并不介意。他告诉了我关于斯普林布鲁克公共图书馆的最新信息。他妈妈已经开始浏览档案，但暂时还一无所获。“她说文件就是一团乱麻。地契、旧报纸都混在一起，没有一点儿条理。她觉得还需要一周时间。”

“我等不了一周，阿德里安。这个东西——这个灵体或者鬼魂，不管它是什么——她进了我的小屋。有几天夜里，我感觉到她在看我。”

“你是什么意思？”

可以说，我从来没能为这种感觉找到确切的形容——在我感官边缘跳动的奇怪感觉，有时还伴随着高频的嗡嗡声。我不禁想要说起宾夕法尼亚大学的调查实验，想问问阿德里安是否听过“凝视察觉”之类的术语。但我不想提及任何可能会把对话引向我过往经历的事情。我已经对他说了太多的谎，我还在绞尽脑汁地思考最好的坦白方式。

“我有个主意。”他说，“我父母的车库楼上有个小公寓，现在是闲置的，或许你可以和我们一起住几天。你在这里工作，但换个安全的地方过夜，直到我们弄清楚发生了什么。”

我试着想象自己向麦斯威尔一家解释这种情况——告诉五岁的泰迪我要搬出去了，因为我太害怕了，不敢住在他家的后院。

“我不会走的。我的工作就是照看泰迪，我会留在这里，照顾泰迪。”

“那就让我在这儿过夜。”

“你在开玩笑。”

“我就睡在地板上。我不会越界的，这么做只是多一重安全保障。”我看着他，现在天色几乎完全暗了下来，但我可以肯定他脸红了，“如果安妮·巴瑞特的鬼魂溜进小屋，她就会被我绊倒，把我惊醒。这样我们就可以一起和她聊聊了。”

“你在拿我寻开心吗？”

“不，马洛维，我是想帮忙。”

“我不能让人留宿。这是规定。”

阿德里安压低了声音，对我耳语道：“我每天早上五点半起床。我可以在日出前溜出来。这时候麦斯威尔夫妇还没醒，他们不会知道的。”

我想答应他。我愿意和阿德里安一直聊天到深夜。我完全不想放他回家。

但阻止我挽留他的，是事实真相。阿德里安依然以为他帮助的人是获得过奖学金的越野跑运动员、大学生马洛维·奎因。

他没有发现我是人生一团糟的前吸毒者马洛维·奎因。他不知道我妹妹死了，妈妈和我断绝了联系，我失去了全世界对我最重要的两个人。我无法告诉他这一切。我就连对自己坦诚都很难做到。

“拜托了，马洛维。同意吧。我很担心你。”

“你对我一无所知。”

“那就和我说。告诉我。我该知道什么？”

但我不能现在告诉他，此刻我无比需要他的帮助。我得把自己的过去多隐瞒几天。我发誓，之后我会毫无保留地向他坦白。

他把手轻轻放在我膝上。

“我喜欢你，马洛维。让我帮你。”

我意识到，他正鼓起勇气，准备采取行动了。已经很久没有人试图吻我了。我想要他吻我，但同时又不愿意。于是当他慢慢地把重心向我倾斜过来时，我只是僵坐在原地。

这时，院子对面的主屋里，玻璃滑门打开了，卡罗琳·麦斯威尔抱着一本书、一瓶红酒和一只高脚玻璃杯走了出来。

阿德里安退了回去，清了清嗓子。

“呃，很晚了。”

我站起身，说：“是啊。”

我们穿过院子，绕过主屋，沿着方形石板路走上了麦斯威尔家的双车私家车道。“如果你改变主意的话，我的承诺依然有效。”阿德里安说，“但我觉得你没必要担心。”

“为什么？”

“怎么说呢，这个东西——幽灵也好，鬼魂也好，不管她是什么——你见过她吗？”

“没有。”

“你听到过她的声音吗？奇怪的呻吟或者噪音？半夜的低语声？”

“从来没听到过。”

“那她会乱动你的东西吗？把画从墙上撞下来，大声关门，或者打开你的灯？”

“不会，没有这种情况。”

“那就对了。她本来有无数次吓唬你的机会。可她要么是不能，要么是不想那么做。我想她是在尝试和人沟通。我觉得以后会出现更多的画，等我们把画集齐，就能明白她想说什么了。”

他是对的吗？我不知道。但我很感激他话里的平静和自信。他让我所有的难题都显得完全能够解决。

“谢谢你，阿德里安。谢谢你相信我。”

回小屋的路上，卡罗琳从露台那里出声叫我。“我看到你交了个新朋友。希望我没把他吓跑。”

为了不用喊话，我穿过了院子。“他是你的景观设计师之一。他在草坪之王手下工作。”

“噢，我知道了。我几周前见过阿德里安，就在你搬进来之前。泰迪对他的割草机印象非常深刻。”她啜了一口红酒，“他很帅，马洛维。看看那双眼睛！”

“我们只是朋友。”

她耸了耸肩。“我不过问你的私事。但从这儿看，你们当时好像坐得特别近呢。”

我感觉脸上发烧。“或许是有点儿近？”

她合上书，放在一边，邀请我坐下。“关于他，你还知道些什么？”

我解释道，他住在离这里三个街区的地方，在给他父亲打工，就读于新布朗斯维克罗格斯大学的工程专业。“他喜欢读书，我在书店遇到过他。而且他好像认识斯普林布鲁克的每一个人。”

“那雷区呢？他有什么缺点？”

“我可能还没有发现。他多少算是个《星球大战》迷？我的意思是，如果他穿上戏服去参加漫展，我也不会惊讶。”

卡罗琳大笑道：“如果这就是他最大的缺点，我会扮成莱娅公主[①]，扑到他身上的。你什么时候再和他见面？”

“我不确定。”

“或许下次该由你主动出击。邀请他来我家。你们可以随意使用泳池，一起在草坪上吃个午餐。我相信泰迪一定很愿意和他游泳。”

“谢谢你。”我说道，“我会考虑的。”

我们在令人舒心的沉默中又坐了一会儿，享受着夜晚的宁静。然后卡罗琳去拿书——那是一本旧平装书，书页有折角，里面写满了注释。封面上，赤裸的夏娃站在伊甸园里，伸手去摘苹果，而蛇在附近暗中窥伺。

“那是《圣经》吗？”

“不，这是一部诗歌。《失乐园》。我大学时很喜欢它，但现在我连一页都读不下去。我已经没有当年的耐心，好像做母亲破坏了我的专注力一样。”

“我的小屋里有《哈利·波特》第一部。是我从图书馆借出来想要读给泰迪听的，但如果你需要，可以借走它。”

卡罗琳微笑起来，仿佛我说了什么有趣的话。“我想我还是上床睡觉吧。已经有点儿晚了。晚安，马洛维。”

她回到屋里，而我踏上了穿过院子、回到小屋的漫长路程。我

---

① 《星球大战》的主要角色。

又听到黑顿峡谷那儿传来的轻微脚步声——可能又是鹿、喝醉的青少年或者死人，谁知道呢——但这个声音再也不会令我恐惧了。

因为我断定阿德里安是对的。

我没必要害怕安妮娅。

她没想伤害我。

她没想吓唬我。

她是想告诉我什么。

而我认为，是时候绕过中间人了。

# 15

第二天早上，我告诉泰迪，阿德里安会来家里参加午间泳池派对。我们开始着手准备一场丰盛的野餐宴会：有烤鸡肉三明治、意面沙拉、水果沙拉和鲜榨柠檬汁。泰迪骄傲地把所有食物都端到了室外的泳池平台上，而我则撑开了露台的阳伞，这样我们就可以在阴凉处用餐了。

我已经给阿德里安简述了计划，他同意在我和米琪使用灵应盘期间，帮忙照看泰迪。中午，他准时到达，穿着罗格斯大学校队“红衣骑士”的红色短袖文化衫和泳裤。泰迪跑着穿过泳池平台去迎接他。尽管泰迪还不到四英尺高，但他已经能设法打开儿童安全门了。之后，他扮演起餐厅领班，欢迎阿德里安来到我们的“餐厅”，并陪同他走向餐桌。

阿德里安对桌上所有的食物都赞叹不已。“我真希望我能留在这儿，吃上一整天！但 El Jefe 只给了我一个小时，之后他就要来找我了，那对我们可就不妙啦。”

“我们快点儿吃，这样就可以游泳了。”泰迪对他说，“然后我们可以演马可·波罗的故事！”

我告诉了阿德里安一大堆注意事项。我反复提醒他，泰迪必须套上泳圈，就算在浅水区，池水对他来说也还是太深了。我太紧张了，什么也吃不下。我一直朝小屋的方向瞥，米琪已经在那里忙活了一个小时左右，为“聚会”做准备。她对计划奏效不是很有信心。她说，理想的情况应该是泰迪和我们一起坐在灵应盘边。但她让步称，泰迪距离我们大约二十码或许也够近了，而只有在这个前提下，我才愿意尝试。

泰迪迫不及待地想游泳，因此他只吃了半个三明治，就说自己已经不饿了。阿德里安知道，我准备好开始了。于是他快速吃完，然后用一只胳膊就把泰迪从地面捞了起来。

“你准备好了吗，泰迪先生？”

泰迪快乐地尖声大叫。

现在难办的事情来了：

“泰迪，你介意让阿德里安照顾你一小会儿吗？我要去小屋办点儿事。”

如我所料，泰迪彻底高兴坏了。他飞奔到泳池平台的另一头，发狂似的挥舞双臂，激动万分：阿德里安——阿德里安！！——要来照顾他了。

“一定要小心地看护他。不能让他离开你的视线，一秒都不行。如果他有什么万一——”

“我们不会有事的。”阿德里安保证道，“我担心的是你。这是你第一次用灵应盘吗？”

“初中以后是第一次。”

“小心点儿，好吗？如果你需要什么，就喊一声。”

我摇摇头。“不要靠近小屋，即使你听到我们尖叫也不要来。我不想让泰迪知道我们在做什么。如果他告诉父母，他们会气疯的。”

“但如果出了问题怎么办？”

“米琪说，这种事她做过几百次了。她说这绝对是安全的。”

“如果米琪错了怎么办？”

我安慰他说，一切都会顺利的，但我不确定自己听起来有没有那么自信。米琪今天已经给我的手机打了六回电话，警告我注意重要的防范措施和限制。她禁止我戴首饰、喷香水。不能化妆，不能戴帽子和围巾，不能穿露趾的鞋。每次通话，她都显得越发神神道道。她解释说，她会用四氢大麻酚来“打开”神经通路，我担心她吸了这么多大麻，已经变得神经质了。

泰迪朝着我们的方向跑回来，扑上了阿德里安的膝盖，差点儿把他撞进泳池。“你准备好了吗？我们可以游泳了吗？”

“你们好好玩。”我对他们说，“我一会儿就回来。”

我来到小屋时，米琪的准备工作已经完成了。我的厨房料理台上，摆了一摞参考书，而她正在往窗户上挂一种沉重的黑色织物，来挡住所有阳光。我打开前门，眨了眨眼，好适应昏暗的光线。这时，我看到她正偷偷向外看，注视着阿德里安脱掉 T 恤。“噢，我的老天爷。你从哪儿找着这位英俊的红衣骑士的？”

阿德里安不带着景观设计师的装备，她似乎就认不出他了。她没有意识到，这个男人就在短短几周前，还被她描述成强奸犯。

“他住在街的另一头。”

“你放心把孩子托付给他照看吗？我们不会被打扰吧？”

“我们不会有事的。”

我关上门，好像把自己封进了一座坟墓。空气中弥漫着鼠尾草燃烧而散发出的浓郁草木香味，米琪解释说，这样能减少不怀好意的灵从中干扰。她在房间各处共放了六盏许愿蜡烛，只保证了最低限度的照明。我的餐桌上罩了一块黑布，木制灵应盘就摆在中央，周围环绕着一圈颗粒状的小晶体。“是海盐。”米琪解释说，“这种防护有点儿多余，但既然你是第一次做这个，我不会冒任何风险。”

我们开始前，米琪问，她能不能再看看我收到的所有画。截止到现在，我已经积累了相当多的数量。今早我醒来时，发现小屋的地板上又出现了三张新的画，好像是从前门下面塞进来的一样。

米琪看上去对最后一张画还有其中女人的脸感到格外忧虑。她指着地平线上的剪影，问：“这个向她走来的人是谁？”

“我觉得她是在从她身边走开。”

米琪打了个寒战，然后抖抖身子，摆脱这种感觉。“或许我们得直接问了。你准备好了吗？”

“我不知道。”

“你需要去洗手间吗？”

“不。”

“你手机关机了吗？”

“关了。”

“那你已经准备好了。”

我们坐在桌子的两头，之间还有一把椅子——那是为安妮娅留的。在黑暗的小屋中，我感觉自己把斯普林布鲁克抛在了身后。或者说，这种感觉像是我同时身处斯普林布鲁克的内部和外部一样。这里的空气和外界不同，更浓，更令人呼吸困难。我还能听见泰迪在大笑，阿德里安喊着“炮弹式跳水！”，泳池里水花四溅。但这些声音都有一点儿失真，如同从信号微弱的电话对面传来一样。

米琪把一块小小的心形乩板放在灵应盘的中央，要我把手指放在它的一侧。乩板底部装了三只小小的黄铜脚轮。我轻轻一碰，它就从我手中滑走了。“扶稳，不要推它。”米琪说，“把活都交给工具来做吧。”

我活动了一下手指，试着放松。“对不起。”

米琪把手指搭在乩板另一侧。然后，她闭上了眼睛。

“好了，马洛维，我要开始对话了。我来和她接触。但我们一旦建立起良好的关系，我就要让你来提问了。现在，你只需要闭上眼睛，放松自己。做几个充分的深呼吸，净化你的身体。用鼻子吸气，嘴巴呼气。”

我很紧张，还有些局促，但米琪的声音令人安心。我不由自主地模仿起她来，依样学着她的坐姿和呼吸。在香薰的气味中，我的肌肉放松了，思绪也平静下来。我平日里所有的焦虑和担忧——泰迪、麦斯威尔夫妇、跑步、戒毒——一切都开始淡去。

“欢迎，各位灵体。”米琪说。我在座位上猛地向后一震，被她的音量吓了一跳。“这个空间非常安全。我们欢迎你们的到来。有请各位参与我们的对话。”

小屋外，我还能听见泳池的声音——疯狂踩水、水珠四溅的声音。但之后，我更努力地集中精神，成功把它们屏蔽在外了。我放松指尖，始终触着乩板，而不施加任何力量。

“安妮·巴瑞特，我们希望和安妮·巴瑞特讲话。”米琪说，“你在吗，安妮？你能听见我们说话吗？”

我在硬木椅子上坐的时间越长，越能感知到它和我身体的所有接触点——我身下的椅面，还有抵住肩胛骨的横木。我观察着乩板，等待它显示出哪怕一点点移动迹象。燃烧的鼠尾草毕剥作响。

“那么安妮娅呢？这里有名叫安妮娅的灵吗？你能听到我们吗，安妮娅？”

我的眼皮有些沉重，于是我放任自己合上了它们。我感觉自己被催眠了，又好像来到了生命的最后时刻。我仿佛躺在温暖的床上，盖着舒适的被子，准备在不知不觉间陷入梦乡。

“你在吗，安妮娅？你愿意和我们沟通吗？”

没有回应。

我再也听不到后院的嘈杂了。我只听见米琪缓慢而吃力的呼吸声。

“让我们来帮你，安妮娅。求你。我们会倾听你的话。”

就在这时，什么东西扫了一下我的后颈，就好像有个人从我的椅子后经过一样。我转过身，没看见任何人——但当我再看向灵应盘时，我感觉到有人在我身后，从我头顶俯身下来。柔软的长发垂下来，拂过我的脸颊，擦过我的肩膀。然后，一股看不见的重量按在了我的手上——那是一股轻柔的推力，将乩板向前挪动。其中一只脚轮发出轻微的吱呀声，好像老鼠的微弱叫声。

“欢迎，这位幽灵！”米琪对我微笑道。我意识到，她并不知道发生了什么。她明显没有看到或者感知到我身后的东西。“谢谢你回应我们的呼唤！”

温热的吐息吹得我的后颈发痒，我起了一身鸡皮疙瘩。附在我手和手腕上的力度更大了，推着乩板缓慢地打着圈，在灵应盘上来回移动。

“你是安妮娅吗？”米琪问，“我们是在和安妮娅交流吗？”

灵应盘上画着一张标准字母表和从零至九的数字。上方的角落里写着“是”和“否”。我被动地看着，观察着，乩板短暂地停留在字母I上，然后回到G，接着是E。米琪把四只手指放在乩板上，但她另一只手握着铅笔，把结果抄在一个记事本上：I-G-E？她的额头沁出了汗珠。她瞥了我一眼，摇了摇头，没有气馁。

“慢慢说，幽灵。”她说，“我们时间充裕。我们希望理解你的意思。你是安妮娅吗？”

乩板先后移向了 N、X 和 O。

“你在往前倾。”米琪愤怒地低声说。我意识到，她是在和我说话。

“什么？”

“你靠在桌上了。你在推它，马洛维。”

“不是我。”

“坐回椅子里。坐直。”

我太害怕了，没有和她争辩，也没有告诉她实情。我不想打断正在发生的事。

“幽灵，我们欢迎你传达信息！不管你要分享什么事情，我们都欣然接受。”

我手上的力道加重了，乩板的速度变得更快，在灵应盘上飞速移动，随机停在一个又一个字母上，如同幽灵发出的一连串杂音：L–V–A–J–X–S。米琪还是把所有信息都记录下来，但她显得越来越恼火。结果就像是一锅字母大杂烩。

木制乩板发出激烈的嗡鸣声，仿佛一只受惊的小动物剧烈的心跳。它在灵应盘上四处飞舞，米琪用一只手做笔记，几乎要跟不上了。空气太闷了，让人透不过气来。我的眼里蓄满泪水，不知道为什么烟雾报警器还没有响。然后，米琪抬起了手指，乩板还在移动。我的手把它从灵应盘一头推到另一头，它从桌角飞了出去，当啷一声掉在地上。米琪怒不可遏地站起来：“我就知道！是你在推！从头到尾，都是你在推！”

所有的重量都离开了我的手，一瞬间，我从催眠状态中清醒过来，房间突然又出现在我的视野里。现在是周三中午 12 点 45 分，我听见外面的阿德里安在后院里数着数："六、七……"而米琪在怒视着我。

"是安妮娅做的，不是我。"

"我一直看着你，马洛维。我看见你动了！"

"八！"

"是安妮娅动了我的手。她在指引我。"

"这不是睡衣派对。这不是游戏。这是我的谋生手段，我在很严肃地对待这件事！"

"九！"

"你浪费了我的时间。你浪费了我一整天！"

突然间，我看到了阳光，眨了眨眼。小屋的门猛地打开了，小小的泰迪站在门廊上，向黑暗中仔细瞧着。他举起一根手指压在嘴唇上，示意我们保持安静。外面，阿德里安在后院里大喊："十！不管你准没准备好，我来了！"

泰迪猫着腰躲进屋里，轻轻关上门。然后，他环顾小屋，看到许愿蜡烛、被遮住的窗户还有撒了一圈海盐的餐桌，感到十分惊奇。"你们在玩什么？"

"亲爱的，这个叫作灵应盘。"米琪说。她邀请他凑近看。"如果使用得法，它就是一个沟通工具。可以和死者交流。"

泰迪看向我，等我确认，好像不相信米琪说的是实话一样。"真的吗？"

"不，不，不。"我已经从椅子上站了起来，领他回头向门口走去。"这只是个玩具。只是个游戏而已。"我最不想看到的，就是泰迪告诉父母有关降神会的事。"我们只是在玩过家家。不是真的。"

“这不能再真了。”米琪说，“前提是你尊重它的力量，不把它当成儿戏。”

我打开门，看见阿德里安穿过院子，沿着黑顿峡谷，在树林间寻找泰迪。“在这儿。”我喊道。

他小跑着过来，泰迪从我腿旁箭一般射出去，飞奔着穿过草坪，还沉浸在捉迷藏的游戏中。

“不好意思。”阿德里安说，“我告诉他要待在泳池平台上的。希望他没搞砸什么。”

“早已经搞砸了。”米琪说。她正在收拾东西，熄灭蜡烛，并收起盛着鼠尾草灰烬的盘子。“这个小屋里没有灵。从来都没有。这只是她编出来吸引眼球的故事。”

“米琪，不是这样的！”

“我用这块灵应盘已经上百次了，它从来没有这样过。”

“我向你发誓——”

“向你的这位红衣骑士发誓吧，好吗？趴在他肩上哭，或许他还能可怜可怜你。就是别让我再浪费时间了。”

她把书一股脑塞进包里，一阵风一般从我身边走过，下小屋台阶时差点儿绊倒。

“刚才发生了什么？”阿德里安问。

“安妮娅刚才来了，阿德里安。她在小屋里。我发誓，我能感觉到她紧挨我站着，操控着我的胳膊。但是记下的字母根本不知所云。我们什么词都没拼出来。就在我们进行到中途的时候，米琪突然发飙了。她开始冲我尖叫。”

我们站在门廊上，看着米琪一摇一摆地穿过草坪，猛地歪到左边，为了纠正方向，又往右偏过了头，总是无法保持一条直线。

“她没事吧？”阿德里安问。

“呃，她嗑得很嗨，但我猜那是她工作流程的一部分。”

泰迪垂头丧气地从院子另一头走过来。他似乎明白刚刚发生了不好的事情，大人们心情很糟。他怀着希望问：“有人想追我吗？”

阿德里安道歉，说他要走了。“我得回去了，不然 El Jefe 会发火的。”

“我可以追你。”我对泰迪说，“等我们一分钟就行。”

这显然并不是泰迪想要的答案。他脚步沉重地穿过院子，走向泳池露台，对我们两个都很生气。

“你会没事的吧？”阿德里安问。

“我没事。我只希望泰迪别对他父母说什么——”

但我敢肯定，他会的。

# 16

泳池派对结束后，泰迪上了楼，去卧室度过静心时间，而我一直待在楼下的休息室里。也许我并不想知道他在楼上做什么。也许如果我不再问这么多问题的话，我的日子就会好过一点儿。

下午，我们在魔法森林里漫步了很久。我们沿着黄砖路，走上飞龙小径，来到帝王河。我试着编一个马洛维公主和泰迪王子的新故事，但泰迪王子唯一想讨论的就是灵应盘：它需要电池吗？它是怎么找到死去的人的？无论什么人，它都能找到吗？它能找到亚伯拉罕·林肯吗？我一直说“我不知道”，希望他能就此失去兴趣。但他却问，买一个灵应盘要花多少钱，有没有可能自制一个。

卡罗琳按时下班回家后，我赶忙出门长跑，迫不及待要逃离这里，释放压力。我到家时，已经将近七点了。泰德和卡罗琳在我前门的门廊上等着。我一见到他们的脸，就意识到：他们知道了。

“锻炼得挺好吧？”泰德问。

他的语气很轻松，似乎下定决心要保持愉快的气氛。

“非常不错。跑了将近九英里。”

“九英里，真的吗？太了不起了。”

但卡罗琳没有心思闲聊。“你有没有什么事想告诉我们？”

我感觉像被拽进了校长办公室，被迫掏空自己的口袋一样。我想不到别的对策，只能装傻：“出什么事了？”

她把一张纸塞进我手里。“晚餐前，我发现了这个。泰迪不想给我看。他本来想把它藏起来，但我坚持要看。现在，你来看看这张画，然后给我一个不当场开除你的理由。”

BX03

泰德把手放在她肩上:“不要反应过度。”

“别教我做事，泰德。我们付马洛维薪水，要她照看孩子。而她把他丢给园丁照顾，自己去玩灵应盘，还是和隔壁的瘾君子一起。我哪里反应过度了?”

这张画一点儿也不像留在我门廊和冰箱上的画那样阴暗不祥。上面只有一堆泰迪的火柴棍小人——我和一个生气的女人，这明显是米琪。我们围着一个布满了字母和数字的长方形物体。

“我就知道!”

卡罗琳眯起眼睛:“知道什么?”

“安妮娅当时在这儿!在降神会上!米琪怪我推了指示板，但其实是安妮娅!她的确在推它。泰迪看见她了，这张画能证明!”

卡罗琳被搞糊涂了。她转向泰德，他抬起双手，请我们冷静下来。“我们一起深呼吸，好吗?来解释一下你说的事。”

但他们当然会感到困惑。他们并没有看到我所看到的一切。他们如果不看那些画，就永远不会相信我。我打开小屋的门，催促他们跟我进去。我取出那叠画，把它们以网格状排列在我的床上。“看看这些。你们能认出画纸，对吗?从泰迪的速写本上撕下来的，是不是?上周一，我在我的门廊上发现了头三张画。我问了泰迪，他说这些画和他没关系。第二天晚上，我出门和罗素吃饭。小屋的门是锁着的。但我回到家时，我的冰箱门上又有了三张画。所以我在泰迪卧室里藏了一个摄像头——”

“你干了什么?”卡罗琳问。

“一个婴儿监护器。从你们地下室里拿的。我在静心时间把摄像头放进他房间里，看着他画画。”我指向接下来的三张画，“我看着他画了这些。他当时用的是右手。”

卡罗琳摇摇头。“对不起，马洛维，我们现在说的是个五岁的男孩。我们都赞同泰迪有天赋，但他不可能做到——”

“你没有理解我的意思。泰迪没有画过这些画。是安妮娅画的。安妮·巴瑞特的灵魂。她来到泰迪的卧室，和他见面。她把他当成木偶来用。她用某种方法控制着他的身体，画下这些画，并且把它们带到了我的小屋。因为她想告诉我什么事。”

“马洛维，慢点儿说。”泰德说。

“我们试着开了降神会，这样安妮娅就不会打扰泰迪了。我想直接和她沟通，不把泰迪卷进来。但出了一点儿问题，降神会没有起效。”

我停顿了一下，给自己倒了杯水，一饮而尽。“我知道这听起来很荒诞。但你们需要的所有证据就在这里。看看这些画吧。它们彼此正在产生联系，讲述着一个故事。帮我理清它吧，拜托了。”

卡罗琳重重地坐进椅子，把脸埋在手心里。泰德成功地保持了镇定，仿佛打定主意要平息这场对话。“我们会尽全力帮助你，马洛维。你能对我们开诚布公、实话实说，我很高兴。但在我们弄明白这些画表达的意思之前，我们要先就几件事达成共识，好吗？最重要的一件事，就是鬼是不存在的。”

“你无法证明它们不存在。”

“因为你证明不了一个否定的表述！反过来看，马洛维——你也没有证据证明安妮·巴瑞特的鬼魂是真实的。”

“这些画就是我的证据！它们画在了泰迪的速写本用纸上。如果这不是他画的——如果不是安妮用神奇的方式把画送到小屋——那它们是怎么到这儿来的？”

我看到卡罗琳的注意力已经飘向了我床头的小矮几，我在上面放了手机、平板电脑、《圣经》——还有一个月前我刚开始在麦斯威尔家工作时，泰迪送给我的空白速写本。

“噢，得了吧。”我对她说，“你觉得是我画的画？”

“我从没这么说过。”卡罗琳说。但我能看出，她的思维正在运转。我看得出她正在思考这种猜想的可能性。

毕竟：我不是很容易出现记忆断层吗？

上周泰迪不是丢了一盒铅笔吗？

“不如问问你们的儿子吧。”我对他们说，“他不会撒谎。”

穿过院子，上楼来到泰迪的卧室，只花了一分钟时间。他已经刷完牙，换上了消防车睡衣。他在床边的地板上，搭着积木房子，在它的卧室里摆满了塑料做的农场动物。我们从没像这样与他对峙过——我们三个人都走进了他的卧室，情绪激动，精神紧张。他立刻明白情况不对。

泰德走到床边，揉了揉他的头发：“嘿，大小伙子。”

“我们要问你一件重要的事。”卡罗琳说，“我们需要你诚实地回答。”她拿出画，在地板上铺开。“这些是你画的吗？”

他摇摇头：“不是。”

“他不记得自己画过了。”我对她说，“因为他进入了某种催眠状态。类似于半麻醉。”

卡罗琳在儿子身边跪下，玩起一只塑料山羊，尽力保持着轻快的语气。“安妮娅有没有帮你画过这些画？是她告诉你要怎么做的吗？”

我盯着泰迪，努力让他和我产生眼神交流，但这个孩子不愿意看我。“我知道安妮娅不是真的。”他对父母说，“安妮娅只是个想象出来的朋友。安妮娅永远也不可能画出真的画。”

“她当然不能。”卡罗琳说。她揽住他的肩膀，搂了一下。“你说得完全正确，宝贝。”

我开始觉得自己要疯了。好像我们都在有意忽视显而易见的事实，好像我们突然间决定相信 2+2=5 一样。

“但你们都闻到了这个卧室里的味道，对吗？看看你们周围。窗户是开着的，中央空调也在运行，他的床单很干净，我今天洗过了，我每天都会洗，但这里总有一股难闻的气味。闻起来像硫，又像氨。”卡罗琳警告地瞪了我一眼，但她没有抓住重点。“这不是泰迪的错！是安妮娅！这是她的气味！这是东西腐烂的气味，这是——”

“停。”泰德对我说，“先不要说了，好吗？我们明白你很焦虑。我们听到你的话了，好吗？但如果我们要解决这个问题，我们就要面对事实。直面绝对的真相。我也和你坦诚相待，马洛维：我没在这个房间里闻到任何气味。我觉得泰迪的卧室闻起来完全没有异常。”

“我也是。”卡罗琳说，“这个房间的气味没什么不对的。”

现在我确信自己要疯了。

我感觉泰迪是我唯一的希望了，但我还是没能让他看我。“来吧，泰迪，我们讨论过这个的。你熟悉这种气味，你告诉过我这是安妮娅。”

他只是摇摇头，咬住下唇。突然间，他放声大哭。“我知道她不是真的。”他对妈妈说，“我知道她是想象出来的。我知道她是假的。”

卡罗琳搂住他。“你当然知道了。”她一边说着，一边试图安抚他。然后，她转向了我。“我觉得你该走了。”

“等等——”

“不，我们聊得够多了。泰迪得上床睡觉了，而你要回小屋去了。”

看着泪流满面的泰迪，我意识到她多半是对的。我已经没有什么能为他做的了。我收好画，离开了卧室，泰德跟着我下楼来到了一层。

“他在对你们撒谎。”我告诉泰德，“他说了你们想听的，以免陷入麻烦。但他不相信自己说的。他都不愿意看我。”

“也许他害怕看你。”泰德说，“也许他怕自己一旦说出真相，你就会生气。”

“那现在是什么情况？你和卡罗琳要开除我吗？”

“不，马洛维，当然不会。我想我们先冷静一晚，试着理清思绪。这个提议可以吗？”

可以吗？我不知道。我不想理清思绪。我还是坚信我是对的，他们是错的，我认定自己已经收集了拼图的大部分碎片，现在我只需要把它们按正确的顺序拼起来。

泰德搂住了我。

“听着，马洛维：你在这里很安全。你没有任何危险。我永远不会让你受到任何伤害的。”

我跑完步，依然满身大汗——我确定自己身上的味道很难闻——但泰德把我抱得更紧，用手捋顺了我脑后的头发。不过短短一会儿，这种感觉就从安心变成了古怪。我能感觉到他温热的呼吸轻扫着我的颈部，我能感觉到他身体的每一寸都紧挨着我，我不知道该怎么挣脱他的双臂。

但就在这时，卡罗琳踏着重重的步子来到走廊上。泰德跳开了，我则向相反的方向走，从后门溜了出去，这样就不用再看到他的妻子了。

我不知道刚才发生了什么，但我想泰德是对的。

有的人的确需要冷静一晚。

# 17

我回到小屋时，手机收到了阿德里安发来的短信，只有三个字：好消息。我回拨过去，铃刚响第一声，他就接了。

“图书馆那里有发现了。”

“比如安妮·巴瑞特的照片之类的吗？”

“比那更好。是一本她的画册。”我听到背景里有其他人的说话声，男人和女人在开怀大笑，仿佛阿德里安是在酒吧里接听电话一样。

“你愿意见面聊吗？”

“好，但我需要你来这儿。我父母家。他们正在办晚宴，我答应了和他们的朋友一起吃饭。但如果你过来，我就能脱身了。”

我还穿着跑步用的运动服，完全没有做拉伸，而且跑完 8.78 英里后，我又饿又渴——但我回答说，我会在半小时内到。一天不做拉伸也不会怎么样。

我一口气又喝了一杯水，迅速解决掉一个三明治，然后冲进了淋浴间。三分钟后，我就换上了卡罗琳最漂亮的一套衣服——一条装饰着白色满天星图案的薄荷绿迷你连衣裙。然后我急忙向繁花城堡赶去。

应门的是阿德里安，而不是他父母，让我松了一口气。他的衣着是休闲的乡村俱乐部风格——粉色的网球衫，下摆用皮带扎在卡其色长裤里。

“来得正好。”他说，“我们刚上了甜点。”然后他靠近了些，小声说道：“顺便一提，我父母想知道我们为什么对安妮·巴瑞特这么感兴趣。所以我说你在小屋里发现了几张藏在地板下面的速写。我说，你想弄清楚这些画是不是安妮画的。编一点儿善意的谎言也许比说实话要简单。”

“我明白。”我对他说。我真的明白，我理解得比他想的还要透彻。

繁花城堡比麦斯威尔家要大得多，但室内的空间感觉更小、更温馨，也更私密。所有房间都陈列着古朴厚重的“修道院风格”家具，墙面装饰着家庭肖像画和中美洲与南美洲的地图，仿佛他们一家已经在这里生活了许多年。我们经过了一架立式钢琴和一个摆满了陶器的玻璃展示柜，每扇窗前都种植着枝繁叶茂的盆栽。我很想停下来多逗留一会儿，看看所有陈设，但阿德里安却径直走进一个喧闹的餐厅，里面有十几个中年人。他们围在一张摆满酒杯和甜品盘的餐桌边。有五场对话在同时进行着，没人注意到我们来了。最后，阿德里安挥挥手，招呼大家看过来。

“各位，这是马洛维。”他说，“今年夏天，她在艾治伍德街的一户人家里做保姆。”

餐桌主位上，伊格纳西奥举杯致意，红酒洒在了手和手腕上。“而且她还是十大联盟的运动员！她是宾州州立大学的越野跑选手！”

这些人的反应，就好像我是刚从温网[①]得胜归来的小威廉姆斯[②]一样。阿德里安的妈妈索菲亚正拿着一瓶马尔贝克葡萄酒绕着餐桌走动，给人们续杯。她同情地把手搭在我肩膀上。“原谅我丈夫吧。”她说，“他有点儿 achispado。”

“她的意思是喝多了。”阿德里安翻译道。然后，他依次指着餐厅里的人，向我介绍每一位宾客。名字太多，我记不过来了——有斯普林布鲁克消防队队长，经营着城里面包房的女同性恋伴侣，还有街区里的几个邻居。

“我想你是为了一本图书馆的书而来的。”索菲亚说。

“是的，但我不想打断——”

“拜托，我和这些人认识三十年了。我们已经把天都聊完了！”她的朋友大笑起来。索菲亚从台子上抓过一个文件夹。“咱们去院子里说。”

她拉开一道玻璃滑门，我跟着她走出去，来到一个我见过最奢华的后院花园。这时正是七月中，百花竞相绽放：蓝色的绣球花、火红的百日菊、黄色的忘忧草，以及各种我从没见过的奇异花朵。园中有长凳、踏脚石和缠满了紫色牵牛花的拱门，还有鸟儿的戏水盆、砖砌的小路和一排排比我还高的向日葵。花园中央，是一座雪松木搭成的凉亭，里面有一张桌子、几把椅子。凉亭俯瞰着一座锦鲤池，池上一道瀑布溅起轻柔的水花。我真希望自己时间充裕，能欣赏所有的景致——我感觉自己走在迪士尼乐园里——但我能看出，

① 温布尔登网球锦标赛，简称“温网”，是一项世界性网球公开赛事。

② 全名塞蕾娜·威廉姆斯，著名网球女单选手，与姐姐维纳斯·威廉姆斯并称“大威”“小威”。

对阿德里安和索菲亚来说，这只是他们的后院，没什么稀奇的。

我们走进凉亭，阿德里安用一个手机应用点亮了悬挂在凉亭顶下的派对灯。然后我们各自落座，索菲亚开始进入正题。

“这是个很难调查的项目。第一个挑战是这个故事的年代太久远了，网上没有任何资料。第二个挑战是安妮·巴瑞特在二战刚结束后就去世了，当时所有的报纸都忙着报道欧洲的新闻呢。”

“那本地新闻呢？”我问，“斯普林布鲁克有日报之类的吗？”

“《先驱者报》。”她点头道，“它的出版时间是 1910 年到 1991 年，但仓库发生过一场大火，我们失去了报纸的缩微胶片。当时所有东西都烧成了灰烬。”她比了一个“噗！”的手势，我瞥见她的左前臂有一个小小的文身，那是一支纤细的长茎玫瑰，极具品位又高贵优雅，但我还是感到惊讶。“我在图书馆查纸质复印件，但很不巧，没有 1963 年之前的报纸。于是我觉得调查走进了死胡同。但我的一位同事提醒我，去看看本地作者的书架。只要城里有人出版了书籍，我们通常都会订购一本。这只是个善意的举动。这些作品大多是悬疑小说和回忆录，但有时候也能看到本地史。我就是在那儿发现了这个。”

她把手伸进文件夹，找出一本很薄的书——它更像是一个小册子，三十来页，卡纸材质的封面，书页用厚实的工业订书钉固定住，钉子已经生锈了。从标题页看，文字似乎是用老式的手动打字机敲出来的：

# 安妮·C.巴瑞特
# 作品集
# (1927—1948)

“它不在我们的电脑系统里。”索菲亚继续说，“我觉得这本书已经五十年没有在市面上流通过了。”

我把书凑到脸边。它散发出一股刺鼻的霉味——好像书页已经腐坏了。“它怎么会这么小？”

“这是她的堂哥自己出版的。印量很小，只给朋友和家人看的，我猜是有人捐了一本给图书馆。第一页有乔治·巴瑞特写的介绍词。”

封面摸起来古旧发脆，像一块干枯的外壳，仿佛随时会在我指尖碎裂。我小心翼翼地翻开它，读起来：

1946年3月，我的表妹安·凯瑟琳·巴瑞特离开欧洲，来到美国，准备开启新的人生。我和妻子珍都是基督徒，我们出于好意，邀请“安妮”与我们一家同住。我和珍没有兄弟姐妹，期待能有一位成人亲属搬进家里——帮我们照料三个年幼的女儿。

安妮来到美国时，只有十九岁。她非常漂亮，但也和许多年轻女子一样愚蠢。我和珍曾无数次尝试让她融入斯普林布鲁克的圈子。我是市政委员会的委员，还在圣马可教堂的教区委员会工作。我的妻子珍则活跃在本地的女子俱乐部里。我们的好友都欢迎我的表妹加入社区，许多人好心而体贴地发出了邀请，但安妮把他们都拒绝了。

她愚蠢、孤僻，还自称艺术家。她闲暇时在小屋里画油画，或者在我家后面的森林里赤脚散步。有时我看见她像动物一样四脚着地，研究毛毛虫或者闻着花香。

珍为安妮列了一张短短的每日家务清单，要她完成，作为免费食宿的交换。大多数时候，她都没有完成这些家务。安妮对加入我们家、整个社区乃至“伟大的美国实验”[①]毫无兴趣。

我和安妮就她的选择产生过很多分歧。我多次警告安妮，她的行为是不负责任甚至不道德的，她所有的糟糕决定都会反噬到她身上。当我得知，现实情况证明我是对的，我也没有感到快慰。

1948 年 12 月 9 日，我的表妹在我家后院的客用小屋里遭到袭击，并被人绑架。将近一年后的今天，当我写下这些文字时，本地警方已经推定安妮死亡。我担心，她的尸体可能就埋在我屋后方圆三百英亩的范围里。

这场悲剧发生后，斯普林布鲁克的许多邻居都主动伸出援手，致以哀悼，展现了深厚的邻里情。我将本书结集成册，借此对他们的支持表示感谢。尽管我与表妹观点相左，但我始终认为她具有创作才能。本书即是对她微小成就的一份纪念。书中集结了安·凯瑟琳·巴瑞特截至去世时，所有已完成的绘画作品。我尽可能附上了标题和创作日期。谨以此画集向她悲凉而凄惨的短暂一生致哀。

乔治·巴瑞特

1949 年 11 月

新泽西州斯普林布鲁克

我开始向后翻。这本书里都是模糊的黑白照片，拍摄的是安妮

① 由美国提出，旨在实现多民族融合的实验。

的画布。题为《水仙》和《郁金香》的两幅作品，画着弯弯曲曲的长方形，一点儿也不像是花。还有一幅叫《狐狸》的画，上面是横贯画布的对角线。这部书里没有一幅画与现实主义沾边——只有抽象的形状还有放射状和圆斑状的颜料，如同教会嘉年华上，用绘画转盘做出来的作品。

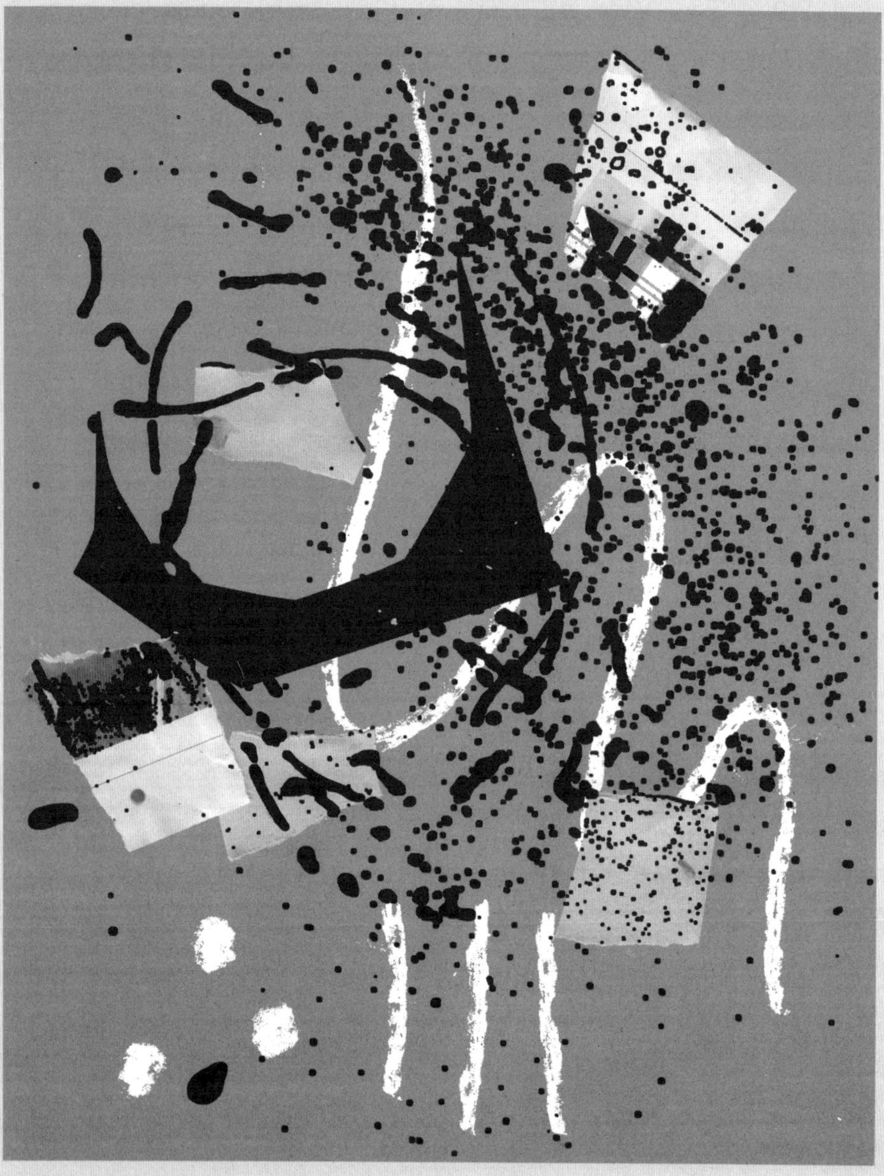

我失望极了。“这和小屋里看到的画完全不一样。”

“但油画是一回事，素描又是另一回事了。”索菲亚说，“一些艺术家遇到不同的媒介，会运用不同的风格。也可能他们只是喜欢混搭。我最喜欢的艺术家之一葛哈·李希特，整个艺术生涯都在极度抽象和极度写实的油画间来回跳跃。也许这两种风格安妮都喜欢呢。”

“但如果这是真的，这本书也没有解答任何疑问。”

“啊，你等一下。”索菲亚说，“我还要给你看一样东西。昨天我给政府大楼打了个电话，旧遗嘱都放在那里保管。它们属于公开档案，任何人都能查阅。你要是看到人们死后想要馈赠的那些财物，一定会非常惊讶。”她打开文件夹，取出两张模糊的照片复印件。“我没指望安妮·巴瑞特会有遗嘱——她死得太早了——但我的确找到了乔治·巴瑞特的临终遗嘱。他 1974 年去世，把所有财产都留给了妻子珍。事情从这里开始变得非常有趣了。珍退休后去了佛罗里达州生活，一直到 1991 年。她去世时，把大多数遗产留给了女儿们。但她同时把五万美元留给了她的一个侄女，来自俄亥俄州阿克伦市的多洛莉丝·珍·坎贝尔。现在，你们明白我为什么吃惊了吧？”

我立刻明白了那本书为什么揭露了真相。“因为珍和乔治根本没有兄弟姐妹。乔治在介绍词里说的。”

“没错！所以这个神秘的侄女是谁，她又是从哪里来的？我心想：如果珍把这个女孩当作她的亲侄女，但实际上她是她的表侄女呢？如果她是安妮‘不负责’和‘不道德’行为的产物呢？我开始琢磨：也许这个故事里乔治还隐瞒了一些信息。也许珍觉得有义务照顾这个女孩。”

我心算了一下。“如果多洛莉丝是 1948 年出生的，她现在的年纪不会太大。她可能还活着。”

“的确有可能。”索菲亚将一张方形的小纸片从桌子对面推过来。上面写着“多洛莉丝·珍·坎贝尔”的名字和一个十位数电话号码。“这是俄亥俄州阿克伦市的区号。她住在一个叫‘休憩港湾’的退休人员社区。”

“你和她聊过了？”

“然后剥夺你打这个电话的刺激体验吗？不可能，马洛维。但我很好奇谁会接电话。我想听听你的发现。”

“谢谢。你给的信息太有帮助了。”

屋里传来玻璃打碎的声音，然后爆发出一阵哄堂大笑。索菲亚瞥了儿子一眼。“你爸爸估计又在讲荤段子了。我该进去了，免得他给我丢人现眼。”她站了起来，“但我还要再问你一次，你怎么会对这些事感兴趣的？”

“马洛维在小屋里发现了几张画。”阿德里安说，“藏在地板下面。我们已经聊过这个了。”

索菲亚大笑道：“Mijo（我的儿子），你四岁时说谎的水平就一塌糊涂，现在甚至更差了。你今天早上还说，马洛维是在衣柜里发现画的。”

“是在衣柜的地板下面。”阿德里安嘴硬道。

索菲亚向我抛来一个眼神，意思是：你能相信这孩子有多离谱吗？“如果你们不想告诉我，没关系。但我要提个建议：你们俩都要小心。如果你们开始窥探家族秘密，说不定有人会把你们的眼睛弄瞎的。”

我忍不住马上就要打电话给多洛莉丝，但现在将近十点了，天色已晚。阿德里安建议我早上再联系，会得到更好的结果。“她八成已经睡了。”

我知道他是对的。我只是没有耐心。我需要情报，并且立刻就要。我和他讲了我最近和麦斯威尔夫妇的对峙。“我给他们看了安妮娅的画。我解释了这些画是怎么不断出现在小屋里的。但他们不相信我，阿德里安。我想说的是，他们当然不会相信我！这听上去太离奇了。我也知道这听上去很离奇。卡罗琳表现得好像她觉得我画了那些画似的，仿佛整个故事都是我为了博得关注编造出来的。”

“我们这就证明你说的是实话。”阿德里安说，“但首先我们应该进屋拿点儿吉事果[①]吃。”

“为什么？”

“因为它很好吃，而且吃了它，你就会忘掉所有的烦恼。相信我。”

我们回到屋里，发现晚餐派对的气氛又上了一个台阶。立体声音响播放着时下最受欢迎的四十首歌曲，所有人都来到了起居室，伊格纳西奥看起来前所未有地 achispado。他正演示着斗牛舞，号称自己年轻时就掌握了这种舞蹈。而索菲亚竟然陪着他闹，她抖动裙摆，跟上了他的步伐。宾客们鼓掌欢呼，而阿德里安只是尴尬又气恼地摇摇头。“每次有人上门做客，就会来这出。”他说，“我爸爸演得太夸张了。”

我们从冰箱里随手拿了两罐气泡水，然后阿德里安盛了一盘吉

① 一种源自西班牙的油炸条状面食，常与冰激凌、巧克力酱搭配食用。

事果，淋上巧克力酱，带我出门去花园里游览漫步。他说他爸爸用了三十年时间建造和打理花园，这里是他自己的凡尔赛宫。

“凡尔赛宫是什么？”

“就是那个宫殿？法国的？”

他似乎对我从没听说过它感到很吃惊，但我还能说什么呢？在南费城，人们可不会经常讨论法国皇室。但我还是不想显得像个傻瓜，所以我一口气编了更多的谎话。

“噢，凡尔赛宫啊。”我大笑着说，“我听错了。”

我们漫步在小径上，阿德里安和我讲了花园里所有的秘密：酸樱桃树上栖居着一窝红衣凤头鸟；一个小壁龛里摆放着一尊圣母玛利亚像，供私人祷告使用；锦鲤池瀑布旁的岸边，有一把木质长椅。我们停住脚步，坐下来，和几条鱼分享了吉事果。这里少说也有七八条鱼，都大张着嘴，在水面上浮浮沉沉。

“这个地方真的很特别。”

阿德里安耸耸肩：“要是有个泳池，我会更开心。就像麦斯威尔家那样。”

“不，这里更好。你很幸运。”

我感觉到他的手搭上了我的腰，当我回身去看时，他吻了我。他的嘴唇尝起来甜甜的，像肉桂和巧克力。我想把他拉近些，我想再吻他一次。

但首先，我要告诉他真相。

我把手放在他胸口上。

“等等。”

他停下了。

他看着我的眼睛，等着我。

很抱歉，我不知道该怎么告诉他。此情此景实在太美好了：无数只小灯闪烁着柔和的光芒，瀑布水声叮咚，如同天籁，花香令人沉醉——这又是一个我不忍心破坏的完美时刻。

因为很显然，我早已经无法回头了。对阿德里安说谎已经够糟糕了，但现在我又对他的父母，甚至他父母的朋友说了谎。一旦这些人发现了真相，他们绝对不会再接受我。我和阿德里安的恋情没有任何可能。我们就像泰迪玩的肥皂泡一样——奇妙、轻飘，比空气更轻——并且注定会破裂。

他意识到不对，退了回去。

“对不起。我想我没有判断好气氛。但如果我说话够多够快，我们可以假装刚才那件事没发生过，对吗？”他站起身，看起来很难为情。“我们车库里有乒乓球。你想玩吗？”

我牵过他的手，把他拉回到长椅上。这一次，我吻了他。我把手贴在他心口，靠进他怀里，这样他就不会误解我的心情了。

“不。”我对他说，“我不想离开这儿。”

但最终，我还是离开了。

晚餐派对大概在十点半散场。我们坐在长椅上，借着花园里阴影的遮挡，听见宾客们关上车门、发动引擎，然后从宽阔的环形车道离开。

我和阿德里安在花园里待到半夜零点以后。最终，屋里所有的灯都闪了闪，熄灭了。他的父母似乎已经睡了，我想我大概该走了。

阿德里安提出和我一起走回去。我告诉他不用，回去只有几个街区而已。但他很坚决。

“这不是南费城，马洛维。天黑后，斯普林布鲁克的街道会很危险。”

“我钥匙链上挂着一个电击枪呢。”

“如果碰上一个喝醉的母亲开着小货车，电击枪根本不是对手。送你走回家的话，我会放心很多。”

住宅区一片寂静。街道空旷，房屋漆黑。我们离开花园那一刻，仿佛打破了一个魔咒。随着麦斯威尔家映入眼帘，我想起了过去所有的问题，我想起了自己到底是谁。我又一次觉得必须要说出实话了。也许我无法鼓起勇气，告诉他一切——不是今晚，现在还不是时候。但我至少想要告诉他一个真相。

“我很长时间没交过男朋友了。”

他耸耸肩：“我从来没交过男朋友。”

“我只是想说，我们不应该操之过急。先要更好地了解彼此。慢慢来吧。”

“你明天晚上有什么安排？”

“我是认真的，阿德里安。你可能会发现我身上有你不喜欢的地方。”

他拉过我的手，用力捏了捏。“我想了解你的全部。我想改修‘马洛维·奎因’专业，尽可能多学一点儿。”

噢，你什么都不知道，我心想。你真的什么都不知道。

他问我有没有去过布里吉特·弗依餐厅，这是全费城他最喜欢的餐厅。我说，我已经六周没去过费城了，而且不急着回去。“那普林斯顿呢？我是说普林斯顿市，不是普林斯顿大学。那里有家非常棒的西班牙风味小吃。你喜欢西班牙小吃吗？我要订位吗？”

此时，我们已经穿过麦斯威尔家的院子，站在了小屋外面。我当然同意了，并且告诉他我五点半前就能准备好。

然后我们又开始接吻。如果闭上眼睛，很容易就能假装我们回到了繁花城堡的花园里，而我是越野跑明星运动员马洛维·奎因，前程似锦，无忧无虑。我倚在小屋侧面，阿德里安用一只手抚弄我的头发，另一只手顺着我的大腿向上摸，滑进了我的裙底。我不知道该怎么告诉他真相。我真的不知道。

“这可不是慢慢来的意思。”我对他说，“你得回家了。”

他把手从我身上拿开，退后，做了一个深呼吸。“我明天会再来的。”

“五点半。”我提醒他。

“到时候见。晚安，马洛维。”

我站在门廊上，看着他穿过院子，消失在黑沉沉的夜色中。我知道，我必须对他坦白。我决定明天在普林斯顿吃晚餐时，把一切都告诉他。这样即使他生气，也不能把我丢在那里，他只能开车送我回家。那段时间里，也许我可以说服他再给我一次机会。

然后我用钥匙开了小屋的门，打开灯，发现泰德·麦斯威尔躺在我的床上。

# 18

他坐了起来，遮住眼前的光。“天啊，卡罗琳，能把灯光调暗点儿吗？”他的嗓音比平时低了八度，还带着浓浓的睡意。

我站在门口没有动。

“我是马洛维。”

他从指缝里向外瞧，似乎很吃惊地发现自己睡在我的小屋里，躺在我床上，盖着我的被子。“噢，上帝。噢，该死的。对不起。”他猛地抬腿下床，站了起来，然后立即失去了平衡。他扶着墙，稳住自己，等待着房间停止旋转。泰德醉得太厉害，似乎没注意到自己没穿外裤，只穿着一件网球衫和一条黑色的拳击短裤靠在墙上。一条灰色斜纹棉布长裤摊在床脚，好像是他钻进被窝前才脱下来的一样。

他说：“不是你看到的这样。”

泰德看上去像正在被警察搜身。他两腿岔开，两只手都按在墙上。

“或许我该叫卡罗琳来？”

“不！上帝啊，别。”他转身看向我，“我只想让你——噢天哪，噢不。”他回过头面对着墙，稳住了身形。“你能给我倒点儿水吗？”

我走进小屋，关上门。我走到洗碗池，用我给泰迪准备的小塑料杯接了水。杯子上画着北极熊和企鹅的图案。我把水拿给泰德，闻到了他身上的酒气。他散发着苏格兰威士忌的味道和汗酸味。他举起杯子喝水，一大半都洒在了脖子和胸口上。于是我又接了一杯，这次，他成功把大部分水都送进了嘴里。但他的身体还紧贴着墙，好像还没准备好承受重力一样。

“泰德，不如你就在这儿睡吧？我去主屋。我可以睡沙发。”

“不，不，不，我得回去。”

“我真的觉得应该叫卡罗琳来。”

“我现在好些了。那杯水很有帮助。你看。”

他站直身子，摇摇晃晃地向我走了一步。然后他伸出手，胡乱挥着胳膊，急切地寻求我的帮助。我握住他的手，把他领到床脚。他一屁股坐在床上，没有放开我的手，直到我坐在他身边才作罢。

“就五分钟。”他向我保证，“已经好起来了。”

“你想再喝点儿水吗？”

“不用了，我不想吐出来。”

“那要吃一粒泰诺吗？”

我想找个借口站起来，离他远一点儿。于是我走进浴室，拿了三粒低剂量阿司匹林咀嚼片回来。我把药片放在泰德汗津津的手心里，他听话地用牙齿把它们碾碎了。

“我和卡罗琳吵了一架。我只是需要一点儿空间，一个小房间，来让自己清醒一下。我看到你屋里的灯关了，我想你晚上可能出门了。我没打算睡着的。”

“我明白。”我对他说，但实际上我不明白，我不知道他为什么爬上了我的床。

“你当然明白。你是个很善解人意的人。所以你才是一个这么优秀的母亲。”

“我还没做母亲呢。”

“你会成为一个优秀的母亲。你善良、体贴，还把孩子放在第一位。生儿育女并不是高精尖的工作。你是穿着卡罗琳的裙子吗？”

他的视线在我身上来回逡巡着，我走到料理台后面，庆幸有个屏障挡在我们中间。“她上个月给了我几件衣服。”

“旧衣服。二手货。你配得上更好的，马洛维。”他嘟哝了一些我听不懂的话，只有最后一句很清楚：“外面有一整片广阔的天地，而你却被困在了这个鬼地方。”

“我喜欢这里。我喜欢斯普林布鲁克。”

“因为你根本没去过别的地方。如果你旅行过，如果你去了惠德比岛，你就会明白了。”

“那是哪儿？”

他解释道，那是太平洋西北部岛链的一部分。“我上大学时在那里度过了一个暑假。那是我人生中最美妙的夏天。我在牧场工作，一整天都沐浴在阳光下，晚上坐在沙滩上喝红酒。没有电视，没有电子设备。只有善良的人、大自然和前所未见的壮丽景色。”

然后，他注意到了床罩上的长裤，似乎反应过来那是他的，并且应该穿在他腿上。他把裤子抖开，放低到脚边，裤子立刻就掉在了地上。我意识到自己需要帮他。我跪在他面前，把裤腰撑开，方便他提上裤子——先伸进一条腿，然后是另一条。他把裤子堪堪拉过腰部，然后盯着我的眼睛。“我向你保证，马洛维，你一旦见到普吉特海湾，五分钟之内，你就会忘记斯普林布鲁克。你会发现斯普林布鲁克就是个鬼地方，是个陷阱。”

他说的话，我都没怎么听进耳朵。如果你在南费城长大，就会和无数醉鬼打上很多次交道，然后你就会发现，他们说的大多数话都是胡言乱语，没有一句是有意义的。

“斯普林布鲁克很漂亮。你在这里的生活也很美好。你有和睦的家庭，美丽的妻子。”

“她睡在客房。她不愿意碰我。”

泰德嗫嚅着，低头看着裤子，我正好装作没听见。

“你有一座漂亮的房子。”我接着说。

“是她买的，不是我。地球上我最不愿意住的地方就是这里。”

“什么意思？”

“卡罗琳的父亲非常富有。无论在哪里生活，我们都负担得起。曼哈顿、旧金山，任何城市都可以。但她想来斯普林布鲁克，于是我们就在斯普林布鲁克住下了。”他的语气仿佛事情的发展已经失控了一样。“别会错意，马洛维。她是个好人。她心胸宽广。为了泰迪的幸福，她可以做任何事。但这不是我想要的生活。我从没许愿得到这些。”

“我再给你倒点儿水，好吗？”

他摇摇头，仿佛我没能抓住某个重点。“我不是叫你照顾我。我的意思是，我会照顾你。”

“我明白。我会考虑的。但现在我得送你回去了。卡罗琳应该很担心。”

泰德越来越前言不搭后语了——他提到了塞内卡湖、加州酒乡，还说要逃离一切。他没有要我帮忙，成功地站了起来，提起并扣好长裤。“我们应该把这些都烧了。”

“明天。”我对他说，“咱们明天再烧。”

“但不要在小屋里。”他指着墙上的烟雾报警器，“这里所有的电线都是老式的瓷珠瓷管线，非常敏感，非常脆弱。不要自己修。叫我帮忙。”

我打开小屋的门，泰德踉跄着踏上门廊。他奇迹般地走下三级台阶，跨上了草坪，还没有摔倒。然后他突然一转身，没入黑夜，朝主屋的方向走去了。

“祝你晚安。”我在他身后喊道。

“看情况吧。”他大声回答。

我关了小屋的门，上了锁。我瞧见床头柜上有一团皱皱巴巴的卫生纸。我用一张纸巾把它包起来，塞到垃圾桶最底下。然后，我掀开被子，扯下床单，发现里面混着我的三件文胸。我不知道它们是怎么跑到我床上去的，我也不想知道。明天我会把所有东西都放进洗衣机，努力忘记今晚发生的事情。

由于没有其他床单，我只能在床垫上铺浴巾，躺在浴巾上面。实际的感受没有听上去这么不舒服。我只需要闭上眼睛，就能回到美丽的城堡花园，听到瀑布轻柔的水声，看到馨香四溢的垂花拱门。没有什么能破坏我今晚的体验——我和卡罗琳关于降神会的争吵不能，在小屋里发现泰德当然更不能。在睡着之前，我请求上帝原谅我对阿德里安说了谎。我祈祷上帝能帮助我找到合适的措辞，告诉他真相。我祈求阿德里安不会仅仅看到我犯下的所有可怕错误——希望他能认定现在的我，而不是过去那个一败涂地的我。

# 19

第二天早上，我来到主屋，发现卡罗琳和泰德已经穿戴整齐，坐在早餐角了。卡罗琳正在喝茶，而泰德啜饮着黑咖啡。两人在冰冷的沉默中对视。我意识到，他们是在等我。

“你能加入我们吗？”卡罗琳问，“泰德有话想说。”

泰德看起来狼狈不堪，他很显然处在宿醉状态中。这个男人现在就应该躺在二楼的床上才对。或者弓着背，跪在洗手间的马桶前。“我要为我昨天夜里的行为道歉。这是完全不可接受的，而且——”

“泰德，没关系。我已经忘了。”

卡罗琳摇摇头。“不，马洛维，我们不能假装这件事没发生过。我们需要充分承认昨天夜里发生的一切。”

泰德点点头，听话地说了下去，仿佛在背诵什么已经记熟的公开演讲稿。“我的行为高傲自负，并且缺乏尊重。我为自己的所作所为感到羞耻，正在反省自身，探究我滥用特权背后的原因。”

“我接受你的道歉。”我对他们说，“你不用再说了。如果我们就这样放过这件事，我会更舒服点儿，好吗？”

泰德看向卡罗琳，她耸耸肩。好吧。

“谢谢你的理解，马洛维。我保证这种事不会再发生了。”

他站起来，拎过公文包，脚步虚浮地走向门厅。没过一会儿，我听见前门被用力关上，他的车在车道上发动了。

“他害怕你会起诉我们。”卡罗琳解释说，“方便的话，能告诉我发生了什么吗？用你自己的话说？”

“卡罗琳，我向你保证，什么都没发生。昨晚，我去了阿德里安家。他父母举办了一场派对。我过了零点才回家，发现泰德在小屋里。他喝醉了。他说你们两个吵了架，他需要一个安静的地方平复心情。”

“我以为他在楼下。睡在沙发上。”

“我一回到家，他就对我道歉，然后离开了。就这样。”

“他和你讲了我们吵架的事吗？”

“没有，他只说你是个好人。心地善良。他说你为了家人，什么都可以做。”

“还有呢？”

“就说了这么多。他讲话没什么逻辑。他提到了某个小岛？好像他大学时在那儿度过了一个暑假？”

“沐浴着阳光工作，在星空下入睡。”卡罗琳说。我意识到她是在夸张地模仿丈夫，善意地取笑着他。“每次他一喝醉，就会讲惠德比岛的故事。”

“我没有放在心上。我给他倒了点儿水，吃了几片低剂量阿司匹林。然后我打开门，他就离开了。情况就是这样。”

她观察着我的表情，似乎在寻找线索。“下面这个问题有点儿尴尬，但既然你理论上是我的员工，我觉得我必须要问。他对你动手动脚了吗？”

“没有。完全没有。”

是这样的，我想我可以说出他脱掉了外裤，洗劫了我放内衣的抽屉，并且在我来之前，在我床上做了点儿天知道是什么的事。但说这些有什么意义呢？可怜的卡罗琳看起来已经很痛苦了，而且泰德道过歉了。我看不出把它拿出来讲的意义在哪里。我肯定不会因为这件事辞职的。

“卡罗琳，我对你发誓，他没有碰过我。甚至没有靠近我。”

她深深地叹了一口长气。“泰德今年夏天就五十三岁了。我相信你听说过男人的中年危机。到了这个年纪，男人会开始质疑自己做过的所有选择。更糟的是，他的事业陷入了泥潭。这给他的自尊心造成了巨大的打击。他本来希望今年秋天能雇用一些新人，但现在看起来难说。”

“他的公司有多大？”

她好笑地看了我一眼：“他想坐拥四十名员工，但目前只有泰德自己。他一个人经营。”

只有泰德？他给我的感觉像是在市中心的摩天大楼里工作，身边秘书环绕，到处是先进的电脑和俯瞰费城里滕豪斯广场的大玻璃窗。“他告诉我他在和饼干桶餐厅合作，还有扬基蜡烛，都是大公司。”

“他和他们开过会。”卡罗琳解释道，“他会造访不同的公司，提出为他们运营网站，管理他们的电商业务。但如果你只是个体经营，很难招揽到这些大客户。”

“他提到过同事。叫麦克和艾德的男人。他说他们总是一起吃午饭。”

“没错，他们都在同一座共享办公楼里。他们还有其他一些人共用办公室，按月租用工位。因为泰德需要一个位于城里的通信地址。他做的生意，一大部分是营造好印象。努力让自己显得比实际上更有价值。这个夏天，他承担了很多压力——至于昨夜，我想你看到了假面的第一条裂痕。”

她的声音颤抖起来，我意识到，她不仅在担心泰德，还在担心他们的婚姻和整个家庭。我完全不知道该对她说什么。这时，我听到泰迪下楼的脚步声，松了一口气。卡罗琳坐直身体，用餐巾纸揩了揩眼角。

泰迪拿着一台 iPad 走进厨房。他用手指划过它的表面，屏幕随即发出巨大刺耳的爆炸声。

“嘿，泰迪熊！你手里是什么？”

他依然看着屏幕，头也不抬。“这是妈妈昨天晚上给我的。原来是爸爸的，但现在它是我的了。”他抓过一个塑料杯，从洗碗池里接满了水。然后，他一句话也没有多解释，就拿着杯子和 iPad 走进了休息室。

“泰迪现在不画画了，休息一下。”卡罗琳解释道，“考虑到发生了这么多让人困惑的事，我们认为他需要一些新爱好。而且应用商店有很多教育资源，包括数学游戏、拼读，甚至还有外语课。”她穿过厨房，打开了冰箱上方泰迪远远够不到的一个柜子。“我把他所有的蜡笔和马克笔都收起来了，放在这里。泰迪有了 iPad，激动还来不及呢，我觉得他甚至都没注意到这个变化。”

我知道做保姆的首要规则，就是永远不要对母亲评头论足。但我忍不住觉得这是个错误的决定。泰迪真心喜欢画画，我认为剥夺他的权利是不对的。更糟的是，我感觉这一切都是因为我的缘故，因为我不肯住口，就是要讲安妮·巴瑞特的事。

卡罗琳察觉到了我的失望。“这是个实验，就几天。或许这样能帮我们弄明白发生了什么。”她关上柜门，仿佛这件事已经解决了一样。“但现在，和我讲讲阿德里安家的这场派对吧。你们玩得开心吗？”

“非常开心。”我想我很愿意换个话题，因为我自从起床之后，就一直在想晚餐的约会。“我们今晚一起出门。他想开车去普林斯顿。找一家西班牙风味小吃餐厅。”

“哎呀呀，那些餐厅可浪漫了。”

“他五点半来接我。”

“那我尽量早点儿到家，多给你一点儿准备时间。”说着，她看了看表，“不好，我得走了。我真替你激动，马洛维！你今天要度过一个非常愉快的夜晚！”

卡罗琳走后，我在休息室找到了泰迪。他正坐在里面，沉迷于“愤怒的小鸟”游戏。他用手指操纵着一个巨大的弹弓，将它拉紧又松开，把五颜六色的小鸟发射到被猪占领的木头和钢铁堡垒上。他每发起一次新的攻击，就伴随着刺耳的巨大尖叫声、爆炸声、撞击声、轰鸣声和口哨声。我坐到泰迪对面，“啪”地两手合十。“那我们今天早上做什么好呢？去魔法森林散散步？还是来一场烘焙大赛？”

他耸耸肩，疯狂地划动屏幕。“无所谓。”

有一只鸟没击中目标，泰迪蹙起眉头，看着得分，一脸懊恼。他弓着背，离屏幕更近了点儿，几乎要钻进去似的。

“来吧，泰迪。把游戏放一边。”

“我还没打完呢。”

“妈妈说静心时间才能玩游戏。她不想看到你一个上午都在用iPad。”

他转过去，背朝着我，用身体挡住平板电脑。“我就再打一关。”

“一关要多久？”

结果证明，再打一关足足花了半个小时。结束后，泰迪求我给iPad充上电，这样之后就能有足够的电量了。

上午，我们在魔法森林里到处走动。我试着给泰迪王子和马洛维公主创作一个新的冒险故事，但泰迪只想讨论愤怒的小鸟的攻略。黄鸟最适合攻打木结构建筑，黑鸟能摧毁混凝土墙，白鸟投下“炸蛋”后会加速。这严格来讲不能算对话，他只是在背诵一连串事实和数据，好像试图在脑海中梳理规则。

我在一层树叶里看见了一闪而过的银光，便跪下来仔细查看。那是一支箭的箭头，带羽毛的尾部不见了，只剩下铝制的箭杆和金字塔形的箭尖。

“这是一颗魔法飞弹。”我告诉泰迪，“是用来消灭妖精的。”

“真酷。”泰迪说，“还有，绿鸟就像回旋镖。它攻击的时候，能造成双倍伤害。所以我喜欢先用它。”

我建议徒步走到巨型魔豆藤，把箭头加入我们的武器库。泰迪同意了，但他的参与显得兴致不足。他似乎只是在消磨时间，等着表针转到中午，我们好回到屋里去。

我提出，中午泰迪无论想吃什么，我都可以给他做。但他表示无所谓，于是我只做了烤奶酪。他一边狼吞虎咽地吃着三明治，我一边提醒他，静心时间里，他不一定非要玩 iPad。我建议他玩建筑积木或者农场动物，这些或许也很有趣。他瞥了我一眼，好像我要哄骗他，把他争取到的正当权利骗走一样。

“谢谢，但我还是玩游戏吧。”他说。

他带着平板电脑，上楼进了卧室。几分钟后，我登上楼梯来到二层，把耳朵贴在他的卧室门上。没有断续的低语，没有单方面的对话。只有泰迪偶尔发出的笑声，还有拉动弹弓、小鸟尖叫和建筑爆炸的音效。他听起来兴高采烈，但我在他的快乐中感到了一丝悲伤。我感觉一夜之间，有什么神奇的东西如同按下了开关一样，消失了。

我下了楼，拿出手机，拨打了“休憩港湾”退休人员社区的电话。我告诉接待员，我想和一位名叫多洛莉丝·珍·坎贝尔的住客通话。电话铃响了几声，随后传来了语音信箱的默认问候语。

“呃，你好，我叫马洛维·奎因？我们不认识，但我想也许你能帮我个忙？”

我发现我并不知道如何说明自己的疑问，我应该在打电话前排练一下措辞的，但现在为时已晚，只能走一步算一步了。

“我想问一下，你的母亲是不是叫安妮·巴瑞特，来自新泽西州斯普林布鲁克。如果是的话，我特别希望和你聊一聊。请问你可以给我回电吗？”

我留下了自己的号码，挂断了电话，感觉自己已经撞了南墙。我确信她绝对不会给我打电话的。

我洗干净午餐的碗碟，拿着一块蘸了洗洁精的海绵，围着厨房转了一圈，清理台面，尽力让自己派上用场。我前所未有地感觉到，自己很难保住这份工作了。仿佛每天我都能给卡罗琳一个换掉我的新理由。因此，我给自己排满了职责范围之外的工作。我扫地、拖地，还擦了微波炉的内部。我打开小烤箱，把小烤盘上的面包渣倒干净。我伸手够到洗碗池底部，给水槽皂液器添满了洗洁精。然后我站上椅子，擦掉了吊扇上的灰尘。

干完这些微不足道的家务活，我感觉好了一些，但我不知道卡罗琳是否能注意到我做的事。我决定了，我要实施一个更大、更雄心勃勃的计划，她绝对无法忽视。我走进休息室，躺倒在沙发上，思考着各种不同的选项。突然，我脑中闪过一个完美的点子：我要带泰迪去超市，我们会买很多食物，然后为他的父母准备一顿惊喜晚餐。我会把所有菜品放进烤箱保温，这样一来，他们一到家就能吃上了。我甚至会摆好餐具，他们连一根手指都不用动。他们只需要走进屋，坐在美味的食物前，为我加入了他们的家庭而感到庆幸。

但我还没有将这个想法付诸行动，还没有坐起来，列一张购物清单，我就睡着了。

我不知道一切是怎么发生的。我并不是很困。我只打算稍微合一会儿眼睛。但下一刻，我就在梦里了。我梦到童年记忆里的一处地方，那是一个家庭经营的小游乐场，叫作“故事书乐园”。它建成于二十世纪五十年代，致敬了所有经典童话和鹅妈妈童谣。孩子们可以爬上巨型魔豆藤，拜访三只小猪，或者隔着窗户挥手问候“住在鞋子里的老妇人”——一个眼神空洞、嘎吱作响的机械木偶。

在梦里，我带着泰迪经过旋转木马。他激动万分，求我帮他拿着所有的铅笔和蜡笔，他好坐上去玩。他把一整盒笔倒在我手里，我拿不下，铅笔纷纷掉在我脚边。我试图把它们塞进口袋，因为我没办法全都捧在怀里。等我把笔收拾好，泰迪却不见了。他消失在人群里，我找不到他。我的梦境变成了噩梦。

我开始在游乐园里狂奔，推开路上的其他父母，喊着泰迪的名字，到处找他。故事书乐园里满是五岁的儿童，从后面看，他们长得一模一样。任何一个孩子都有可能是泰迪，我哪里都找不到他。我把几个家长拉到一边，恳求他们帮忙：拜托你们，帮帮我吧。他们十分震惊。“但这是你的职责。”他们对我说，“为什么我们要帮忙？”

我别无选择，只能打电话给麦斯威尔夫妇。我本来不想告诉他们发生了什么，但现在情况紧急。我掏出手机，正在拨打卡罗琳的号码时，我突然看见了他！在游乐园另一头，坐在小红帽小屋的台阶上。我挤过层层人群，尽可能加快速度。但我来到小屋时，面前已经不是泰迪了，而是我的妹妹，贝丝！她穿着黄色T恤、褪色牛仔裤和黑白方格图案的范斯运动鞋。

我冲过去，一把抱住了她，把她抱离了地面。我不敢相信她居然在这里，她还活着！我把她搂得太紧，她咧开嘴大笑起来，金属牙箍反射着阳光。“我以为你死了！我以为我把你害死了！”

“别犯傻啦。”她说。这个梦过于逼真，我甚至能闻到她身上的气味。她散发出椰子和菠萝的香气，闻起来像她和女友们在岚舒香皂店经常买的菠萝汁朗姆酒味爆炸浴盐球。那家店位于普鲁士国王购物中心，定价奇高。

她解释说，那场事故只是个很大的误会，我长久以来的自责都是没有意义的。

“你确定你没事？”

“是啊，马洛维，我已经跟你说过一万遍了，我一点儿事都没有。现在我们可以去玩充气城堡了吗？”

“可以，贝丝，当然可以！玩什么都行！只要是你想玩的！”

但这时泰迪又回来了。他拽着我的胳膊，轻轻地把我摇醒了。我睁开眼睛，发现自己躺在休息室的沙发上，泰迪把 iPad 递过来。

“它又没电了。”

我确信他弄错了。我午餐时刚给 iPad 充了电，电量是 100%。但当我坐起来后，我意识到休息室里的光线昏暗了许多。北面的窗户外，不再有阳光透射进来。壁炉架上的钟表显示的时间是 5:17，但这不对，这是不可能的。

我去拿手机确认时间，发现实际上是 5:23。

我睡了四个小时。

而麦斯威尔夫妇随时可能回到家。

“泰迪，发生什么事了？你为什么没叫醒我？”

“我打到三十关了。”他骄傲地说，“我又解锁了八张羽毛卡！”

我的手很脏。我的手指和掌心都蹭上了深黑色的煤灰状污迹，好像刚刚在外面的花园里挖过土。我的大腿上放着一小段用剩的铅笔——地板上散落着更多的铅笔、马克笔和蜡笔，都是卡罗琳收在厨房里的美术用具。

泰迪睁大眼睛，惊奇地打量着整个休息室。

“妈妈会很生气的。”

我顺着他的目光看过去，发现墙面上涂满了速写——非常非常多的速写，细节丰富，密密麻麻地从地面一直铺到天花板。

"泰迪，你为什么要这么做？"

"我？我什么都没做！"

对啊，当然不是他做的。他做不到！他不够高！满手都是炭粉和铅笔印的人并不是他。我穿过房间，以便看得更仔细一点儿。这些是安妮娅的画。我内心对此毫不怀疑。它们占据了整面墙，窗户之间，还有温控器和灯光开关之间的空白处也画上了画。

"马洛维？你还好吗？"

他扯着我的衬衫下摆。我现在并不好。

我现在当然不好。

"泰迪，听我说。我们得在爸爸妈妈回家前把这些收拾干净。你卧室里有橡皮吗？大大的粉色橡胶橡皮？"

他看着地上所有的铅笔、蜡笔和马克笔。"我的东西都在这儿了。但我不能再用这些了。除非我们弄清楚这是怎么回事。"

反正现在也来不及了。我听见汽车驶入车道的声音。我向外看去，发现不仅有泰德和卡罗琳，阿德里安也在。他正在把景观设计用的卡车停在房子前面。现在我应该已经穿上卡罗琳的一条夏装连衣裙，准备好赶赴普林斯顿，参加隆重的晚餐约会了。

"上楼去，泰迪。"

"为什么？"

"因为我不希望你在。"

"为什么？"

"拜托你，直接上楼吧，好吗？"咖啡桌上有一条 USB 连接线，我把它递给他，"去你卧室里给 iPad 充电吧。"

"行，好吧。"

泰迪拿起 iPad 和充电线，跑出了休息室，似乎觉得自己做了错事，却逃掉了惩罚。我听到他小小的脚跑上楼梯，回到房间。

这时，我听见前门打开了，门底密封条扫过瓷砖地面，发出“唰唰”的轻响。我听到卡罗琳在和阿德里安交谈，欢迎他来到家里。“你们要去哪里吃晚餐？”

“去一家非常不错的西班牙小吃店。”他说，“他们家的辣酱土豆是一绝。”

“嗯……那是什么菜？”泰德问。

“麦斯威尔先生，我保证，那会是你吃过最好的油炸土豆。”

我知道我需要截住他们，并设法让他们对我做的事有个心理准备。我走进厨房，卡罗琳正在问阿德里安想不想喝点儿什么。冰箱顶的柜子还大敞着门，里面的东西已经被洗劫一空，但卡罗琳还没有注意到。

而阿德里安是如此英俊，几乎令我感到心痛。他看起来似乎刚刚洗完澡，头发有一点儿潮湿，衣着整洁讲究，挺括的白色纽扣领衬衫搭配黑色牛仔裤。没有人看到我进了厨房，直到我出声示意，他们才反应过来。

“出事了。”

卡罗琳注视着我：“马洛维？”

“你手上是什么？”泰德问。

阿德里安急忙走到我身边。“你没事吧？”

我知道，他是我唯一的希望了。

他是唯一有可能相信我的人。

“我接下来要讲的事听起来很荒谬，但我发誓这都是真的。泰迪上楼去度过静心时间后，我就开始觉得累。于是我躺在沙发上休息。我本来只打算闭会儿眼睛，小睡几分钟。然后不知怎的——我不知道是怎么发生的——我就被安妮娅的灵魂附身了。”

卡罗琳瞪着我：“什么？”

“我知道。我知道这听起来很不可思议。但当我睡着时，她操纵着我取出了所有的铅笔、马克笔和蜡笔。”我指向冰箱顶部空无一物的柜子，“因为你把画纸都收起来了，她就控制着我画在了你的墙上。她进入不了泰迪的身体，所以就上了我的身。”

阿德里安伸臂搂住了我的腰：“听我说，没事的。你现在安全了。我们会弄清楚这是怎么回事的。”

卡罗琳一把推开我，冲进休息室，我们所有人跟在后面。她猛地倒吸一口气，难以置信地盯着墙面。

“泰迪在哪儿？”

“在他房间里。他没事。”

卡罗琳看向丈夫。他快步奔上了楼。

我试图给卡罗琳回顾下午发生的事。“他一点钟进了卧室。去度过静心时间。我照你说的，让他拿上了 iPad。他直到十分钟前才下楼，就是你们到家那个时候。”

“四个小时？”她问。

我把满是铅笔印、炭灰和水泡的右手拿给阿德里安看。“我是左撇子，和泰迪一样，凭我自己是不可能做到的。这些画就和小屋里的一样。”

“对，没错！画风一模一样！”他拿出智能手机，绕着屋里走，把画中的各个场景都拍了下来。“我们要做的第一件事，是把它们和其他画做对比。看看它们是否符合现有的顺序。”

“不。”卡罗琳说，“我们首先要做的是毒理学筛查。现在就做。否则我就报警了。”

阿德里安睁大眼睛看着她。“毒理学筛查？”

“我不敢相信，自己竟然把你单独留在了我们的儿子身边。我居然相信了你！我当时到底在想什么？”

“我没在吸毒。”我对她说。我努力放轻语气，好像我们还有可能想办法悄悄讨论这件事一样。就好像阿德里安并没有站在这里听。“我对你发誓，卡罗琳，我没沾毒品。”

“那你一定对检测没意见了。你刚开始在这里工作时，同意每周随机做检测。这是你主动提出来的。由我们来选日期。”她抓过我的手腕，检查我手臂上是否有针孔，“或许我们一早就该这么做了。”

泰德从二楼下来，用一个眼神安抚了卡罗琳，告诉她泰迪没事。与此同时，阿德里安正试图说服卡罗琳相信，她完全搞错了。

“麦斯威尔夫人，我不知道你在说什么，但马洛维没有吸毒。你真的觉得她用了海洛因，还能获得运动奖学金吗？如果她这么做了，宾州州立大学会马上把她踢出校队的。”

房间里陷入一片尴尬的沉默。我意识到卡罗琳是在给我一个澄清的机会。我感觉眼泪涌了上来，事情本来不该这样发展的。“好吧，等等。”我对他说，“因为，是这样的，我没有完全和你说实话。”

阿德里安还是搂着我，但他的手臂松开了一点儿。“这是什么意思？”

“我本来打算今晚对你坦白的。”

“你在说什么？”

我还是做不到。

我不知从何说起。

“马洛维没有读宾州州立大学。”泰德解释道，“过去十八个月，她都是在戒毒康复中心度过的。那是一所中途之家。她曾经滥用止痛处方药和海洛因。”

“还有别的毒品，她甚至都不记得是哪些了。”卡罗琳补充，“大脑痊愈需要时间，马洛维。”

现在阿德里安完全放开了我。我现在挂在他身上，像只可悲、可怜的大怪物，又像个寄生虫。他摆脱了我，注视着我的脸。

“这是真的吗？”他问。

“我现在不吸毒了。”我对他说，“我对你发誓，阿德里安，下周二我就戒毒满二十个月了。”

他后退了一步，像被我的话击中了。卡罗琳轻轻地把手放在他肩上。“你听到这些，一定很难接受吧。我们想当然地认为马洛维没有对你隐瞒她的经历。我们以为她告诉了你真相。”

“不，完全没有。”

“阿德里安，我在退伍军人医院和很多毒瘾者打过交道。他们都是好人，我们的主要目标就是帮助他们重返社会。但有时我们把握不住正确的时机。有时候，他们还没准备好，我们就送他们启程了。”

我火冒三丈，抬头怒视着卡罗琳：“我的情况根本不是这样！我没有吸毒，我他妈也不是插画师！我可以发誓，卡罗琳。这栋房子不对劲。安妮·巴瑞特的鬼魂缠上了你儿子，现在她又缠上了我。这就是她留下的信息。”我指着房间里所有的墙面，“这就是她的故事！”

我知道自己的表情和声音一定很癫狂，因为阿德里安正迷惑地打量着我，仿佛第一次见到我一样。

“但其他事情也是真的吗？”他问，“你住过中途之家？你用过海洛因？”

我羞愧得说不出口，但他从我的脸上读出了答案。阿德里安转过身，离开了休息室。我正要追，卡罗琳却挡住了我的去路。“让他走吧，马洛维。不要再让他为难了。”

我转向窗户，注视着阿德里安穿过石板步道，他的五官伤心地揪作一团。走到车道中途，他小跑起来，仿佛迫不及待地要离我远点儿。他钻进一辆黑色皮卡，驶下路沿，转弯离开了。

我再回头看向卡罗琳时，她手里正拿着一个塑料杯。“来吧。我们把这件事解决掉。”

她带我走向洗手间。我进去了，伸手要关门时，她却拦住我，摇了摇头。她似乎担心我会想方设法对样本做手脚，好像我为了以防万一，会随身携带小瓶装的合格尿液似的。卡罗琳出于礼貌，在我脱下短裤，蹲坐在马桶上时，转过了头。我已经做过几百次检测，能够熟练地采集样本，保证它不受污染。我可以一滴不洒，接满一个四盎司的杯子。我把杯子放在洗手池边缘，提上短裤，洗了手。水流变成了黑色，残余的颗粒物积在洗手盆里。我用香皂搓着手指和掌心，但铅笔痕就像墨汁一样附着在皮肤上，如同永远不会消退的污迹。

“我在休息室等你。”卡罗琳说，“你到了，我们再开始。”

我洗完手，洁白的洗手池里留下一圈脏兮兮的灰色污垢。让我愧疚的事又多了一件。我试着用卫生纸把它清理干净，然后把手在短裤上蹭干。

我来到休息室，卡罗琳和泰德正坐在沙发上。他们把我的样本放在了咖啡桌上，下面垫着一张餐巾纸。卡罗琳向我展示了一张还包在玻璃纸里的检测试剂卡，证明它没有被破坏过。然后她剥开试剂卡包装，露出五个检测条，把它们浸入杯中。

“听着，我明白你们这么做的原因，但结果不会是阳性的。我向你们保证。我已经二十个月没有吸过毒了。”

“我们也想相信你。”卡罗琳说着，瞥了一眼墙上铺天盖地的画，“但我们得先搞清楚今天发生了什么。”

“我已经告诉过你发生什么了。我被安妮娅附身了。她像木偶一样操纵我。这些画全都不是我画的，是她！”

“如果我们要讨论这件事，”卡罗琳说，“我们就要保持冷静。不能冲对方大喊大叫。”

我吸了一口气。“行。好的。”

“首先，你来这里工作之前，我们和罗素围绕你的过去进行了一次长谈。他同我们讲了你和毒品做斗争的经历——虚假的记忆、记忆中断——”

“这不一样。我已经没有那些问题了。”

“你知道吗，就在几天前，泰迪丢了一盒绘画铅笔。他是哭着来找我的。因为哪里都找不到，他非常难过。而在那之后，这些画立刻就像变魔术一样出现在了你的小屋里。你难道不觉得这太过巧合了吗？”

我低头看向杯子。只过了一分钟，离出结果还太早了。

“卡罗琳，我几乎连直线都画不出来。我高中时修过一门美术课，结果得了C+。这些画不可能是我画的。我的水平没有那么高。”

“我的病人也总是这么说：‘画画就能救我的命，这不可能！’但之后他们尝试了艺术疗法，效果好得出奇。他们创作了非常漂亮的画，借此来克服创伤，消化他们暂时无法面对的真相。”

“这和那种情况是两回事。”

“看看你画里的女人吧。她很年轻，个头很高，拥有着运动员的体格。她实际上在奔跑，马洛维。这个人你眼熟吗？”

我明白她要说什么，但她错了。“这不是自画像。”

“这是一种符号表征，一种视觉比喻。你失去了妹妹，你痛苦，你恐慌，你急切地要把她找回来——但为时已晚。她已经坠入了死亡之谷。”她在休息室里来回走动，指引我看向一幅又一幅画，“然后，一位天使来帮助她了——这个比喻并不隐晦，对吗？天使正领着贝丝走向光芒中，而你无法阻止。贝丝穿过了生与死的交界，她再也回不来了。你明白的，马洛维。这些都展现在墙上了。这不是安妮娅的故事。这是你的故事。这是贝丝的故事。”

我摇摇头。我不想把贝丝也牵连进来。我甚至不想听到卡罗琳说出她的名字。

“我们知道发生了什么。”她继续说，“罗素和我们讲了你的故事，非常令人痛心，马洛维。我为你的遭遇感到很遗憾。我知道你承担着巨大的愧疚和悲伤。但如果你不直面这些感情——只是一味地压抑它们——”她对着房间四周我画下的画比画了一下，“它们就像高压下的蒸汽，马洛维。它们会寻找缝隙，设法逃脱的。”

“那其他的画怎么解释？被掐住喉咙的女人呢？”

“一种具象化的抽象概念。”卡罗琳说，“也许是代指悲痛，或者毒品成瘾，它象征着毒品对你身体的桎梏。”

“那被拖进森林的女人呢？”

“也许那是拉你脱离危险的人？成长伙伴或者导师？比如罗素？”

“那他为什么把我埋起来？”

“他不是在埋你，马洛维。他是在解放你。他挖开海洛因的大山，把你解救出来，帮助你重返社会。看看你现在，多么优秀！”

卡罗琳把检测试剂卡翻转过来，给我看结果。五个窗格——分别是四氢大麻酚、阿片类药物、可卡因、安非他命和冰毒的指标——全部都是阴性。

“二十个月没有吸毒。”泰德说，“你看看！看看！”

“我们真的很为你骄傲。”卡罗琳说，“但显然，你需要做的还有更多，是不是？”

我不知道该说什么。

我同意，安妮娅的画和我个人的经历有一些十分令人迷惑的相似之处。

并且我的确曾深受记忆中断、虚假记忆和其他药物成瘾心理后遗症的困扰。

但我的小屋里还有另外十二张画，散发着尸体的恶臭。始作俑者只有一个。

“是安妮娅画的画。不是我。”

“安妮娅是一个假想朋友。泰迪知道她是虚构的。他明白她实际上并不存在。”

“泰迪害怕，而且被搞糊涂了。他只是在重复你们教给他的话。我知道你们都是名校毕业，你们觉得自己掌握了世界的真理。但你们对这些画的判断是错误的。你们对这栋房子、对泰迪的认识都是错的。现在一桩见鬼的怪事就发生在你们眼皮底下，但你们却从来不承认！”

此时我已经喊出来了，我控制不住自己。但泰德和卡罗琳丝毫没有动摇。我意识到他们不再听我说话了，他们准备结束这个话题了。

“我想我们应该尊重彼此的不同意见。”卡罗琳对我说，“也许她是个鬼魂，也有可能只是你负罪感的体现。这不重要，马洛维。最关键的结论是，整整四个小时，你放任我们的儿子无人看管。我已经不相信你能照顾好他了。”

泰德赞同地表示“需要做出改变了”。卡罗琳说，应该把此刻当作一个十字路口，它将为所有人带来转机。

他们两个人的语气都相当积极，充满了支持和鼓励的意味。我反应了片刻才意识到，我被解雇了。

# 20

回到小屋十分钟后，我的手机响了。

来电人是罗素。他在拉斯维加斯和美国大峡谷间沙漠里的某处，从 66 号公路边的一家小汽车旅馆打来电话。信号很差，线路传来噼里啪啦的响声。

“奎因！怎么回事？”

“我想我丢掉工作了。”

“不，你绝对丢掉工作了！卡罗琳把你狂放不羁的艺术大作拍照发给我了。到底发生了什么？”

“这座房子里有东西，罗素。是某种鬼怪。一开始她跟着泰迪，现在她冲我来了。”

“鬼怪？”通常，罗素身上有着无穷无尽的能量和热情——但突然间，他的声音变得很疲惫，还带着一点点失望。“你是说鬼魂之类的吗？”

“我没有吸毒。卡罗琳给我做过检测了。”

“我知道。”

“这是别的东西在作祟。这是——”

一阵电流声打断了我们的对话。一瞬间，我担心通话中断了。然后他的声音又恢复了。

“你应该参加一场匿名戒毒会的会议。你那边现在是什么时间？六点半？周五晚上？试试‘神圣救世主’教会组织的会吧，他们好像是七点开始。”

“我不需要参加会议。”

“你有朋友可以联系吗？能和你同住的朋友？我不想让你今晚一个人待着。”我猜他从我的沉默里判断出，这里没有人帮我。“好吧。听着，我这就回家。”

“不要！”

“没关系。反正我也不喜欢这儿。天气太离谱了。我只能在室内跑步，还是在跑步机上。因为你只要在外面待上十分钟，就会热得心跳停止。”

他解释说，他需要过两到三天才能来接我。现在他正在去美国大峡谷的路上，所以他得开车回拉斯维加斯，订一个新航班。“所以周日能不能赶到说不准，但我周一肯定能到。你坚持到周一就行，好吗？我和多琳会去接你的。你可以和我一起住几周，我们会找个医生给你做个快速检查。然后我们来想一个备选方案。”

“谢谢你，罗素。”

我任由手机掉在地上，闭上了眼睛。我知道我应该下床，去参加一场戒毒会，最次也该做顿晚饭。但小屋外开始下雨了，夏天经常遇到像这样突如其来的雷雨。狂风摇撼着屋顶，雨水贴着窗户倾泻而下。我被困在小屋里，奢望找到一个能接我电话的人。我害怕即将到来的漫长周末，在罗素来接我之前，我还要孤身一人等待很久。除他之外，我仅有的朋友都在“安全港”，但我实在无颜向他们坦白自己的所作所为。

当然，我去“安全港”之前也交过朋友。我把他们所有人的名字和电话号码都从联系人列表里删除了，但要掌握他们的行踪也不会很困难。坐火车从斯普林布鲁克到费城，只需要三十分钟。只要我能到费城的肯辛顿大街去，就一定能认出很多熟悉的面孔。那些老朋友会很高兴见到我，他们随时欢迎我回家。我的活期存款账户上有一千两百美元，我可以取出现金，然后动身离开。这里没有人会想念我。

除了泰迪。

泰迪会想念我的。我知道他会。

我不能和他不告而别。

我需要留在这里，直到把事情解释清楚再离开。我要让他知道，这一切都不是他的错。

所以我留在了我无可挑剔的小屋里。这是我住过最舒适的地方，所有精美的家具和陈设都在提醒着我，自己刚刚失去了什么。雨下个不停，我脑中的嗡鸣声比以往更强烈了——仿佛我的脑袋里挤满了蚊子。我把脸埋在枕头里，大声尖叫，但没有任何办法能减弱噪音。

那天晚上，我睡了十、十二、十四个小时。每次醒来时，我都还记得之前发生的事，于是我钻进被子里，又睡了过去。

周六上午十点，我下了床，站起来，拖着疲惫的身体进了淋浴间。冲完澡，我感觉自己恢复了一点儿。然后，我走出门，看到门廊上有一块石头，下面压着一张纸。

噢我的上帝，我心想，我真的精神失常了。

但那只是卡罗琳留的便条。

亲爱的马洛维：

我和泰德准备带泰迪去海边。我们告诉他你要搬走了，他当然很难过。希望一天的沙滩之旅和木板路骑行能转移他的注意力。我们很晚才会回来，你可以独享泳池和后院了。

另外，罗素今早打来电话，告知了最新情况。他预订了明晚的红眼航班，周一上午十点至十一点到达。

我们计划于明天下午举办一场聚会，纪念你和我们一家共度的时光——内容包括游泳、晚餐、甜点等。如果你时间方便的话，活动预计三点开始。如果你有需要，或是只想聊天，请给我们来电。这段过渡期里，我会随时为你提供支持。

爱你的，卡罗琳

我走向主屋，想拿点儿橙汁。但我尝试在键盘门锁上输入密码时，却没能打开门。我反应过来，密码当然失效了。泰德和卡罗琳或许能放心地把后院交给我使用，但在我画了满墙的画以后，他们就绝不可能放我进屋了。

我知道我应该出门跑步。我知道，如果我出去跑上几英里，我会感觉好一些。但我太过羞愧，甚至不敢走出后院，在这一带露脸。我想象着，自己说谎骗人的消息一定已经迅速传开，现在斯普林布鲁克的所有人都知道了我的秘密。我走回小屋，给自己倒了一碗麦片，然后想起牛奶已经喝完了。我用手指捞起麦片，没有兑水，把它吃完了。我拿着平板电脑，躺在床上，点进霍尔马克频道，浏览着精选电影。但突然间，它们都显得虚假、可怕又难看——全部都是空泛的承诺和胡编乱造的美好结局。

我打开了一部名叫《鞋奴的圣诞节》的电影，刚看了十分钟，就听见门廊传来脚步声。接着，有人轻轻地敲响了我的屋门。我想来人多半是米琪，她可能是来为降神会上做的事道歉的。我喊了一声“我忙着呢”，然后把平板的音量调大了。

阿德里安的脸出现在窗外。

“我们得谈谈。”

我跳下床，打开门。“对，我们真的需要谈谈，因为——”

“别在这儿聊。”他说道，“我把卡车停在前门外了。去兜个风吧。”

他没有说目的地是哪里，但我们一开上通往295号公路的斜坡匝道，我就知道了。我们汇入疾驰的车流，驶入76号州际公路西线，然后穿过沃尔特·惠特曼大桥，从空中飞越特拉华河的船坞和沿岸的港口城市。我们正在向南费城驶去。阿德里安要带我回家。

“你不用非得这么做。调头吧。”

“我们就快到了。”他说，“还有五分钟。”

现在离橄榄球比赛开始还早得很，费城人一定还在市外，因为高速公路空空荡荡，没有什么车。阿德里安从俄勒冈大街出口离开了高速。他的眼睛不断地往GPS瞟，但从这里开始，我蒙着眼睛也能给他指路了。我依然熟悉每条道路、每个停车标识和每个交通信号灯。记忆里所有的商店都还在老地方：快餐厅和芝士牛排店，亚洲超市和手机零售点，还有我的两个同学高中一毕业就去打工的运动酒吧兼脱衣舞俱乐部。没有人会把我过去居住的社区和斯普林布鲁克弄混。这里的路坑坑洼洼，人行道上散落着碎玻璃和鸡骨头。但现在，许多联排房屋都安装了新的铝制外墙板，比我记忆中的更美观了，人们似乎在努力维护着市容市貌。

阿德里安在第八街和尚克街的拐角处停了下来。我猜他是在网上找到我的住址的，因为我们就停在那座矮而宽的联排房屋，也就是我曾经的家门前。砖缝被重新抹过一遍，活动护窗的喷漆还很新，过去我们用白色小石子铺成的“院子”，如今成了一片绿油油的草地。前门旁边，一个男人站在梯子上。他戴着工作手套，正把落叶从排水沟里捞出来。

阿德里安换到停车挡，打开双闪。高中以来，我就没见过任何一个邻居，我害怕自己被认出来。房屋都紧挨在一起，我忍不住想象所有人打开门，一个接一个走出来，目瞪口呆地看着我的样子。

“拜托，开车吧。”

“你是在这里长大的吗？”

“是，你已经知道了。”

“梯子上的男人是谁？”

“我不知道。你就开车吧，好吗？”

梯子上的男人转过身，端详着我们。他是个中年人，谢顶，个头不太高，穿着一件费城老鹰队的文化衫。“你们有事吗？”

我从没见过他。也许我妈妈雇用了一个勤杂工。更有可能的是，她把房子卖掉搬走了，而这个男人是新房主。我摆摆手表示歉意，然后转向阿德里安。“如果你现在不走，我就从卡车上下来，走回斯普林布鲁克。”

他切换成前进挡，绿灯亮了，我们开了过去。我指引他穿过车流，来到南费城的野餐、庆生和婚礼派对拍摄胜地——罗斯福公园。小时候，我们都管它叫“湖区”，因为这里池塘和小型淡水湖星罗棋布，而面积最大的当属“绿茵湖”。我们找了一张湖水视野极佳的长椅坐下。远处的地平线上，天空灰蒙蒙的，我们看到了高架上的95号州际公路。汽车在六条车道上疾驰，或奔向或驶离机场。有好一会儿，我们都一言不发，因为彼此都不知道从何说起。

“奖学金的事我没有撒谎。”我告诉他，“是高二的时候。我的五千米成绩是15分23秒。我在宾夕法尼亚州女子组里排名第六。你可以上网查一下。”

“我已经查过了，马洛维。我们认识的第一天，我就跑回家里，搜索了费城每一个叫马洛维·奎因的人。我找到了你高中时期所有的数据。刚好能够让你的故事听上去很可信。”然后他笑起来，“但推特上，社交媒体上，没有任何关于你的讯息。我当时觉得这很酷——这种神秘的气息。罗格斯大学的女生们二十四小时都挂在Instagram上，发艺术照来赚取好评。但你和她们不一样。我以为这是因为你很自信。我从没想过你是在隐瞒什么。”

“我基本上是诚实的。”

“基本上？这是什么意思？”

“我只在自己的经历上说谎了。其他都是实话。我没有在安妮娅的画上胡说。我对你的感觉也绝对不是假的。我发誓，我本来打算在昨天晚餐时向你坦白的。”

他什么也没有说，只是凝视着湖面。不远处，几个孩子在玩无人机。它的外观像一个迷你 UFO，八只螺旋桨飞速旋转着。每次它经过时，都仿佛蜂群过境。我意识到阿德里安是在等我继续说，他给了我一个和盘托出的机会。我深吸了一口气。

“好吧，那么——”

# 21

我所有的问题，都始于一次简单的骶骨应力性骨折——我脊椎底部的三角形骨头出现了一道细微的裂痕。那时是我高中最后一年的九月，医生给出的治疗建议是休养八周——正巧，越野跑赛季刚刚开始。这是个坏消息，但并非完全不可挽回。这种伤病在年轻的女跑者中很常见，可以轻松治愈，并且不会影响到宾州州立大学给我发放的录取通知。医生给我开了止痛药奥施康定——一片的剂量是40毫克，每天两次。所有人都说，我参加十一月的冬季赛跑肯定没有问题。

我还是去参加所有的训练，在器材旁慢吞吞地走动，帮忙记录所有人的成绩——但明知道自己本应该和队友一起跑步，却只能在场外看着她们的滋味并不好受。另外，由于我有了更多的自由时间，我妈妈希望我能多做一点儿家务。于是，做饭、清洁、购物和照看妹妹的工作更多地落到我头上。

妈妈独自抚养我们长大。她个子矮，体型偏胖，每天还要吸一包烟——即使她在慈善医院做账单管理员，知道吸烟带来的一切健康风险，也还是照吸不误。我和贝丝总是追在她后面劝她戒烟。我们每次都把她的“新港”香烟藏到沙发底下，或者其他永远不会被她发现的地方，但她只会出门去买一包新的。她说，烟是她面临压力时的应对策略，叫我们不要再对她指手画脚了。她总能在第一时间提醒我们，我们没有祖父母和叔叔婶婶，她也绝对没有改嫁的打算——所以我们三个必须守望相助。这是我们从小到大，老生常谈的一句话：守望相助。

每年有三到四个周六，医院会通知妈妈去做“惊喜的义务加班”，缓慢地整理所有尚未解决，也没人能梳理清楚的账单纠纷。一个周五的晚上，妈妈接到电话，告诉我们她第二天要去上班。然后她告诉我，我得开车带妹妹去故事书乐园。

“我？为什么是我？”

“因为我答应过要带她去的。”

“那就周日再带她去啊。你周日休息。”

“但贝丝想带晨光一起。晨光只有周六能去。”

晨光是我妹妹最好的朋友，她是个粉色头发，在脸上画猫胡子的怪人。她和贝丝都在一个动漫俱乐部里。

“我明天有场比赛！在福吉谷。我三点才能回来。”

“别去比赛了。”妈妈说，“你又不上场跑。你们队不需要你。”

我试图向妈妈解释，我在场能大大鼓舞队友们的斗志，但她并不买账。“你要开车送贝丝和晨光。”

“她们年纪太大了，不适合去故事书乐园！那个公园是给小孩子玩的！”

“她们去是为了营造讽刺的效果。”妈妈打开后门，点燃一根香烟，隔着门帘喷出一口烟雾。“她们知道自己已经过了去那儿的年纪，所以她们才想去。”她耸了耸肩，好像这件事相当合理似的。

第二天早上——10 月 7 日周六——晨光来到了我们家。她穿着一件黄上衣，上面有只闪闪发亮的白色独角兽，下身搭配一条褪色的牛仔裤。她正在吃一袋意大利面形状的酸橡皮糖，问我要不要。我摇摇头说，让我吃那个不如要了我的命。贝丝穿着一件和晨光有着相同独角兽图案的T恤和同款牛仔裤，走下了楼。显而易见，她们已经提前做好打算，要穿相配的服装了，这都是我们这场稀奇古怪大冒险的一部分。

我坚持上午九点从家里出发。按照我的计划，队友们跑步时，我会在高速公路上开车，一到故事书乐园，我就给她们打电话问成绩。但晨光被蜘蛛咬了，伤口一直发痒，我们不得不停在药店买苯海拉明。这件事耽误了我们半个小时，直到九点半，我们才穿过沃尔特·惠特曼大桥，九点四十五才汇入亚特兰大市高速公路。一共有三条车道，所有车都不要命似的飙到时速八十迈，往泽西海岸开。我把车窗摇了下来，调大了音乐广播的音量，这样就不用听后座上贝丝和晨光叽叽咯咯的笑声了。她们没完没了地说，总是在互相打断和抢话。我的手机放在前座中间的置物架上，用点烟器的电源插座来充电。音乐声里，夹杂着一条新短信的提示音——然后一声接着一声。我知道这可能是我朋友蕾西发来的，她的短信能发五条就决不发一条。我前方的车道一览无余，于是我低头看向手机屏幕上滚动显示的新消息推送：

天啊

我靠

！！！！！！！！

你肯定不相信谁得了第三

仪表盘上的时钟显示，现在是9:58。我意识到女子组的比赛一定已经结束了，蕾西正在照我说的，给我发成绩。我又查看了一下路况，然后一只手举起手机，输入密码，小心地输入了回复：告诉我。

屏幕一侧出现了三个闪烁的圆点，表示蕾西正在输入回复。我记得当时在广播里，艾德·希兰正唱着《山坡上的城堡》。我也记得自己扫了一眼后视镜。后面一辆 SUV 紧跟着我，那个家伙就贴着我的保险杠。我几乎不假思索地提速，和它拉开距离。我从反光镜里看到，贝丝和晨光正在分吃一根意面橡皮糖。她们像动画片《小姐与流浪汉》中那两只狗一样，从两端开始吃。她们疯狂地咯咯笑着，我记得自己当时在想：她们到底有什么毛病？正常的青少年怎么可能会这么做？就在那时，我的手机在掌心里震动了一下，提示我蕾西回复了。

然后就是周三了。我在新泽西州瓦恩兰市的一家医院里醒来。我的左腿断了，三根肋骨骨折，身体连着五六个监测仪和机器。妈妈坐在我床边，手里紧紧抓着一个线圈笔记本。我想要坐起来，却动不了。我困惑极了。然后，她开始说我听不懂的话。高速公路上有一辆自行车。有一家人把海滩游玩装备拴在了 SUV 的后部，后来一辆山地车松脱了，所有车都猛地转弯避让。我说："贝丝呢？"她的脸瞬间沉了下来。就是在那时，我明白了。

我前面的司机锁骨骨折。我身后那辆 SUV 上的所有人都受了不同的轻伤。晨光毫发无损地从事故中脱身。我妹妹是唯一的死者，但医生说，我的伤势仅次于她。每个人都立刻告诉我，我不应该自责，我什么也没做错。所有人都怪罪带了山地车的那家人。几名警察来医院看望我，但从没开展过任何实质性的调查。汽车在翻滚过程中，我的手机不知何时飞出了窗户。它要么被车祸碾得粉身碎骨，要么消失在了高速公路外围高高的紫色野花丛里。我始终没能知道，是谁得了第三。

两周后，我出院了。医生给我开了一张新的奥施康定处方，叮嘱我“在疼痛时按需”使用。但我无时无刻不疼，每天从睁眼到倒进床里的那一刻，我都觉得疼。药片缓解了一点儿痛楚，后来，我又求医生补开药方——只要能帮我撑过万圣节，撑过感恩节，撑过圣诞节就好——但到了二月，我已经能自如行走，医生就给我停药了。

那是我有史以来经历过最为强烈的痛苦。这就是人们不了解奥施康定的地方——或者说，至少我们当时并不十分了解。几个月里，药物完全重构了我的大脑，控制了越来越多的痛觉受体，最后我到了靠吃奥施康定才能活下去的地步。我睡不着，吃不下，上课也无法集中精力。没人警告过我会发生这种事。没人告诉过我，将来会有一场煎熬。

这时，我开始依靠同学——求他们在浴室和父母的卧室里搜刮。你一定想不到，有多少人家里都储存了奥施康定。而当这些货源最终枯竭后，我辗转得知，自己某个朋友的男友认识一个男人。从毒贩手里买奥施康定是一件很容易自我开脱的事。毕竟，这些药片和医生要我吃的药完全一样。我是在买药，不是买毒品。但毒贩的加价高得惊人，不到一个月，我就花光了所有的积蓄。我在冷汗和恶心中悲惨地度过了三天，然后，我因为找药认识的新朋友向我介绍了一个更便宜、更合理的替代品。

海洛因这个词听起来又严重又可怕，但它用起来和奥施康定差不多，价格却只有奥施康定的零头。你只需要克服晕针的困扰就行了。幸运的是，YouTube 网站上有很多视频，能帮助我熟悉整个注射流程——这些教学视频（表面上是针对糖尿病患者的）会展示如何找到血管，以及如何在正确的时机轻轻拉出柱塞，以保证毒品接触到了血液。我一掌握要领，一切就从糟糕变成了糟糕透顶。

多亏了同情我、为我感到惋惜的老师们，我才勉强读完了高中。

但所有教练都明白发生了什么。宾州州立大学虽然给我发了录取通知书，却也设法将我拒之门外了。校方把过错推给那场车祸和我受的伤。他们说，再多的物理治疗，都无法保证我能在秋季开学前做好准备。我不记得自己感到过失望。我甚至不记得收到过这个消息。当他们联系上我妈妈时，我已经在费城的北部自由区过夜了，睡在新朋友艾萨克家里的沙发上。我不是有意要找这个年龄段的男人，艾萨克只是碰巧三十八岁而已。

高中毕业后很长一段时间，我生活中的主要任务就是吸毒，以及捞钱去买更多的毒品——无论哪种毒品都行。如果买不到奥施康定和海洛因，那么对方有什么，我就尝什么。我妈妈为了帮我，花费了大量的时间和金钱。但我年轻漂亮，而她又老又穷又肥，根本不是我的对手。一天，她登上 17 路公交车时，意识到自己心脏病犯了。她差点儿没有等到救护车送自己去医院就死了。我甚至过了半年，才知道这件事。那时我住进了戒毒康复中心，想打电话向我妈妈报喜。但她以为我是想要钱，就把电话挂了。

我之后又回拨了几次，但她从没接听过。于是我留下了又长又唠叨的语音消息，承认那场车祸全部都是我的错，并且为自己做的一切道歉。那时我已经住在了“安全港”，完全戒掉毒品了，但她当然不会相信我。我自己本来也不会相信自己。终于有一天，一个男人接了电话。他自称名叫托尼，是我妈妈的朋友。他告诉我，她不想再听到我的消息了。下次我打电话时，这个号码就拨不通了。

我和妈妈两年没有说过话了。我不太清楚她经历了什么。但尽管如此，我依然有太多、太多的理由心怀感激。我庆幸自己从没染上过艾滋病和肝炎。我庆幸自己从没被强奸过。我幸运地遇到了一个优步司机，当我因为吸毒过量，昏倒在她的丰田普锐斯后座上时，是她用纳洛酮把我抢救回来。我感谢法官选择把我送进戒毒康复中心，而不是监狱。我也感激罗素和我相遇，感谢他同意陪伴我，并鼓励我重新开始跑步。没有他的帮助，我永远也不可能走得这么远。

在我讲述自己的经历时，阿德里安没有中途提问打断。他只是听着我不断说下去，直到我终于进入主题："我永远会为过去的事感到内疚。所有人都责怪那个带着山地车的司机，但假如我当时专心一点儿——"

"你不知道之后会发生什么，马洛维。也许你能转弯避开，也许不能。"

但我知道自己的假设是对的。

以后的日子里，我也会相信自己的假设是对的。

假如我穿越到过去，让一切重来，我只需要变道、急转弯或者踩下刹车，一切就还能保持正轨。

"我们俩以前共用一个卧室，我刚才和你讲过吗？我们睡的是上下铺。我们都很讨厌这种床，一直为这事和妈妈发牢骚。我们对她说，整个街区的孩子中，只有我们不得不共用卧室，而这甚至都不是一句实话！总之，车祸发生后，我出院那天，妈妈开车接我回家。我走上楼，然后——"我甚至讲不下去了。我无法告诉他，没有了贝丝的房间鸦雀无声，听不到她呼吸和摩擦床单的声音，我便再也难以入眠。

"这对你一定很艰难。"阿德里安说。

"我太想她了。每天都想。我也不知道是不是因为这个，我才对你说谎的，阿德里安。但我发誓，其他所有的事我都没骗过你。我的感受是真的，画的事也是真的。我不记得自己画过那些画。但我猜那一定是我画的。我知道这是唯一合乎逻辑的解释。我周一就要离开斯普林布鲁克了。我要去和我的成长伙伴一起住几个星期，努力让自己的脑袋清醒一点儿。我之前表现得像个精神病，真是抱歉。”

聊天进行到这里，我希望阿德里安能说点儿什么——或许不是“我原谅你了”。我知道这个要求太过分了，但既然我已经向他敞开心扉，把只有在匿名戒毒会里才会分享的故事告诉了他，我盼着他至少能对我表示某种认可。

但他却站了起来，说道:“咱们该走了。”

我们穿过草地，向停车场走去。三个小男孩在阿德里安的卡车旁嬉戏，他们用手比出枪的造型，发射着想象中的子弹。我们走近了一些，他们便全都飞快地跑过停车场的沥青路面，一边狂呼乱叫，一边拼命地挥着手臂。他们让我想起了斯普林布鲁克的大操场。这些孩子都是五六岁的年纪，和安静、内向的泰迪完全不一样。泰迪总是与绘本和速写本为伴。

直到我们进了阿德里安的卡车，他都没有说一句话。他发动引擎，打开空调，但并没有挂前进挡。“听着，昨天我离开你家的时候特别生气。并不是因为你对我说谎——这已经很糟糕了。但我生气是因为，你骗了我父母和他们所有的朋友。这真的很丢人，马洛维。我都不知道该怎么把这件事告诉他们。”

“我知道，阿德里安。对不起。”

“但现在，情况是这样的：昨天我离开你家后，也不能回家。我父母对我们约会的事知道得非常清楚，我不想见到他们，不想告诉他们约会搞砸了。于是我没有回家，而是去了电影院。最近漫威有部新电影正在上映，看起来是个打发时间的好办法。说实话，我待在那儿看了两遍，这样就可以在零点以后回家了。当我终于上楼回到卧室时，我发现书桌上放着这个。”

他从前座上倾过身子，打开了手套箱，露出一张用铅笔涂黑的纸。

“现在你不会认为，只有你一个人觉得自己疯了吧？如果说，是你在我父母整晚都在家的情况下，偷偷溜进屋子，找到我的卧室，并把这幅画留在了我书桌上，或许是有可能的？五岁的泰迪潜入我家，大概也是有可能的？或者他的父母也能办到？但我不这么想，马洛维。”阿德里安摇摇头，“我想最接近真相的解释，是你一直以来都是对的。安妮娅的确画了这些画。而她想让我知道，你说的是真的。”

# 22

我们驾车回到斯普林布鲁克，然后立刻开始着手做正事。我拿上了在小屋里找到的所有画，再加上我从泰迪卧室里带走的三张。阿德里安手里有一张留在他书桌上的画，还有他在麦斯威尔家休息室里拍下的所有照片。他已经用喷墨打印机把图像打印出来了，以便我们把这些画也加入进来，一起排序。距离罗素过来接我，还有不到四十八小时——我决心要在那之前说服麦斯威尔夫妇相信，我们说的是实话。

我们把所有的画排列在泳池露台上，用石块或者一堆堆松散的沙砾压住它们。然后，我们花了半个小时将它们调换位置，努力按顺序排列它们，摸索着一条合乎情理的叙事逻辑。

在多次试错后，我们得出了以下结论。

“第一张画是热气球。”我率先开口，“这是在某个公园或者田野里。这个区域里有大片开阔的空间。天空很广阔。”

“所以绝对不是斯普林布鲁克。”阿德里安说，“从费城出发，经过这里的航班太多了。”

“在这张画里，我们能看到一个女人在绘制一幅关于热气球的油画。现在我们先假设这是安妮娅。从她穿的无袖连衣裙来判断，我猜当时是夏天，也或许这里的气候比较温暖。

“附近有个女孩，正在玩玩具。她可能是安妮娅的女儿。泰迪说过，安妮娅有个女儿。看起来安妮娅并没有对她严加看管。

“然后来了一只白兔。

“小女孩被吸引住了。她正在玩一只毛绒兔子，但现在一只真兔子来了。

“于是，她追着兔子跑进了一座山谷……

“……但是安妮娅没有发现女孩走了。她完全沉浸在自己的作品里。不过远处的地平线上，可以看到那个小女孩。她丢下了自己的玩具。到目前为止，这个故事都能说得通吧？”

“我觉得能。”阿德里安说。

“好，从这里开始，事情就令人费解了。出了什么事。兔子不见了，女孩似乎迷路了。她可能受伤了。她甚至可能死了。因为在下一张画里……

“一个天使来到了她身边。

“然后，天使领着小女孩走向光芒中。

“但有人想拦住她们。有人追在她们后面。”

“这是安妮娅。”阿德里安说，“这是同一条白连衣裙。”

“没错。她正在跑去救她的小女儿，阻止她被人带走。

“但安妮娅来得太晚了。天使不愿意把她还回去。”

“或者说不能把她还回去。”阿德里安说。

“完全正确。现在出现了一个断层。

“天使和孩子都消失了。之后，我们再也看不到她们了。而现在，有个人正掐着安妮娅的脖子。这就是我们还缺少的一块拼图。

“时间流逝。现在到了晚上。安妮娅的画架已经无人理会了。

“一个男人手拿工具，来到了森林里。这看起来像是镐和铁锹。

“这个男人拖着安妮娅的尸体穿过森林……

“他挥动铁锹，挖出一个洞……

“然后他把尸体埋了起来。”

“所以是这个男人掐死了安妮娅。”阿德里安说。

“不一定。”

“他拖走了她的尸体。他还埋了她。”

“但这个故事是从白天开始的。这个男人是过了一段时间，直到天黑以后才出现的。”

阿德里安又开始调换画的位置——这回，他把画按照与之前不同的顺序排列起来——但我已经试过所有可能的顺序了，这是唯一接近正常逻辑的假设。

但其中还缺了什么。这种感觉像是在玩拼图游戏，把整幅画面拼贴起来后，却发现盒子里少了三四块拼图，而且缺少的部分正好就在最中间。

阿德里安举起双手：“为什么她不直接对我们说出来？跳过愚蠢的画，用文字来沟通？‘我叫龙佩尔施迪尔钦。我是被奥地利大公杀死的。’或者是被其他什么人杀的。她为什么要表达得这么隐晦呢？”

他只是在发牢骚，但我却意识到，我从来没有停下来问过自己这个问题：安妮娅为什么要表达得这么隐晦呢？

她为什么不用文字，而是通过泰迪来画画呢？为什么不写封信？除非——

我开始回想自己在泰迪卧室里听到的单向对话——他在静心时间里玩过的所有猜谜游戏。“泰迪说安妮娅讲话很滑稽。他说，她的话很难懂。如果她不会说英语呢？”

阿德里安似乎本不打算理会这个想法，但之后却伸手拿过了图书馆的借阅书——《安妮·C. 巴瑞特作品集》。“好吧，让我们花点儿时间好好思考一下这个假设。我们知道，安妮是二战后从欧洲来的。也许她不会说英语。甚至她可能不姓巴瑞特。也许这原本是一个又长又拗口的东欧姓氏，比如巴雷什尼科夫之类的，后来她们一家改了姓，用了更加西化的拼法，好融入美国社会。”

"就是这样。"我对他说。我对这个理论更感兴趣了。"从乔治写作的口吻来看，他似乎已经在美国居住了很长时间。他已经融入了当地的群体。他是教会的执事，还是市政委员会的委员。但突然间，他随性不羁的异族表妹出现在了斯普林布鲁克。她让他想起了自己的出身，他以她为耻。他附在书中的信里，写了她不值一提的成就和愚蠢的行为，这些话的语气都非常居高临下。"

阿德里安打了个响指。"这就能解释灵应盘的问题了！你说过她的回答像天书一样！你管她的答案叫字母大杂烩。但如果她拼的是另一种语言呢？"

我回忆着降神会的情形——想起那时乩板在我指尖下颤抖，而我如同被掩埋在小屋里的感觉。

我知道当时不是只有我们。

我知道有人在移动我的手，意图明确地选择着每个字母。

"米琪把字母全都记下来了。"我对他说。

我们穿过后院，走到米琪家。我屈起指节，叩响了前门，但没有人应答。然后，我们绕到屋子后面，供顾客使用的后门处。门是开着的，我们能透过纱门，看到厨房里那张米琪招待我喝过咖啡，贴了防火胶板的桌子。我重重地敲在纱门上，猫咪挂钟摇着尾巴，和我面面相觑。我听见屋里有电视的声音，正播放着纪念金元的专题广告："这款硬币受到收藏家的大力追捧，绝对保值……"

我大喊米琪的名字，但我的声音不可能盖过销售员，传到她耳朵里。

阿德里安试着转了转门把手，门开了。"你怎么看？"

"我觉得她疑心很重，而且她手里有枪。如果我们悄悄靠近她，她很有可能会一枪打爆我们的脑袋。”

“她也可能是受伤了。也许她在浴室里滑倒了呢。如果老人不来应门，你就应该去查看一下他们的状况。”

我又敲了敲门，但还是无人应答。

“咱们一会儿再来吧。”

但阿德里安坚持要开门叫她：“米琪，你还好吗？”

他走进屋里。我还能做什么呢？现在已经是下午三点以后，一天的时间就这样飞快地过去了。如果米琪掌握着对我们有帮助的信息，我们就需要尽快得到它。我把门敞开，跟着他进了屋。

厨房里恶臭扑鼻，似乎是没有拿出去丢掉的垃圾，又或许是摞在洗碗池里的脏餐具散发出的气味。灶台上放着一只平底锅，煎培根产生的油脂堆积在里面，已经凝固了。油脂表面散布着极小的爪印，我不愿意去想墙里面都住着些什么害虫。

我跟着阿德里安走进起居室。电视调到了福克斯新闻频道，主播们正在同一名嘉宾争论最近美国受到的安全威胁。他们冲对方大吼着——并且还在同时大吼——于是我抓过遥控器，把电视静音了。

“米琪？我是马洛维。能听见我说话吗？”

依然没有回音。

“也许她出门去了，一会儿回来。”阿德里安说。

出去了，却没有锁后门？不可能，这不是米琪的风格。我走向屋子后部，检查浴室——什么也没有。最后，我来到米琪的卧室门前。我敲了几下门，又叫了她的名字，最后把门打开了。

卧室里窗帘紧闭，床铺凌乱，地板上堆满了衣服。空气中充斥着酸腐味，我什么东西也不敢碰。门撞上了一个柳条垃圾筐，筐翻倒了，几团揉皱的餐巾纸掉了出来。

“有发现吗？”阿德里安问。

只是以防万一，我半跪下来，看向床底。床下有更多的脏衣服，但没有米琪。

“她不在这儿。”

我站起来时，注意到米琪的床头柜上有东西。除了一盏台灯、一部电话，我还看到几个棉球、一瓶医用酒精和一截乳胶压脉带。

“这是什么？”阿德里安问。

“我不知道。应该不重要。咱们该走了。”

我们走回起居室。阿德里安在沙发上发现了米琪的笔记本，它被塞到了沉重的木质灵应盘下面。

“就是它。”我对他说。

我翻过购物清单和待办事项，找到了上次用过的页面——也就是她在降神会上做的笔记。我把这一页从笔记本上撕下来，拿给阿德里安看。

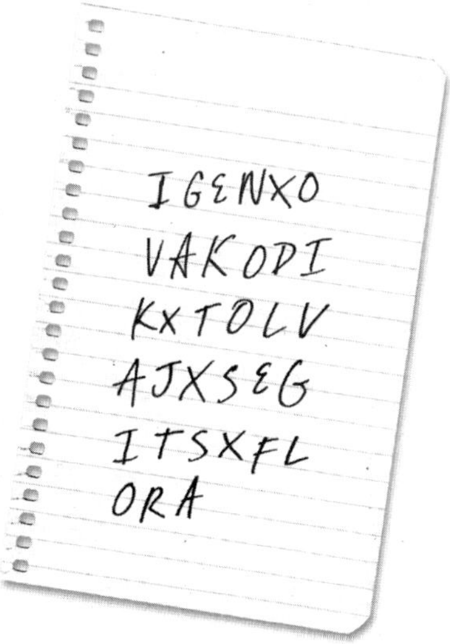

我上高中时修过西班牙语，也有学法语和汉语的朋友。但这些单词和我见过的任何一种语言都不像。“安妮娅这个名字听着像俄语。”阿德里安说，“但我敢说这肯定不是俄语。”

为了万无一失，我掏出手机搜索“IGENXO”——这可能是我第一次遇到查找某个词条，却没有显示任何结果的情况。

“如果谷歌都不知道，那它绝对不是一个单词。”

“或许这是某种密码。”阿德里安说，“就是那种每个字母都由另一个字母代替的谜语。”

“我们才刚刚认定她不会说英语。”我反驳他，“你真的觉得她是在编脑筋急转弯吗？”

“如果你掌握了所有的解谜技巧，它就并不复杂。给我一分钟。”他抓过一支铅笔，坐在了米琪的沙发上，决心破解这个密码。

我开始搜查起居室，努力猜测米琪为什么会不关电视也不锁后门，就离开了家。这时，我的运动鞋踩碎了什么，传来一声“嘎吱”。听声音，我似乎踩到了甲虫之类外壳又硬又脆的小昆虫。我抬起脚，发现它其实是一个细细的塑料管。管子是橙色的，呈圆柱形，大约三英寸长。

我把它从地上拿起来，阿德里安停下手上的工作，抬起头。

“那是什么？”

“皮下注射器的盖子。我觉得她是在给自己注射。希望她用的是胰岛素，但这个人可是米琪，所以谁知道呢。”我在房间里到处走动，又找到了三个针头盖——一个在书架上，一个在垃圾桶里，还有一个在窗台上。如果把橡胶压脉带也考虑进来的话，我相当确信，可以排除米琪患有糖尿病这种可能了。

“你解开了吗？”

我低头看向阿德里安的笔记本，他似乎没有取得任何进展。

“这道题很难。”他承认道，“通常来讲，要先找到出现得最频繁的字母，然后把它替换成E。在这个字谜中，一共有四个X，但当我把它们改成E后，却还是完全解不开。”

我觉得他在浪费时间。如果我关于安妮娅语言不通的理论是对的——我非常肯定自己是对的——那么用英语沟通本身就是一个挑战了。她不会尝试写密码的。她会努力给我们降低难度，而不是提高难度。她会尽量把信息表达得更清楚。

“再给我一分钟。”他说。

这时，后门响起了叩击声。

“你好？有人在家吗？”

是个陌生的男声。

也许是米琪的一个顾客找上了门，请她读取自己的灵魂能量？

阿德里安把那张笔记纸塞进口袋里。我们走进厨房时，我看见后门的男人穿着警服。

“你们需要出来一下。”

# 23

这名警察很年轻，不会超过二十五岁。他留着寸头，戴着一副深色墨镜，健壮的双臂上布满了刺青。从他手腕到袖口的皮肤，没有一寸是空白的——全都文着星条旗、美国国鸟白头海雕，还有《宪法》中的段落。

“我们刚才在查看米琪的状况。”阿德里安解释道，“她开着门，但人却不在这儿。”

“所以怎么着？你们就直接走进屋了？觉得自己可以到处看看？”尽管这正是实情，但他的说法显得这么做很荒唐一样。“我要你们打开门，慢慢走到外面来。听懂了吗？”

我意识到，院子边缘还有两名警察，正在沿着一棵棵树拉开长长的黄色带子。在更远的地方，我看到森林深处，好几件反光材质的外套随着移动而闪烁。我听见人们互相大喊着报告自己的发现。

“出什么事了？”阿德里安问。

“双手靠墙。”警察说。

“你是认真的吗？”

阿德里安非常震惊——很显然，这是他第一次被搜身。

"就照做吧。"我对他说。

"这就是胡扯，马洛维。你穿的是运动短裤！你没有藏着武器。"

但他仅仅是说出了"武器"这个词，似乎就使这场对峙升级了。现在，那两名拉黄色警戒带的警察正一脸紧张地向我们走来。我没有反抗，只是照对方说的做。我把手掌贴在砖墙上，低下头，盯着草地，任由警察用手拍打着我的腰。

阿德里安不情愿地站在我身旁，把手掌放在墙上。"完全是胡扯。"

"闭嘴。"警察对他说。

如果不是不敢说话，我会告诉阿德里安，警方其实已经很体贴了——我知道在费城，打个招呼的工夫，警察就会控制住你，给你铐上手铐，然后把你脸朝下按倒在石子路上。阿德里安似乎认为自己不需要听从他们，并且能够想办法凌驾于法律之上。

这时，一男一女绕过房子，向我们走来。男的是个高大的白人，女的个子偏矮，是个黑人，两人的身材都有点儿发福走样。他们让我想起了高中的辅导员。他们身上的商务套装像是刚刚从品牌折扣店的货架上拿下来的，两人脖子上都挂着警探徽章。

"噢，达诺斯基，别瞎闹了。"那个男人喊道，"你对那个女孩做什么呢？"

"她刚才在这栋房子里！你说过受害人是独居的。"

"受害人？"阿德里安问，"米琪没事吧？"

他们没有回答我们的问题，而是把我们分开了。男警探领着阿德里安穿过院子，女警探则招呼我在露台上一张生锈的铁艺桌子边坐下。她拉开腰包的拉链，掏出一个装薄荷糖的锡盒，往嘴里扔了一颗。她把开了盖的盒子递过来，但我拒绝了。

“我是布里格斯警探，我的搭档是科尔警探。我们那位文着花哨刺青的小同事是达诺斯基警官。他刚才激动过头了，我向你道歉。这段时间以来，我们还是头一次碰见尸体，所以大家都有些紧张。”

“米琪死了？”

“恐怕是的。一小时前，几个孩子发现了她。当时人倒在林子里。”她指着森林，“如果不是树挡了视线，你从这里就能看见她。”

“发生什么事了？”

“让我们先从你的名字开始吧。你是谁，你住在哪儿，你是怎么认识米琪的？”

我拼出了自己的名字，并给她看了我的驾驶证，然后指向院子对面的小屋。我解释说，我在为隔壁那家人工作。“泰德和卡罗琳·麦斯威尔。我是他们孩子的保姆。我住在他们的客用小屋里。”

“昨晚你睡在小屋里吗？”

“我每晚都睡在那儿。”

“你听到过什么不寻常的声音吗？比如喧哗声？”

“没有，但我很早就上床了。当时雨下得很大，我就记得这些。又有风声，又有雷声的，我什么也听不见。你认为米琪是什么时候——”我无法说出“死”这个字。我还是不敢相信米琪真的死了。

“我们才刚开始调查。”布里格斯说，“你上次见她是什么时候？”

“不是昨天，是前天。周四上午。她大约在十一点半的时候来了小屋。”

“来做什么？”

把这件事说出来感觉很尴尬，但我还是告诉了她实情。“米琪是个通灵者。她推测我的小屋被鬼缠上了。所以她带来了自己的通灵盘——有点儿像是灵应盘？然后我们试着和鬼魂取得联系。”

布里格斯看起来有点儿想笑。“成功了吗？”

“我不知道。我们记下了一些字母，但没有什么意义。”

“她收你钱了吗？”

“没有，她提出免费帮忙。”

“你们是什么时间结束的？”

“一点。我确定是这个时间，因为当时阿德里安也在。他是午休时间来的，后来他因为要回去工作，只能离开了。那就是我最后一次见到她。”

“你还记得她当时穿了什么吗？”

“灰裤子，紫上衣。长袖的。所有衣物都很宽松飘逸。她还戴了很多珠宝——戒指、项链、手镯。米琪总是戴着一大堆首饰。”

“这就有意思了。”

“怎么了？”

布里格斯耸耸肩。“她现在一件首饰都没戴。她甚至没有穿鞋，只穿了一件女式睡衣。米琪是那种会穿着睡衣走出门的女人吗？”

“不，其实我认为她完全相反。她在外表上下了很多功夫。虽然这个形象很奇怪，但这就是她的形象。不知道你能不能理解我的意思。”

“她有可能患了痴呆症吗？”

“不会。米琪会担心各种各样的事情，但她的思维很敏捷。”

“那你们刚才为什么会在她家里？”

“呃，这听起来可能有点儿傻，是因为我对降神会有个疑问。我们想知道，那个幽灵有没有可能使用了另一种语言，所以这些字母才无法组成单词。我们想问问米琪是否存在这种可能性。后门是开着的，所以我知道她一定在家。阿德里安觉得她可能受伤了，于是我们进了屋，想看看她有没有事。”

“你们碰过什么东西吗？动过她的财物吗？”

“我打开了她的卧室门，想看她是不是在睡觉。我记得好像把她的电视静音了。她把电视的音量开得太大了，我们都听不到别的动静了。”

布里格斯低头看向我的腰部，我意识到她是在研究我的口袋。“你从房子里拿走过什么东西吗？”

“没有，当然没有。”

“那你介意把口袋翻出来吗？我相信你说的是实话，但如果我能检查一下，对所有人都更好。”

我很庆幸降神会上的笔记是由阿德里安保管的，这样我就不用隐瞒它的存在了。

“目前我的问题就是这些了。”她说，“你还掌握着什么可能对我有帮助的信息吗？”

“要是我有信息就好了。你知道这是怎么回事吗？”

她耸耸肩。“尸体没有受伤的迹象。我觉得她没有被人打伤。而且，当你在户外发现了一个老人的尸体，还穿着睡衣？通常来讲，这都是因为他们服药的时候出了什么差错。他们要么是把药片搞混了，要么是服用了比正常剂量高一倍的药。她提到过处方药吗？”

“没有。”我回答道，这的确是实话。我本来想提一提针头盖、压脉带和像云一样笼罩着米琪的绳子烧焦的刺鼻气味，但布里格斯只要在房子里调查一小会儿，就一定能自己发现这些的。

“那么，非常感谢你抽出时间。你介意给麦斯威尔夫妇，也就是泰德和卡罗琳带句话吗？我想和所有的邻居都聊聊。”

我解释说，他们去了海滩，要在那儿待上一整天。但我把他们的手机号告诉了她。“他们和米琪不太熟，但我相信如果条件允许，他们会帮忙的。”

她转身准备离开——但又想到了什么，停下脚步。“最后一个问题和调查关系不大，但我还是得了解一下：你们想联系的鬼魂是谁？”

“她叫安妮·巴瑞特。据说她曾经住在我的小屋里。那是二十世纪四十年代的事了。人们说——”

布里格斯点着头：“哦，我对安妮·巴瑞特非常熟悉。我是本地女孩，在这片森林对面的科里甘长大。但我爸爸总说这个故事是‘无中生鱼’。他习惯这么称呼捏造出来的故事，就好像‘无中生有’一样。[①]”

“安妮·巴瑞特是真实存在的。我有她的画集。斯普林布鲁克的每个人都知道她。”

布里格斯警探似乎想要反驳，但却忍住了。“这是个好故事，我不会剧透的。尤其是现在，那片森林里还有一个更大的谜团呢。”她递给我一张名片，“如果你又想到了什么，给我打电话。”

接下来的一个小时里，我和阿德里安坐在泳池边，看着米琪后

① 英语中“无中生有”（whopper）也有“大鱼”的意思。

院热火朝天的景象，等待着新的进展。这对于斯普林布鲁克而言显然是件大事，后院里聚集了警察、消防员和急救员。还有一个男人，经阿德里安辨认是市长。大家似乎都没有太多事可做，只是一大群人站在那里交谈而已。但最后，四个表情凝重的急救员用担架抬着一个带拉链的聚乙烯袋子，从森林里出来。不久以后，人群就开始变得稀疏了。

卡罗琳从海边打来电话，问我情况如何。她说，她已经从布里格斯警探那里听说了这个消息，感觉“天都要塌了”。“我是说，明眼人都能看出我不太喜欢那个女人，但我不会诅咒任何人以这种方式死掉。他们弄清楚发生什么事了吗？”

“他们认为这可能是服药失误导致的。”

“你知道最奇怪的是什么吗？周四晚上，我们其实听到米琪在叫。我和泰德当时正在室外，坐在泳池边。我们发生了一些争执，我想你已经知道了。突然，我们听见米琪在家里对着谁大喊。她让对方滚出去，说不欢迎那个人。我们能听见她说的每一个字。”

“你们做了什么？”

“我都准备好报警了。我实际上已经拨打了报警电话，也已经接通了。但就在这时，米琪出来了。她穿着女式睡衣，嗓音完全变了。她在那个人后面喊着，要那人等她。‘我想和你一起走。’她说。然后一切看起来又恢复正常了，所以我挂掉了电话，把这件事抛在脑后了。”

“你看到另一个人了吗？”

“没有，我就把那个人当成顾客了。”

这在我看来有些不可思议。我不认为米琪会在天黑后邀请顾客进自己家。我第一次去见她的时候，只是晚上七点，她就问我为什么这么晚来砸她的门。

“听我说，马洛维，你想让我们早点儿回家吗？你现在一个人，还要独自处理这些事，我心里很不好受。”

我决定不告诉她阿德里安正和我一起坐在泳池边，研究我们从米琪家里搜罗到的笔记，还是坚定地想要破解密码。

“我没事的。”我对她说。

“你确定吗？”

“你们想待多久就待多久。泰迪玩得开心吗？”

“你要走了，他很难过。但大海很好地分散了他的注意力。”我能听见背景里泰迪的声音。他非常激动，大叫着自己在沙子桶里抓住了什么东西。“等等，宝贝，我正在和马洛维说话——”

我让她尽情去玩，不用为我担心，然后挂掉了电话。接着，我把整个对话转述给阿德里安听——特别是米琪神秘的深夜访客那一段。

我可以从他的反应看出，我们都锁定了同样的结论，也都紧张得不敢把它说出口。

“你觉得是安妮娅？”他问。

“米琪绝不会穿着睡衣见顾客。也不会不戴首饰。她太在乎自己的仪容了。”

阿德里安把目光投向还在森林里打转的警察和救护员们。“那你觉得发生了什么？”

“我不知道。我一直对自己说，安妮娅不会动用暴力，她是那种善良的灵，但这只是个猜测。其实我唯一知道的，就是她被人残忍地杀害了。有人把她的尸体拖进森林，扔进了坑里。也许她被激怒了，想报复每一个住在斯普林布鲁克的人。米琪是她的第一个目标。”

“好吧，但为什么是现在呢？米琪在这里生活了七十年了。为什么安妮娅等了这么久才爆发呢？”

这是个好问题。我不知道。阿德里安咬着铅笔头，重新把注意力放在那堆杂乱的字母上，仿佛它们也许能解答我们所有的疑问。隔壁的房子里，闹哄哄的人群慢慢散去了。消防队撤走了，所有的邻居也溜达着离开了。那里只剩下几个警察，他们做的最后一件事，是用两条长长的“禁止入内”黄色警戒带封住了后门。两条带子在中间交叉，组成一个大大的“X”，将房子和外界隔开。

然后我低下头，瞥见米琪的笔记。突然间，答案一下子清晰可见了。

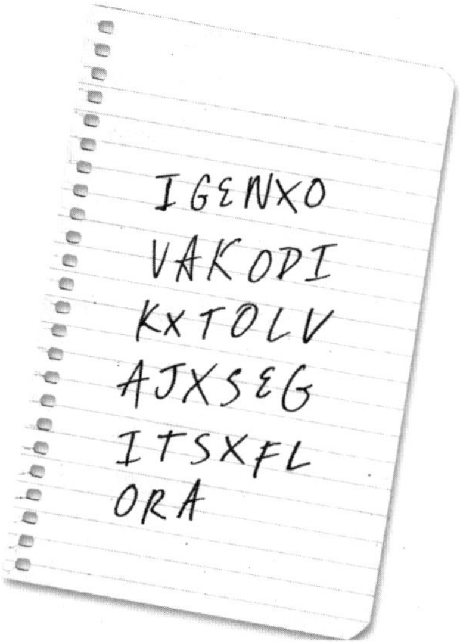

“这些字母X，”我对阿德里安说，“它们并不是X。”

“你在说什么呀？”

“安妮娅知道我们不会说她的语言。所以她在单词之间画下了X，就像隔断一样。它们是空格，而不是字母。”

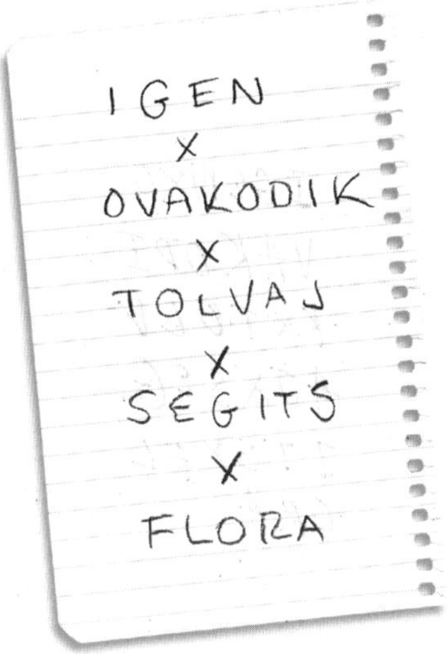


“在哪儿？”

我把铅笔从他手里拿过来，重新抄下字母，每个单词都单独写在一行里。

“现在这看着就像一门语言了。”我对他说，“是斯拉夫语的词。俄语？或许是波兰语？”

阿德里安打开手机，在谷歌翻译里输入第一个单词。结果立即显示了出来：“igen”是匈牙利语的“对”。有了这个基础，翻译全部信息就很容易了：“对X小心X盗贼X救救X花”。

“救救花？”阿德里安问，“这是什么意思？”

“我不知道。”我回想起自己从垃圾回收箱里翻出来的画——那里面是不是有一幅盛开的花？“但这就肯定能解释她为什么用画来传递消息了。她的母语是匈牙利语。”

阿德里安打开手机，抓拍了一张照片。“你得把这张照片用短信发给卡罗琳。这就是你没有编造故事的证据。”

我真希望自己能像他一样充满信心。“这什么也证明不了。这只是一堆字母，谁都可以把它们写在纸上。她会指责我买了一本匈牙利语词典。”

但阿德里安没有气馁。他反复地重读这些单词，好像希望从中找到某种更深层的间接含义。“你要小心。你要当心盗贼。但谁是盗贼呢？他偷了什么？”

拼图的碎片太多了，我开始头疼。我感觉我们正试图把一根方形楔子塞进圆孔里——或者强行用非常简单的方法，解决一个极其复杂的问题。我努力想要集中精力思考，但这时手机却响了，瓦解了我的注意力。我不由得一阵恼火。

但之后，我看见了呼叫者的名字。

俄亥俄州阿克伦市，“休憩港湾”退休人员社区。

# 24

“请问是马洛维吗？”

“是的，你是？”

“你好，我是阿克伦市‘休憩港湾’的杰丽莎·贝尔。你昨天打电话来找过坎贝尔夫人，对吗？”

“对。我能和她说两句话吗？”

“其实，情况有点儿复杂。我可以叫坎贝尔夫人接听电话，但你们聊不出什么的。她现在是痴呆症晚期了。我做她的护理员已经五年了，几乎没有哪天早上，她能认出我是谁的。我真的很难说她还能不能回答你的问题。”

“我只是需要了解一点儿基本信息。你知道她母亲的名字吗？”

“抱歉，亲爱的，我不知道。但就算我知道，我也没办法告诉你。”

“她曾经提到过继承遗产的事吗？从一个叫珍的姑姑那里收到了一大笔钱？”

她大笑道：“这种事我是绝对不能告诉你的。隐私法有规定！我要是说了，饭碗就要丢了。”

“的确是。对不起。”

我想她听出了我语气里的急切，于是她退了一步：“我们明天会对访客开放一段时间，从中午到下午四点。如果你真的想和坎贝尔夫人说话，你可以顺路来坐坐，我会介绍你们认识的。见访客对病人有好处。这能帮助他们的大脑保持活跃，让那些神经元活动起来。但来的时候不要抱太大希望，好吗？”

我对她能抽出时间表示感谢，然后挂断了电话。阿克伦离这里有足足六个小时的路程，而且我只有今晚和明天的时间来说服麦斯威尔夫妇，我说的是实话。我一五一十地解释给阿德里安听，他也认为我不应该浪费任何时间，去追踪一个希望渺茫的线索。

如果说我的问题存在一个解决方案，那我必须在斯普林布鲁克这个地方找到它。

这天晚上，我们走进城，来到“比斯特罗”。这是一家无须自己取餐的小餐厅，供应的食物和新泽西州的高级餐厅一样，只不过那些店里有柔和的室内灯光、齐全的酒水品类和爵士三重奏表演，所有东西的价格就比正常水平高了一倍。晚饭后，我们漫无目的地围着小区散步，因为我们都没有准备好分别。阿德里安坚持说，他会去费城诺利斯敦找我，也说他当然欢迎我随时来斯普林布鲁克转一转。但我知道没有工作后，感觉会变得不一样——我会觉得自己像个局外人，好像我不再属于这里了似的。我只希望能用什么办法使麦斯威尔夫妇相信，我没有说谎。

阿德里安牵起我的手，捏了捏。

“或许等我们回到小屋，就又有新的画了。”他说，“有能够帮我们弄清楚所有信息的新线索。”

但泰迪一整天都远在海滩，我觉得这不太可能发生。“安妮娅没法自己画画。”我提醒他，“她需要别人的手。她需要借助一个媒介。”

“那或许你该主动请缨。给她一个机会，把这组画完成。”

“要怎么才能办到呢？”

“我们回小屋去，你闭上眼睛，然后邀请她接管你的身体。昨天这个办法就奏效了，是不是？”

只是想起休息室里的那段经历，我就浑身发抖。“我不是很想再体验一次那种感觉。”

“我会坐在你附近，保证你的安全。”

“你想看着我睡觉？”

他笑起来。“你这么说，听起来就有点儿诡异了。我是说我愿意留下来，确保你没事。”

我并不是非常赞同这个主意，但时间越来越晚，我的点子也逐渐枯竭了。阿德里安似乎确信，这组序列里还缺少一张或多张画——而由于泰迪一整天都不在，就需要有人主动贡献出时间和双手，让安妮娅讲完她的故事。

“要是我睡着了，却什么都没发生，怎么办？”

“我可以等一个小时，然后溜出门。或者如果你想的话，我可以——”他耸耸肩，“我可以一直待到早上。”

“我不想今晚就和你睡。还太早了。”

“我知道，马洛维。我只是想帮忙。我到时候就睡在你家地板上。”

“另外，我不能留客人过夜。这是家规里的一条。”

“但你已经被开除了。”阿德里安提醒我，“我觉得我们已经不需要遵守他们的规矩了。”

我们在药店稍做停留，让阿德里安进去买一支牙刷。店里有个很小的文具区，于是我们又拿了一本速写本、一盒铅笔和一支粗马克笔。也许安妮娅还想要更多文具，但她只能凑合用这些了。

我们来到小屋，我觉得自己有义务带阿德里安在屋里转一转，整个过程花了三秒钟。

“这里很不错。”他说。

“是的。我会想念它的。”

“别现在就放弃希望。我觉得这个计划还是有很大可能成功的。”

我放了点儿音乐，然后我们聊了整整一个小时的天，因为我们接下来要做的尝试感觉太古怪了。如果我带阿德里安回家是为了和他睡，那么我很清楚该做什么。但我们准备要做的事甚至感觉更亲密，更私人。

快到午夜时，我终于鼓足勇气，准备上床睡觉了。我进了浴室，换上柔软的运动短裤和一件旧的中央高中T恤。我用牙线清理了牙齿，刷了牙，洗了脸，涂了保湿水。开门之前，我犹豫了。我感到有些难为情，就好像自己要穿着内衣示人一样。我真希望自己能有更像样、更漂亮的睡衣，而不是一件破破烂烂、领口全是小洞的高中短袖。

我从浴室出来，看到阿德里安已经帮我铺好了被子。床头留了一盏小台灯，其他的灯都关了。速写本和铅笔就放在床头柜上——如果我被灵感或是别的什么东西附身，一伸手就能拿到它们。

阿德里安站在厨房里，背对着我，正把手伸到冰箱里去拿一罐气泡水。直到我站在他身后，他才注意到我。“我想我准备好了。”

他转过身，露出一个微笑。“你看起来是准备好了。”

“希望你不会觉得太无聊。”

他给我看他的手机。“我有《使命召唤》的手机游戏。一会儿我就要去乌兹别克斯坦营救人质了。”

我踮起脚，吻了吻他。“晚安。”

“祝你好运。”他说。

我爬上床，钻进被子里，阿德里安在小屋另一头的一把椅子上坐下。吊扇在旋转，窗外的蟋蟀发出吵闹的叫声，我几乎意识不到阿德里安的存在了。我侧过身，面对着墙。度过了漫长又令人筋疲力尽的两天后，我意识到自己入睡不会有任何困难。脸一挨上枕头，我就感觉所有的压力都在慢慢退去。我感到肌肉放松下来，身体也逐渐松弛。即使阿德里安就在几码以外，我也觉得这是长久以来，第一个无人窥伺的夜晚。

我做了很多梦，只记住了一个。我在魔法森林里，躺在一块硬硬的地上，头顶是黑色的夜空。我的双腿离开了地面。一个人影拉着我的脚踝，将我的身体拖过一层枯叶。我的胳膊被举过头顶，我能感觉到手指擦过岩石和草根，却无法抓住它们。我像瘫痪了一样，无法阻止正在发生的一切。

然后，我就躺在了一座坑的底部，望向天空，仿佛跌到了井底一样。我的身体拧成了麻花。左臂被死死压在背后，双腿大开。我知道这实际上应该比我感觉到的更疼，但不知怎的，我同时既在自己体内，又在体外。在我头顶的高处，有个男人正低着头看向洞里。有什么又软又小的东西打在了我的胸口上。它滚落后，我才发现那是个玩具，一个兔子造型的儿童毛绒玩偶。接着是一只毛绒熊，还有一个小塑料球。“对不起。”那个男人说。他的声音听起来很空洞，仿佛在水中说话。“非常、非常对不起。”

这时，一个土块击中了我的脸。我听见铁锹插进土丘发出的轻响——然后更多的土和石块落在我身上。我听见男人的咕哝声，感觉到胸前的重量不断累积，身体的压迫感越来越强。之后，我就什么都看不见了。眼前一片漆黑。

然后我努力睁开眼睛，又回到了小屋。灯是关着的，床头柜上的小时钟显示着 3:03。我正躺在床上，手里抓着一支铅笔，笔尖已经断了。即使在黑暗中，我也能看见厨房的椅子上空无一人。我只能得出一个推论，阿德里安觉得等待某事发生的过程太累，于是回家了。

我坐起身，确认门是锁着的。我掀开被子，抬起腿，一骨碌下了床。这时我才看见，阿德里安正赤裸着上身，睡在地板上。他躺在我的床旁边，脑袋枕在曲起的臂弯和团成一团的衬衫上。

我俯下身，轻轻摇了摇他的肩膀。“嘿。”

他立刻坐了起来：“出什么事了？”

“办法起效了吗？我画了什么吗？”

“呃，画了，也没画。”他打开小台灯，翻开速写本，露出第一页来。上面几乎全是无意义的涂鸦，纸面都被铅笔印盖住了。只有两小块地方是白的——那是因为铅笔尖戳穿了纸，露出了底下的空白页。

“当时一点刚过。”阿德里安解释道，“你已经睡了一个小时左右。我准备放弃，去睡觉了。所以我关了灯，在地上躺下。这时，我听见你翻身去拿速写本，你甚至都没有坐起来。你是躺着在黑暗里画的。”

“这都不算是一张画。”

“或许安妮娅在告诉我们，她已经画完了。再没有其他的画了。我们需要的都已经拿到了。”

但这肯定不对。还是缺了点儿什么，我很确信。“我梦见自己在一个洞的底部。一个男人在我头顶铲土。也许这张画就代表土。”

“或许是，但这对我们有什么帮助呢？我们能从一幅有关土的画上得到什么信息呢？”

我站起身，拿过其他的画。我想把它们摊开放在地板上，看看这幅全黑的涂鸦怎样能加入这组画中。阿德里安恳求我睡一会儿。“你得休息，马洛维。明天是我们查明真相的最后机会了。你就去睡吧。”

他重新把T恤叠成全世界最可怜的枕头，向后躺在硬木地板上。他闭上眼睛，这会儿我正好也不再去想安妮娅了，便注意到了他的上半身。他的每一寸皮肤都晒成了棕褐色，肌肉结实健美，这是整个夏天的户外工作带来的天然副产品。我如果把一枚硬币扔到他肚子上，硬币八成会弹起来。他又善良，又热心，而且他的身材或许是我见过的男人里最好的。让他睡在地上的我简直像个白痴。

阿德里安睁开眼睛，意识到我还在盯着他。“你能关上灯吗？”

我俯下身，手指滑过他的胸膛，拉住他的手。“好。”我对他说，“但我想让你先上来。”

# 25

我在黄油和肉桂的香气中醒来。阿德里安已经穿戴整齐，正在我的厨房里走动。他找到了我食品柜里的澳洲青苹果，拿着一把锅铲站在炉灶前，翻动着薄饼一类的东西。我扫了一眼时钟，早上七点半刚过。

“你怎么醒了？”

“我要开车去阿克伦。去见多洛莉丝·坎贝尔。谷歌地图上说，如果我现在出发，两点前就可以到。”

“这是在浪费时间。你要开四百英里的车，去见一个连自己的护工都认不出的女人。”

“她是我们最后的线索了。让我带上画和图书馆的书吧。我会把这些东西给她看，说不定能激起她的反应呢。”

“不可能的。”

“情况很可能和你说的一样。但无论如何，我都要试试。”

他相当坚定，我不由觉得自己有责任和他一起去——但我已经承诺，下午要和泰迪一起度过了。“我得留在这儿。他们给我组织了一场派对。”

“不用担心我。我刚下载了一部新的有声书，叫作《绝地武士的继承人》。足够我往返阿克伦的路上听了。”他端来一杯茶和一盘肉桂苹果薄饼，招呼我从床上坐起来。“尝尝看，味道怎么样。这是我爸爸的食谱。”我坐起来，咬了一口。是的，事实上它美味极了——又酸又甜，黄油香味浓郁，十分可口，甚至胜过吉事果。

“太好吃了。”

他凑过来，吻了我。“灶台上还有呢。我回来的路上给你打电话，告诉你发现了什么。”

他要走了，我有点儿难过。泳池派对下午三点才开始，我有一整天的时间要打发。但我能感觉到，自己无法说动阿德里安取消这趟行程。为了不让我离开斯普林布鲁克，他哪怕掘地三尺，也要将每一条线索追踪到底。

上午，我打包了行李。这没有花多长时间。六周前，我带着一只二手箱子和几件衣物，来到了斯普林布鲁克。现在，因为卡罗琳的慷慨馈赠，我的衣橱比之前满多了——但还是没有容器能收纳我所有的新衣服。于是，我小心翼翼地叠好她那些价值五百美元的裙子，然后把它们放进一个十加仑容量的厨房垃圾袋里——我在“安全港”的朋友们喜欢管这种袋子叫“康复过渡期专用行李箱”。

然后我穿上运动鞋，绕着小区跑了最后一次。我努力不去想自己会多么舍不得斯普林布鲁克——所有的小商店和餐厅、精心建造的房屋，还有美丽的草坪和花园。我去过罗素在诺利斯敦的公寓，那周围的环境和这里比要差远了。他住在一栋高层住宅楼的十层，邻近一座商业园区和一个亚马逊物流中心。整个区域被高速公路环绕，热气蒸腾的柏油路和水泥护栏延伸到数英里外。不管从哪个角度看，它都算不上赏心悦目，但显然，我注定要生活在这种地方。

我想，麦斯威尔夫妇举办泳池派对是为了表示好意。卡罗琳在泳池后面的露台上松松地挂了一些装饰彩条，她和泰迪还用绳子拉起了一条自制横幅，上面写着“谢谢你，马洛维”。泰德和卡罗琳非常出色地掩盖了我被开除的事实。我们都假装我是自己选择离开的，于是这个下午就没有那么尴尬了。卡罗琳留在厨房里准备食物，而我和泰德以及泰迪在泳池里游泳。我们三个展开了一场傻乎乎的竞赛，泰迪总是能想办法获胜。我问卡罗琳是否需要帮忙——她想不想腾出点儿时间来游泳——然后我意识到，我从来没见她真正下过水。

“水会让她浑身发痒的。”泰迪解释说。

“是因为氯。”泰德说，“我试着调过水池的酸碱平衡，但不起作用。她的皮肤特别敏感。”

到了四点，我还是没有收到来自阿德里安的任何消息。我正在考虑是否要给他发短信，但这时卡罗琳在露台喊我们，说晚餐做好了。她已经摆上了餐点饮料，有几大罐冰水和鲜榨柠檬汁，以及丰富的健康食品——烤虾串、果香酸海鲜沙拉和几碗刚蒸好的西葫芦、菠菜和玉米棒。很明显，她用心地准备了一切，并且投入了大量精力。我也能察觉到，她对解雇我这件事怀有愧疚。我开始想，她是否在重新考虑我的去向，她是否还有可能让我留下。泰迪正兴致勃勃地回顾着他白天的海滩和海滨步道之旅。他和我讲了有趣的房子、碰碰车和在海里夹了他小脚丫的螃蟹。他的父母插进来，讲了他们自己的故事，仿佛我们所有人都沉浸在欢乐的家庭对话里，好像一切都回归正常了。

到了甜点时间，卡罗琳端上巧克力熔岩蛋糕——小型海绵蛋糕里填满了温热绵软的巧克力掼奶油，顶上还加了一勺香草冰激凌。蛋糕烤得很完美，我咬下第一口，毫不夸张地倒吸了一口气。

所有人看见我的反应，都哈哈大笑。

“对不起。”我对他们说，“这是我尝过最好吃的东西。”

“噢，那就太好了。”卡罗琳说，“很高兴我们能愉快地告别这个夏天。”

那时我才意识到，原来一切还是没能改变。

我主动提出帮忙洗碗，但泰德和卡罗琳坚持要自己做清洁。他们提醒我说，我的身份是贵宾，并鼓励我去和泰迪玩。于是我和他回到泳池，轮番把我们最爱的游戏玩了最后一遍。我们玩了“荒岛余生”“泰坦尼克号”和“奥兹国”。然后，我们并肩躺在浮排上，在水面上漂了很久。

“诺利斯敦有多远呀？”泰迪问。

“不远。离这里不到一个小时。”

“所以你还是能来参加泳池派对，对吗？”

“希望能。”我对他说，“我也不确定。”

而实际上呢？我怀疑自己是否还能再见到他。泰德和卡罗琳会毫不费力地找到一个新保姆，她当然漂亮、聪明又魅力十足，泰迪会和她度过许许多多的快乐时光。而他们记忆中的我，会是家庭历史中一个奇怪的注脚——那个只干了七周的保姆。

接下来的事情，才真正刺痛了我：我知道许多年后，当泰迪带着他在大学里交到的女朋友，回家吃感恩节晚餐时，我的名字会成为餐桌上的笑料。我给他们留下的印象，将会是把画涂了整面墙的疯保姆，还相信泰迪的假想朋友是真的。

我和他仰躺在浮排上，欣赏着美丽的夕阳。云朵都被染成了粉色和紫色。天空如同博物馆中收藏的油画。“我们肯定能做笔友。”我许诺，“你可以给我寄你画的画，我会给你写信。”

“那样很好啊。”

他抬起手，指着一架飞机。它正在飞越天际线，在高空中留下几条长长的白色水汽。“人们会坐飞机去诺利斯敦吗？”

“不，伙计，那里没有机场。”

他很失望。

“总有一天，我要坐飞机。”他说，“我爸爸说，大飞机一个小时能飞五百英里呢。”

我大笑起来，提醒泰迪，他已经坐过飞机了。“就是你们从巴塞罗那飞回家的时候。”

他摇摇头。“我们是开车从巴塞罗那回来的。”

“不，你们开车去了机场。但之后，你们就上了一架飞机。没人能从巴塞罗那开车到新泽西的。”

“我们就做到了。花了我们一整晚呢。”

“可巴塞罗那在另一个大洲。中间有一片很大的海洋啊。”

“他们建了一条海底隧道。”他说，“有超级厚的墙，保护你不受海怪的袭击。”

“现在你就纯粹是在犯傻了。”

“不信问我爸爸，马洛维！是真的！”

这时，泳池平台传来我的手机铃声。我把音量调得很大，这样就不会错过阿德里安的电话了。“我去去就来。”我对泰迪说。我翻下浮排，游到泳池边，但我还不够快。等我拿到手机，来电已经转到语音信箱了。

我看到阿德里安给我发了一张照片。上面是一个年迈的黑人妇女，她穿着红色薄羊毛开衫，坐在轮椅里。她眼神空洞地盯着某处，但头发却干净整齐。她看上去形象整洁，被人照顾得很好。

接着，第二张照片发来了——还是同一个女人，身边是一个五十来岁的黑人男子。他揽着女人，指引她把注意力放到相机上，并鼓励她看向镜头。

阿德里安又打来了电话。

“你收到我发的照片了吗？”

“这几个人是谁？”

“那是多洛莉丝·珍·坎贝尔和她的儿子柯蒂斯。安妮·巴瑞特的女儿和外孙。我刚和他们一起待了两个小时。柯蒂斯每周日都来看望他妈妈。我们全都搞错了。”

这似乎不可能是真的。

“安妮·巴瑞特是黑人？”

“不，但她绝对不是匈牙利人。她出生在英格兰。”

“她是英国人？”

“她外孙现在就站在我旁边。我要把电话给柯蒂斯了，让他直接跟你讲，好吗？”

泰迪在泳池那里百无聊赖地看着我。他急着要我回去玩。我用口型说“五分钟”，他就爬上浮排，用小脚丫踢着水，借着推力在泳池里转来转去。

“你好，马洛维，我是柯蒂斯。你真的住在安妮外祖母的小屋里吗？”

“我——我想是的？”

“新泽西州，斯普林布鲁克，黑顿峡谷的后面，对吗？你的朋友阿德里安给我看了几张画。但你不用担心，我外祖母的鬼魂没有缠上你。”

我无比困惑。“你怎么知道？”

“事情是这样的。二战后，她从英格兰搬到了斯普林布鲁克，对吗？去和她表哥乔治一起生活。他们住在黑顿峡谷的东面，当时那里白人占大多数，而且都非常有钱。现在说说我的外祖父威利。他住在黑顿峡谷西面一个叫科里甘的地方。那里是有色人种的聚居区。他的工作是在加油站加油，下班后，他会走到小溪边，抓晚餐用的食材。外祖父很爱钓鱼。如果鱼咬钩的话，他可以每天都吃鳟鱼和鲈鱼。有一天，他看见一个漂亮的白人姑娘手拿速写本，在赤着脚散步。她向他大声问好，而外祖父说自己害怕得不敢看她。因为就像我说的，那是 1948 年，记得吗？如果你是个黑人男性，一个白人女子对你微笑，你会怎么样？你会移开视线。但安妮外祖母来自英国克雷斯科姆，那是一座海滨小镇，镇上都是加勒比的移民。她并不惧怕黑人。每天下午，她都向外祖父问好。第二年，他们渐渐成了朋友。不久，他们就不仅仅是朋友了。随后，外祖父会在深夜偷偷穿过森林，去你的小屋里见外祖母。我说的，你都能跟上吗？”

“能吧。”我向泳池的方向瞥了一眼，查看泰迪的情况。他还坐着浮排，漂在水面上打圈。今天是我最后一天工作，却忽视了他，我感到很内疚。但我需要听完整个故事。“后来怎么样？”

“后来有一天，安妮去找表哥乔治，说自己怀孕了。只不过当时她不会用这种字眼。她多半说的是，自己‘有了孩子’。她告诉乔治，威利是孩子的父亲，她要和他私奔。他们要搬到西边的俄亥俄州，住在威利的家庭农场里。那儿没人会打扰他们。安妮非常固执，乔治知道自己不可能拦得住她。”

“那之后发生了什么？”

“这么说吧，乔治当然暴跳如雷。他告诉她，这个孩子将会招人憎恶。他说，他们的婚姻将不会被上帝承认。他说自己会当安妮已经死了，家族也会拒绝承认她的存在。她说没关系，反正她也从没真正关心过他们。然后她收拾了行李，消失了。这样一来，乔治就陷入了非常尴尬的境地。他是整个社区的核心人物。他是教会的执事。他不可能告诉大家，他的表妹和一个黑人私奔了。要他说出真相，还不如要他死。于是，他编了一个故事。他去了肉铺，买了两桶猪血。当年没有法医学，血就是血。他把它泼在小屋的各个角落，打翻了家具，让现场看起来像被人洗劫过一样。然后他报了警。警察在小镇里展开了搜捕，还沿着小溪拉网检查。但他们始终没找到尸体，因为从来就没有尸体。外祖母管这段经历叫‘胜利大逃亡’。之后的六十年里，她居住在阿克伦市附近的一座农场。她1949年生了我妈妈多洛莉丝，1950年生了我舅舅泰勒。到去世时，她已经有了四个孙辈和三个重孙。她活到了八十一岁。”

柯蒂斯讲故事的语气是自信而肯定的，但我还是无法相信。“从没有人发现过真相吗？斯普林布鲁克的人还是觉得她被谋杀了。她是当地怪谈里的恶鬼。小孩子们说，她的鬼魂经常出没在森林里。”

“我的猜测是，斯普林布鲁克自从二十世纪四十年代以来，就没有什么变化。过去那里的人很有钱，现在你们一定说它‘富庶’了。不同的词，表达的是同一个意思。但如果你开车到科里甘去，就能找到很多了解真相的人。”

我想起了和布里格斯警探的对话。“我想我已经遇到过一位了。只是我当时没有相信她说的话。”

“好吧，我希望这下你就能放心了。”柯蒂斯说，“我妻子在车里等着我呢，我该让你朋友来接听了。”

我感谢柯蒂斯抽出时间和我们交谈，然后他把电话交还给阿德里安。“很不可思议，对吧？”

“我们的判断都是错的？”

“安妮·巴瑞特从一开始就没有被谋杀。她不是我们要找的鬼魂，马洛维。这些画一定出自其他人之手。”

“泰迪？”我抬起头，看见卡罗琳·麦斯威尔站在泳池边，呼唤着儿子，“越来越晚了，宝贝。该把身子冲干净了。”

“再玩五分钟行吗？”他问。

我向卡罗琳挥挥手，示意我会照顾他。“我得挂了。”我对阿德里安说，“你到家后，想过来一趟吗？毕竟这是我在这儿的最后一个晚上了。”

“如果你不介意熬夜就行。卫星导航说，我零点之后才能回去。”

“我会等你的。路上小心。”

我的脑中一片混乱。我感觉自己迎面撞上了一堵砖墙。我意识到自己过去几周来，一直朝着一条死胡同跑——现在，我需要重新思考我所知道的关于安妮娅的一切了。

但首先，我要把泰迪从泳池里弄出来。

“来吧，泰迪熊。给你冲个澡。”

我们抓了毛巾，穿过院子，走到室外淋浴间。一张小条凳摆在淋浴间外，卡罗琳已经将泰迪的消防车睡衣和干净的内衣裤放在了上面。我把手伸进门内，打开水龙头调整着温度，直到水变暖。然后泰迪走进去，闩上门。我拿着他的毛巾站在外面。他的泳裤啪的一声，掉在水泥地面上。然后，他用小脚丫把泳裤踢出来给我。我双手拧着这团聚酯纤维织物，把所有的水分挤干。然后，我瞥了一眼院子对面米琪的房子。厨房里亮着灯，布里格斯警探已经回到了犯罪现场。她拿着一根金属棍之类的东西，在后院里走来走去，戳一戳泥土，测量着数据。我向她挥手问好，她走了过来。

“马洛维·奎因。”她说，“我听说你明天要离开斯普林布鲁克了。”

“我的工作做得不好。”

“那是卡罗琳的说法。但你从来没提起这件事，我有点儿意外。”

“因为我们没聊到这个话题。”

她等着我展开说，但她想听我说什么呢？我被开除了，又不是一件值得骄傲的事。我试着转移话题。

“我刚和安妮·巴瑞特的外孙通完电话。那个人叫柯蒂斯·坎贝尔。他住在俄亥俄州阿克伦市。他说，他的外祖母安妮一直活到了八十一岁。”

布里格斯笑逐颜开：“我告诉过你，那个故事就是谣言。我祖父是和威利一块儿长大的。他们以前常一起钓鱼。”

泰迪在淋浴间里喊了一声，打断了我们。“你在吗，马洛维？”

“就在这儿呢，伙计。”

他听起来很惊恐。“香皂上有只虫子。”

“什么虫子？”

“大的。有一千条腿。”

“往它身上洒点儿水。”

“我不行，你来吧。”

他拉开门闩，退到淋浴间最远的角落，给我让出空间。我去拿那块洗浴皂，本以为会看到某种恶心的蠹鱼在上面爬动，但什么也没有。

“虫子在哪儿呢？”

泰迪摇摇头，我才意识到虫子只是个小伎俩，他是找了个借口让我开门。他低声问：“我们要被逮捕了吗？”

“谁？”

“那位警官女士。她生我们的气了吗？”

我一头雾水，愣愣地看着泰迪。这段对话里的每一句都莫名其妙。“不，小家伙，一切正常。没人会被捕。接着把澡洗完吧，好吗？”

我关上门，他在我身后把门闩上了。

布里格斯警探还在等我。

“没事吧？”

“他很好。”

“我是说你，马洛维。你看着像见到鬼了一样。”

我瘫坐在椅子上，努力稳住心神。我说，我还在为那通电话感到震惊。“我之前已经说服了自己，安妮·巴瑞特是被人谋杀的。我不敢相信人们把这个故事传了七十年。”

“其实，这件事的真相会败坏人们对斯普林布鲁克的印象。假如城里的人再宽容一点儿，威利和安妮或许能够留下来，乔治也不会觉得有必要伪造犯罪现场了。”布里格斯笑道，“你知道吗，我部门里还有人以为这场谋杀真的发生过呢。我告诉他们真相，他们的反应却好像是我要挑起矛盾似的，认为一个黑人女警在到处打种族牌。”她耸耸肩，“不管怎样，我不想耽误你太长时间。我只想快速地问你一个问题。我们在米琪的房间里找到了她的手机。电池已经耗尽了，但我们找到一个充电器，又把它启动了。她之前似乎正在给你发短信。我完全看不懂这条信息，但或许在你眼里，它有着什么含义。”她低下头，眯起眼睛，从阅读镜的上方看着笔记本。“它是这么说的：‘我们得谈谈。我之前弄错了。安妮娅不是个名字，它是’”——布里格斯停在这里，看向我。“她就写了这么多。你能听懂这些话吗？”

“不能。”

“那安妮娅呢？有可能是个拼写错误吗？”

我冲着淋浴间的方向点点头。“安妮娅是泰迪看不见的朋友。”

“看不见的朋友？”

“他才五岁。他的想象力很活跃。”

“我知道她不是真的。”他喊道，“我知道她只是想象出来的。”

布里格斯皱起眉头，被谜一样的信息搞糊涂了。然后，她把笔记本向前翻了几页。

“昨天我和卡罗琳·麦斯威尔聊了聊，她说，她周四晚上听见米琪和谁起了争执。她看见米琪大约在晚上 10 点 30 分，穿着睡衣离开了家。你听见什么动静了吗？”

“没有，但我那时不在这里。我在阿德里安家，离这里三个街区。他父母当时在举行派对。”周四晚上十点半，我正坐在繁花城堡的花园里，在《安妮·C. 巴瑞特作品集》上浪费时间。“验尸官知道米琪是怎么死的吗？”

布里格斯放低声音，不让泰迪听见。“很遗憾，死因似乎和毒品有关。吸毒过量导致的急性肺损伤。死亡时间在周四晚上到周五清早之间。但别把这个消息发到脸书上，还得再压几天。”

“是海洛因吗？”

她很惊讶：“你怎么知道？”

“只是猜测。我在她家里看到了一些东西。她的起居室里到处都是针头盖。”

“那你的猜测是对的。”布里格斯说，“人们没听说过老年人用烈性毒品的例子，但费城的医院每周都能见到这种情况。这比你想的还要普遍。或许那天来拜访她的人是个毒贩。或许他们卷入了一场争执。我们还在拼凑事情的真相。”她又递给我一张名片，但我对她说，我还留着上一张。“如果你想起别的什么，就给我打电话，好吗？”

布里格斯走后，泰迪打开了淋浴间的门。他洗得干干净净，穿着消防车睡衣。我抱了抱他，告诉他明天早上见，到时我要和他告别。然后，我陪他走向露台，并送他进屋。

直到我回到小屋，锁上门为止，我都坚持着没有失态。然后，我扑到床上，把脸埋进了枕头里。在刚刚过去的三十分钟里，太多石破天惊的真相如同炸弹一般向我砸来，令人应接不暇。信息量太大，我感到不知所措。拼图的碎片比此前更加散乱。

但有一件事我很确定：

麦斯威尔夫妇一直在骗我。

# 26

我一直等到天黑，确信泰迪已经上床睡觉了，才进主屋去找泰德和卡罗琳谈话。他们坐在休息室沙发的两端，身边围绕着我所有的疯狂速写：黑暗的森林、迷路的孩子和长着翅膀的天使。房间的角落里，有一块防尘布和一些粉刷用具——滚筒、干板墙灰泥和两加仑米白色涂料。他们似乎计划等到早上罗素带我走后，再粉刷墙面。

卡罗琳啜饮着一杯红酒，手边是一瓶肯道-杰克逊酒庄的梅洛干红。泰德端着一个盛着热茶的马克杯，小心地吹着它的表面。他们正用亚马逊智能音箱听着某个游艇摇滚电台播放的歌。见到我，他们似乎很高兴。

“我们盼着你来坐坐呢。”卡罗琳说，“东西都收拾好了吗？”

“就快了。”

泰德把马克杯举过来，邀请我闻一闻。“我刚烧了点儿水，泡银杏叶茶用的。给你倒一点儿好吗？”

“没事，不用了。”

“我觉得你会喜欢的，马洛维。长时间锻炼后喝这个，对治疗炎症有好处。我去给你拿点儿吧。”这已经不算是个选择了。他冲进厨房，我发誓我看见卡罗琳眼里有恼怒的神色一闪而过。

但她只是说：“晚餐吃得还满意吗？”

“满意。晚餐真的很棒。谢谢你。”

“我们能给你举办一场像样的送别仪式，我很高兴。我想这对泰迪也有好处，能给他一种结束的感觉。这对孩子来讲很重要。”

然后，是一阵尴尬的沉默。我知道自己要问什么问题，但我想等泰德回来，这样就能看到他们两个的反应了。我的目光在室内随意地游移，最后落在两张画上。先前不知怎么，我忽略了它们——画很小，而且离地面相当近，难怪我和阿德里安会遗漏。它们位于墙壁插座附近——事实上，其中一幅环绕着插座，仿佛电从插座里涌出，进入了画中。天使挥舞着魔杖一类的东西，将它按在了安妮娅的胸前——她被包围在能量场中，浑身动弹不得。

“那是一只电击枪吗？”

卡罗琳隔着红酒杯，露出一个微笑。“不好意思，你说什么？”

“在这些画里。我周五没有注意到。她的魔杖是不是看起来就像你的电击枪一样？”

卡罗琳伸手去拿酒瓶，给本来就快满的酒杯又续了一点儿。“如果画里所有的象征我们都试着去解读，那可要花上一个漫长的夜晚。”

但我知道这些画并不是象征。它们是整组画的一部分，是缺失的拼图碎片。阿德里安对那张意义不明的黑色涂鸦的理解是正确的。他说过，安妮娅是在告诉我们，她已经画完了。再没有其他的画了。我们需要的都已经拿到了。

泰德不到一分钟就回来了，手里端着一个盛了灰色液体，冒着热气的马克杯。它看着像涮拖把的脏水，闻着有股宠物店里的味。我拿了一个杯垫，放在咖啡桌上。“不需要等茶入味。”泰德说，“只要不烫了，什么时候都能喝。”

然后他挨着妻子坐下，开始摆弄笔记本电脑，歌手从马文·盖伊切换到琼尼·米歇尔，歌中唱到云朵像队列，像天使飘扬的秀发，还像空中的冰激凌城堡。

“关于米琪，我听到一件很有意思的事。”我对他们说，“死前一刻，她正在给我发短信。她想让我知道，安妮娅并不是个名字，而是别的意思。布里格斯警探不明白这话的意思。”

“我说，这绝对是个名字。”泰德说，“它是俄语名‘安娜’的昵称。在东欧各国都很常见。”

“好吧，其实我试着把它输进了谷歌翻译。这很显然是一个匈牙利语词，意思是‘妈咪’。不是妈妈，而是妈咪。像小孩子的口吻一样。这不奇怪吗？”

“我不知道。”卡罗琳说，“很奇怪吗？”

“茶趁热喝比较好。”泰德说，“它能减少鼻窦里的黏液。”

“你知道还有什么怪事吗？泰迪说他从来没坐过飞机。即使三个月前，你们一家才从巴塞罗那飞来这里。美国航空公司的资料显示，这段旅途的航行时间是八个小时。我查过了。一个小男孩怎么会忘记人生中最长的一次飞行呢？”

卡罗琳开口回答，但泰德迅速抢过了她的话头：“这说来是件好笑的事。泰迪坐飞机会紧张，于是我决定给他吃一颗苯海拉明，听说对孩子有助眠的作用。但我不知道卡罗琳已经给过他一颗苯海拉明了。所以他吃了两倍的剂量，昏睡了一整天。直到我们上了租来的车，他才醒。”

“你认真的吗，泰德？这就是你的解释？”

“这是事实。”

“两倍剂量的苯海拉明？”

“你在暗示什么，马洛维？”

他挤出一个微笑，向我投来恳求的眼神，要我别再问了。

但我不能现在就停下。

我还要问那个最重要的问题。

那个问题将会解答所有的疑惑。

“你们为什么没告诉我，泰迪是个女孩？”

我非常仔细地观察着卡罗琳的反应——如果说她的确暴露了什么，那也是一种自以为有道理的愤慨。“这么说吧，首先，我们认为你这个问题的措辞很无礼。你知道是为什么吗？”

“他游完泳后，我在淋浴间里看到他了。你们觉得我永远不会发现，是吗？”

“你差点儿就没发现。”泰德难过地说。

“这不是个秘密。”卡罗琳说，“我们当然不以他的身份为耻。我们只是不知道你能否应付这种情况。显而易见，泰迪出生时是个女孩。三年里，我们都把他当女儿抚养。但之后，他清楚地表明，他的身份认同是男孩。所以没错，马洛维，我们让他通过衣服和发型来表现他的性别。当然，我们也让他选了一个更男性化的名字。他想要爸爸的名字。”

“关于跨性别儿童，有很多有趣的研究。”泰德说。他的眼神还在恳求我：拜托，行行好，算我求你，快他妈把嘴闭上吧。“如果你感兴趣的话，我办公室里有几本书。”

邪门的是，我觉得他们确实希望我假装这一切都是正常的。“你们是说，你们五岁的孩子是跨性别者，而这件事不知怎么的，从来没人提起过？”

“我们知道你会是这种反应。”卡罗琳说，“我们知道，你的宗教信仰非常坚定——”

“我对跨性别者没有任何意见——”

“那你为什么要这么大惊小怪？”

我不再听她说话了。我的思路已经在向前飞驰，因为我意识到，泰迪的种种怪癖和奇特举动突然间合乎情理了。他躲避操场上的小男孩。每次泰德拽他去理发店时，他都会爆发出一阵阵尖叫。他酷爱穿同一件紫色条纹T恤。那是一种非常浅的紫色，几乎和薰衣草的颜色一样。那是他衣柜里最女性化的颜色。

还有关于幼儿园的记录，学校提出的那些烦人问题……

“你们没有疫苗接种记录。”我反应过来，“或许你们有出生证明。我相信如果钱足够多，肯定有办法买一张假证。但斯普林布鲁克的学校非常重视疫苗。他们想要的是由医生直接发来的接种单，而你们弄不到。所以学校才会不停地打来电话。”

泰德摇摇头：“不是这样的。我们在巴塞罗那有个医术高超的儿科大夫——”

“别再提巴塞罗那了，泰德。你从来没去过巴塞罗那。你的西班牙语说得一塌糊涂。你甚至连‘土豆’这个词都不会说！我不知道你们这三年躲在哪里，但不会是巴塞罗那。”

如果我没有这么紧张，我也许会注意到，卡罗琳突然变得非常安静。现在她不再说话了，只是看着，听着。

“你们偷走了别人的小女儿。你们把她打扮成男孩。你们在抚养她的过程中，让她相信自己是个男孩。而你们就要逃脱法律的制裁了，因为她才五岁，因为她的圈子太小了。但当她上了学，会怎么样？当她交了朋友呢？当她再大一点儿，开始分泌荷尔蒙的时候呢？你们两个拿了大学文凭的人，怎么会幻想这个办法能奏效呢？你们一定是——”

说到最后，我的声音小了下去，因为我想用的词是“疯了”。

我意识到自己不能再说下去了，我是在和错误的对象分享自己的结论。我真的觉得麦斯威尔夫妇会赞同我的说法吗？他们会坦白交代，承认自己做过的所有错事吗？我需要现在就离开，我得去找布里格斯警探，我必须把一切都告诉她。

“我该去打包行李了。”我傻乎乎地对他们说。

我站了起来，好像他们能就这么让我走出去一样。

“泰德。”卡罗琳平静地说。

我正朝门的方向走到一半，一块玻璃从侧面击中了我的头，砸得粉碎。我向前倒去，手机掉在了地上。湿润的液体顺着我的脸和脖子流了下来。我抬手去碰伤处，想止住血，却摸到了一手红。肯道－杰克逊的梅洛红葡萄酒浇了我一身。

身后，我听见麦斯威尔夫妇在争吵。

“在厨房里。”

“我看过厨房了。”

“在大抽屉里。我放邮票的地方！”

离开休息室的路上，泰德小心翼翼地迈步越过我的身体。他想方设法不踩在我身上，即使他刚刚才用酒瓶砸了我的头。他径直走过了我的手机，它正面朝下，躺在地毯上。我的主屏幕上有一个应急按键——那是一个应用程序，只需点一下，就能把麦斯威尔家的住址发给紧急呼叫中心。但我离得太远，够不到它，而且我疼得站不起来。我能做到的极限，就是用运动鞋的鞋尖撑住地面，反推着自己，趴在地上一寸寸地向前挪。

“她在爬。”卡罗琳说，“或者企图往前爬。”

“等我一秒钟。”泰德高声回答。

我伸手去够手机，却意识到我对距离的感知差得离谱。它离我不再只有几英寸之遥——突然间，它跑到了大厅中央，和我隔了一个足球场那么远。我听见卡罗琳走到我身后，听见她的鞋嘎吱嘎吱地踩在玻璃碎片上。我已经不认识她了。她再也不是那个欢迎我来到她家，鼓励我相信自己的善良体贴的母亲。她变成了——另一种样子。她目光冰冷，充满算计。她像看着地板上的一块脏东西那样看着我，仿佛我是需要被擦掉的污渍。

“卡罗琳，求你。”我对她说。但我没能把这几个字正常地说出口。我的口齿含混不清。我提高音量，又试了一次，但我的嘴唇就是无法拗成该有的形状。我听上去像一个电量不足的玩具。

“嘘。”她将一根手指放在唇上说道，“惊醒了泰迪，可就不好了。”

我侧过身，感觉尖锐的碎玻璃扎进了我的胯部。卡罗琳试着在不离我太近的情况下绕开我，但我四肢摊开，横跨走廊，拦住了她的去路。我屈起右膝，谢天谢地它还能照常活动。我将右大腿一直抬到身侧，当卡罗琳终于鼓足勇气，准备越过我时，我踢出腿，鞋底踹上了她的小腿前部。伴随着一声巨响，她倒了下来，狠狠地摔在我身上。

我知道我能制服她。我知道自己的力气比她和泰德加起来还要大。过去二十个月里，我就是在为此刻做准备。我一直跑步、游泳，饮食也很合理。我每隔一天做五十个俯卧撑，而泰德和卡罗琳只是坐着喝酒，完全不锻炼。所以我不会坐以待毙。卡罗琳的前臂落在了我的脸旁边，于是我张开嘴，狠狠地咬了上去。她惊叫一声，拽回胳膊，慌忙去抢我的手机。我抓住她裙子背后，用力一扯，柔软的棉质衣料像纸一样撕裂了，露出她的颈部和肩膀。在那一刻，我终于瞥见了她被泰德诟病的文身。那是她在附庸风雅的大学时期，因为沉迷约翰·弥尔顿和《失乐园》而留下的。

那是一对巨大的羽毛翅膀，就文在她的肩胛骨之间。

天使的翅膀。

泰德急匆匆地从厨房赶了回来。他手里拿了电击枪，正大喊着让卡罗琳闪开。我又收起了腿——我知道，这是我唯一的希望了——如果我能把他踢倒，或许他的电击枪会掉下来，或许我就能——

# 27

我眨了几下眼，在一片黑暗中醒来。

我能从阴影中辨认出熟悉的形状：我的床、床头柜、静止的吊扇和头顶粗壮的木椽。

我在小屋里。

我上身挺直，坐在一张硬质靠背椅上，鼻腔火辣辣地疼，像灌过氯水一样。

我试着站起来，才发现胳膊使不上力气。我的手腕被交叉着固定在背后，拧成了难受的角度，牢牢绑在椅子上。

我动动嘴，想要大声呼救，却发现有条带子绕着我的头部紧紧缠了一圈。我的嘴里被塞了一团苹果大小的湿布，它压迫着我的下颌，令人疼痛难忍。

当我意识到自己都有哪些行动受到限制时，肌肉紧绷起来，心脏也跳得飞快：我不能动，不能说话，不能大叫，我甚至没法把头发从脸上撩开。我既不能奋起反抗，也无法逃出生天，剩下的只有恐慌。我害怕极了，几乎要吐出来——很庆幸我没有，因为这样的话，我多半会被呛死。

我闭上眼睛，快速地祷告了一遍。求你，上帝，帮帮我吧。帮我想到该怎么办。然后，我通过鼻子又深又长地吸了一口气，把肺部的容量撑到最大，再把气吐出来。这是我在戒毒康复中心学到的放松练习，有助于避免焦虑。深呼吸之后，我的脉搏变缓，紧张的情绪也平稳下来。

我又做了三次呼吸练习。

然后，我强迫自己思考。

我还是有选择的。我的腿没有被限制住，我也许能站起来——但如果我站起来，椅子就会像龟壳一样贴在我的后背上。我会走得很慢、很不方便，但并不是完全不能走。

我可以左右转头。我的视线刚好足够看到远处的厨房，读出微波炉 LED 时钟上闪烁的时间：11:07。阿德里安午夜前后就应该能回来了。他答应过来找我的。但如果他敲了小屋的门，却没有人应答，要怎么办呢？他有可能会试着破门吗？

不，我觉得不会。

除非我能给他一个信号。

我没法把手伸进兜里，但我肯定里面什么都没有。没有手机，没有钥匙，没有电击枪。但我厨房里有一抽屉的刀，如果我能想办法拿到一把刀，切断绳子，我就能离开椅子，而且也有武器了。

我把脚牢牢扎在地面上，身子向前倾，努力站起来，但身体的重心把我拽了回去。我意识到自己唯一的希望，就是使劲向前扑，这样才有足够的动力站起来。只是我担心自己会栽倒，然后摔在地板上。

我还没有鼓足勇气尝试，就听见小屋外面传来脚步声。有人正登上破旧的木头台阶。然后门向内旋转，卡罗琳打开了灯。

她穿着和之前一样的圆领连衣裙，但现在她还戴了一双蓝色的乳胶手套。她背着一个漂亮的超市购物托特包——人们会背着这种包去杂货店，防止海洋被塑料垃圾填满。看到我醒了，她似乎很惊讶。她把托特包放在厨房料理台上，开始把里面的东西往外拿：一支烧烤架点火枪，一把金属茶匙，一个小注射器和一个套在橙色塑料盖里的针头。

与此同时，我一直在哀求她，但我说不出成型的词，只能发出声音。她想忽略我，专注手头的工作，但我能感觉到，她被我折腾得不胜其烦。最后，她把手伸到我脑后，把带子松开了。我把湿抹布咳了出来，它顺着我的大腿滚下去，啪的一声掉在地板上。

"别喊。"她说，"室内不要大声喧哗。"

"你为什么要这么对我？"

"我本想好好地给你送别的，马洛维。我做了海鲜沙拉。我挂了彩带。我和泰德甚至准备了一笔离职补偿金，相当于你一个月的工资。我们本来要明天早上把支票给你，送你一个惊喜的。"她伤心地摇摇头，从托特包里掏出一个装满了白色粉末的小密封袋。

"那是什么？"

"这是你从米琪家里偷来的海洛因。你是昨天下午搜刮了她卧室之后拿到的。"

"不是这样的——"

"当然是，马洛维。你有太多无法排解的悲痛。你一直伪装成大学生和明星田径运动员，这引发了你的焦虑。再加上失业的压力——失去了收入来源，还失去了住所——所有这些心理负担，导致你复吸了。”

我意识到，她其实并不相信这套说辞——她只是在排演一个故事。她继续说道：“你急需给自己注射一剂毒品，而你知道米琪在吸毒，于是你溜进了她家。只不过你没有意识到，她的海洛因里掺了止痛药芬太尼。两千毫克的量，足够毒死一匹马了。你的阿片受体因此不堪重负，你停止了呼吸。”

“这就是你要对警察讲的故事？”

“他们会根据你的吸毒史和尸检报告，推断出这个结论。明天早上我会敲你的门，询问你是否需要帮忙打包行李。你没有回答，我就用自己的钥匙打开门进来。我会发现你躺在床上，胳膊上扎着一支针头。我会大声尖叫，把泰德喊来。他会按压你的胸部，尝试给你做心肺复苏。我们会报警，但大夫会说，你已经死去好几个小时了。他们会说，我们虽然到得早些，但也无能为力。因为我们心地善良，所以我们一定会给你举办一场体面的葬礼，立一块好墓碑，就挨着你妹妹。如果我们不这么做，罗素就要为这笔钱发愁了，这对他似乎并不公平。”

卡罗琳打开密封袋，把它举到勺子上方，小心地把白色粉末倒满。她身体前倾，靠在料理台上，专心致志地做着手里的事。我又看见了她的文身，就在脖颈下方。

“你就是画里的天使。你用电击枪袭击了安妮娅，然后你掐死了她。”

“我是在自卫。”

“人不会因为自卫就把别人掐死。你谋杀了她。你偷走了她的小女儿。她当时多大？两岁？两岁半？”

卡罗琳的动作乱了，勺子从她指间当的一声掉在料理台上，粉末撒得到处都是。她恼火地甩了甩头。

“别假装你了解情况似的。你不知道我经历了什么。”

她伸手去拿一个塑料刮铲，用它慢慢地扫过台面，把所有粉末拢成一小堆。

“我知道你有泰德帮忙。”我说，“我知道他就是画里的那个男人。你杀了安妮娅，带走了她的女儿。然后你派泰德去掩埋她的尸体。这是什么时候发生的，卡罗琳？你当时住在哪儿？”

她摇摇头，笑起来：“我知道你在耍什么把戏。我们治疗病人时总用这一招。你是不可能靠一张嘴逃出去的。”

“你和泰德有生育问题。他说你花了很多年时间，想怀上孩子。这是你们最后的手段了？偷孩子？”

“我拯救了那个孩子。”

“这是什么意思？”

“不重要。木已成舟，我们得向前看了。很遗憾，你不再是我们这个家庭的一分子了。”

卡罗琳仔细地把粉末推回到勺子上，然后去拿烧烤架点火枪。她按了几下按钮，点火枪喷出一小束蓝色火焰。我看到她的双手在颤抖。

“泰迪记得这些吗？”

“你觉得呢，马洛维？他看上去像受过创伤吗？他看着很难过或者不开心吗？不，他没有。他什么都不记得。他是个快乐、稳重的孩子，我费了很大功夫才带他来到这里。他永远不会知道我为他牺牲了多少，但没有关系。”

卡罗琳一边说着，勺子里的粉末一边冒烟、变黑，最后液化。美国东海岸销售的海洛因基本无味，但我还是惊讶地闻到一股化学品的气味——或许是芬太尼，也或许是其他某种致命的添加剂。我记得曾经听坊间传闻讲，卡姆登市有一个毒贩会在毒品里掺去污粉。卡罗琳放下点火枪，拿起注射器。她把针尖浸入勺头，然后慢慢地将柱塞向外拉，注射器里充满了难看的棕色淤泥状物质。

“他记得兔子。”我对她说。

“你说什么？”

“安妮娅在画里描绘了一个小女孩追兔子的情景。小女孩跟着一只白兔，跑进了一座山谷。现在回想一下我的求职面试吧，卡罗琳。我来到这里的第一天，你在冰箱门上贴了一幅泰迪的画，上面画着一只白兔。也许他记住的东西，比你以为的更多。”

“她的画都是骗局。不能相信它们。”

“我之前费了很多周折，也没有弄清楚这些画的含义。但我相信，自己终于把它们按照正确的顺序排列起来了。画就在我床头柜的文件夹里。它们完全还原了事情的真相。”

卡罗琳从包里掏出一段橡胶压脉带。她用一只手扯住一头拽了拽，好像准备把它系在我胳膊上。但之后，还是好奇心占了上风。她走到床头柜前，打开文件夹，开始翻动纸张。“不，不，你看，这些画太不公平了！这个故事是她的版本。但是如果你从我的视角来看呢？如果你看到了全局呢？你就能更好地理解整件事了。”

“全局是什么样的？”

“我并不是在说，自己没有感到愧疚。我的确很愧疚，也很懊悔。我并不为之前发生的事感到骄傲。但她害我别无选择。”

“把你的想法展示给我看。”

“什么？”

“床头柜的抽屉里有一个速写本和一支铅笔。把事情的来龙去脉画下来。给我看看你这个版本的故事。”

因为我需要争取一切可以争取的时间。

我要拖延时间，等到阿德里安开车回家，再来到这里，敲我的门，然后发现情况已经非常、非常不对劲了。

而卡罗琳看起来很想去画下来！她似乎急不可待地要告诉我她的视角。但聪明如她，意识到了自己正在被操纵。“你想让我证明自己有罪。你想让我用画画的方式认罪坦白，这样警方就能发现证据，然后逮捕我了。你就是这么打算的吗？”

“不，卡罗琳，我只是在试着理解发生了什么。为什么泰迪需要被拯救？”

她伸手拿了压脉带，走到我椅子后面。但她没办法把它系在我胳膊上。她的手抖得厉害。“有时候她会钻进我脑子里，感觉就像惊恐发作一样。过一两分钟就好了。”她坐在我床边，双手掩面，做了几个深呼吸，让肺部充满空气。“我不指望你对我产生任何同情，但我一直过得很艰难。这就像一场没有尽头的噩梦。”

她的呼吸很急促。她抓住膝盖，狠狠捏了捏，仿佛可以凭意志力进入冷静的状态。“我和泰德以前住在曼哈顿上西城的河滨高地。我就职于西奈山伊坎医学院，当时三十五岁，已经被工作折磨得心力交瘁了。我的病人有数不清的问题。这个世上有太多痛苦，太多悲伤了。至于泰德，他做着某份无聊的IT工作，他痛恨自己的工作。

“我们大概就是两个非常不快乐，又想要怀上孩子的人。而我们又总是不成功，失败让我们的情绪更低落了。我们试了所有常见的诀窍：阴道内人工授精、体外受精，还有在月经期间服用促排卵药物。你知道这些吗？”卡罗琳摇摇头，“无所谓了。没有一种办法管用。我们两个人都拼命加班，但我们甚至不需要赚钱，因为我父亲留给了我一笔财产。所以最后我们就说，去他的吧：让我们放下工作，请一年公休假。我们在纽约北部的塞内卡湖买了一处房产。我们的理论是，也许——在心情更放松的情况下——我就能受孕了。

“唯一的问题是，我们去了那里，却没有任何朋友。我们一个人都不认识。整个漫长的夏天，这栋小房子里只有我和泰德两个人。泰德迷上了葡萄酒酿造，他跟着当地的一个酿酒人上课。但我呢，我简直是百无聊赖，马洛维。我不知道自己该做什么。我试过写作、摄影、园艺、烘焙，但都没能持续下去。另外，我还发现一件可怕的事，我就是一个没什么创造力的人。你发现自己是这样的人，难道不觉得很糟糕吗？”

我努力显得很同情她，并鼓励她继续说。她说话的方式会让你觉得，我们就是一对在下午茶店一边喝着咖啡、吃着司康饼，一边闲聊的母女，而不是我被反绑胳膊，坐在椅子上，而卡罗琳摆弄着灌满了药的注射器，焦虑地在指间转着针管。

“唯一能给我带来一点儿快乐的，就是散步。塞内卡湖边有个公园，里面有漂亮的林荫小路。我就是在那里第一次见到了玛吉。那是安妮娅的真名。玛吉·巴洛斯。我见过她坐在树荫下，画着风景油画。她很有天赋，也许我有一点儿嫉妒她。她总是带着女儿一起来。她有一个两岁的小女儿，名叫芙萝拉。玛吉只会把她扔在一张毯子上，然后就不管她了。一次会持续两三个小时。她会往孩子手里塞一个智能手机，然后就完全忽视她。这不是一次两次了，马洛维。我每周末都看到她们这样！这就是她们的习惯！所以每次我散步经过她们，我都很生气。我的意思是——这个完美的孩子，这个漂亮的小姑娘，极度需要关注。而她妈妈却给她看大量的 YouTube 视频！把她当成累赘一样！我读过很多关于电子设备使用时间的研究，马洛维。这会毒害孩子的想象力。

“于是，反复几次之后，我决定插手。我走到毯子旁边，想要做自我介绍，但玛吉听不懂我的话。我意识到她不会说英语。于是我试着把自己想说的话表演出来——我努力想展示给她看，她是个不称职的母亲。然后，她大概误解了我的意思。她发起火来，我也发起火来，很快我们两个就都开始尖叫，我说英语，她说匈牙利语。后来，终于有人过来了。他们不得不字面意义上地插进我们中间，隔开我们。

“之后，我试着去过不同的公园和步道，但我总是想起那个小女孩。我感觉自己辜负了她，好像我曾经有干预的机会，但我却没能抓住一样。于是有一天，或许是在我们发生争吵的两个月后，我回到了那片湖。那是周六的上午，公园里有一场精彩的热气球节。每年九月都会举办，有几千人来参加，天空中飘满又大又亮眼的彩色热气球。这是开发孩子想象力的完美工具，你懂吗？玛吉正在画其中一个气球，但小芙萝拉就只是盯着手机。她在毯子上待着，胳膊和肩膀全都晒伤了。

“我站在那儿，心里越来越气。这时，我注意到了什么。我看见一只兔子正从地底下扭动着钻出来，它一定在附近挖了洞。它从草里跳出来，抖了抖身子，芙萝拉看见了它。她一边叫道：‘安妮娅，安妮娅！’一边指着兔子大笑，但玛吉没有转身。她太过于沉浸在自己的作品里了。她没有意识到，她的小女儿已经站起来，走远了，没有发现芙萝拉正在穿越一片田野，向山谷里走去。她向着一条小溪去了，马洛维。所以我不得不做点儿什么了，对吗？我无法忽视眼前发生的事。我跟着芙萝拉进了山谷，等我来到她身边时，她已经完全迷路了。她正在歇斯底里地大哭。我在她身旁半跪下来，告诉她没事的。我说，我知道怎么找到她的妈咪，并且提出带她回去。我真的是这么打算的，马洛维。我真的打算带芙萝拉回去。”

我差点儿没有跟上她的叙述思路，因为我回想起了灵应盘和上面谜一样的信息。然后我意识到，我太信任谷歌翻译了。那条讯息不是“救救花”——而是“救救芙萝拉”，救救她的女儿。

“我只是想和她待一小会儿的。”卡罗琳接着说，“走一小段路，给她一点儿关注。我认为她妈妈不会介意的。她甚至不会知道女儿不见了。附近有一条小径，通向一片森林，于是我们就去了那里，走进了森林。只不过玛吉的确注意到芙萝拉不见了。她在到处找她。她不知道用了什么办法，找到了我们。她跟着我们进了森林。而她一认出我，就大发雷霆。她开始尖叫，挥舞着胳膊，好像要打我似的。我散步时总带着电击枪，我出于个人安全的考虑拿上了它。于是我用它来自卫。我只攻击了她一次，只是为了让她退开。但我猜她患有某种神经系统紊乱的疾病，因为她倒了下去，站不起来了。她开始癫痫发作。她尿湿了裙子，肌肉在颤抖。可怜的芙萝拉吓坏了。我知道我该打电话报警，但我也知道这件事会演变得多么糟糕。我知道，如果玛吉从她的视角讲述这个故事，人们就要误会了。

“于是我带走了芙萝拉，领她来到一棵树后面。我要她坐下，闭上眼睛。这样她就看不到之后发生的事情了。如果你想听实话，我其实不记得接下来发生了什么。但这就是人脑的美妙之处，它会屏蔽所有不好的东西。你明白我的意思，对吧？”

她等着我回答——我没有搭腔，她就继续说道：“总之，我用树叶盖住了她的尸体。我开车带着芙萝拉回了家。我把这件事告诉了泰德，他想报警，但我说服他，我们能处理好一切的。我们现在在北边一个偏僻的地方。这个女人是移民，她不会说英语，我想她多半是哪家的清洁工。我认为，如果我们藏好她的尸体，留下孩子，就没人会注意到她失踪了。或者人们也只会觉得她带着女儿逃走了。总有女人这么做。于是我派泰德去了公园。他把画架、毯子和芙萝拉所有的玩具收到一起，把这些东西都埋在了森林里。我的意思是，和尸体一起埋了。他一整夜都在外面。他花了很长时间做这件事。直到天亮，他才回来。

“现在，一切本该就在这里结束了——但实际上，玛吉的兄弟是塞内卡湖的大人物。他拥有一家该死的山羊养殖场，所有喜欢夏天的人都爱去那里。而且他还给玛吉和她丈夫约瑟夫赞助了路费，让他们从匈牙利搬到美国，在他手下工作。更糟的是，我从来没想到过，玛吉一定是驾车来到湖边的——结果那是一辆配有儿童安全座椅的雪佛兰塔赫。警方在一个停车场里发现了它，然后派出了一班警犬。不到两个小时，他们就找到了她的尸体。

“突然间，整个社区的人都在寻找一个失踪的两岁孩子——而这个女孩正在我家里哭叫。于是我冲到百货商场，给她买了一堆男孩的衣服，有运动衫和印着足球运动员的上衣。然后我买了几样理发用具，给芙萝拉理了一个寸头。我发誓，就像按下开关一样——我只是改变了她的发型，但你绝对能肯定地说，她是个男孩了。”

卡罗琳的呼吸不再急促了，她的手也停止了颤抖。她说得越多，状态就显得越好，仿佛她正在使自己的良心摆脱某种可怕的负担。

“然后我们上了车，开上了路，没有任何计划。我们只是需要离开，走得越远越好。我们一直开到弗吉尼亚州西部一个叫吉尔伯特的小镇，才停下来。这里的人口是四百人，大家都退休了，坐着轮椅。我给我们的朋友发了邮件，说泰德遇到了一个不容错过的工作机会，于是我们搬去了巴塞罗那。之后，我们在一片十英亩的土地上租了一座房子，没有邻居，只是一个条件优越的安静住所，让我们能专注地抚养宝宝。

“马洛维，不骗你，那是我人生中最艰难的一年。整整六个月，泰迪都不愿意开口说话。他太害怕了！但我很耐心。我每天都和他一起努力。我给了他爱、关注和关怀。我在房子里摆满了书、玩具和健康食品，我们也取得了进展。他开始从自我封闭的壳中走出来了。他学会了接受我们、信赖我们。现在，他爱着我们，马洛维。他第一次叫我妈妈的时候，我号啕大哭。

“第一年年底，我们获得了惊人的进步。我们开始把泰迪带到公共场合了。活动只是短距离的徒步旅行，或者去杂货店购物之类正常的家庭户外活动。效果非常完美。如果你之前没有见过我们，你就不会理解我们都经历过什么。”她的声音越来越小，仿佛在追忆一段尚未失去希望的日子。

“后来发生了什么？”

“我只是从没想过玛吉会找到我们。我一直是个无神论者。我从来不相信有什么灵魂世界。但我们在西弗吉尼亚住了一年后，有谁开始拜访泰迪了。那是一个穿着白色长裙的女人，会在午休时间来到他的卧室里等他。”

“你见过她吗？”

“没有，从来没见过。她只在泰迪面前现身。但我能感觉到她，我能察觉到她的存在，我能闻到她那股令人作呕的腐烂恶臭。我们告诉泰迪，她是一个假想中的朋友。我们说，她实际并不存在，但可以假装她是真实的。他年纪太小了，不懂事。”

“她来找过你吗？向你复仇？”

“噢，她求之不得呢。如果办得到，她会杀了我。但她的力量十分有限。她大概能操纵灵应盘和移动铅笔，但也仅限于这些了。”

我试着想象了一下，困在西弗吉尼亚乡村十英亩土地上一座孤零零的房子里——身边只有我的丈夫，一个被绑架的孩子和一个一心复仇的鬼魂。我不知道自己能坚持多长时间不精神崩溃。

“我知道，我们不能永远留在‘巴塞罗那’。我们都需要继续过自己的生活。我想住在一个有优质学校的漂亮小镇里，这样泰迪就能拥有一个正常的童年了。于是我们四月搬来了这里。还没到母亲节，安妮娅就又回到了泰迪的卧室，用匈牙利语唱摇篮曲。”

“她跟着你们？”

“对。我不知道她是怎么做到的。我只知道，甩掉她是不可能的。不管我们去哪儿，安妮娅都会跟着。就在那时，我想到了彻底打破局面的一招：引入第三人。我要给泰迪找一个新玩伴，和安妮娅争夺他的关注。你是完美的人选，马洛维。年轻、健美，充满活力。你聪明，但不至于过分敏锐。而你滥用药物的经历是一个巨大的加分项。我知道你没有安全感。我知道，如果你看到什么离奇的事，你反而会怀疑自己的判断。至少会怀疑一小段时间。我从来没想过那些愚蠢的画会起作用。我没想到她会找到一种沟通的方式。”

卡罗琳看上去十分疲惫，好像重新经历了人生中过去的三年。我又偷偷看了一眼时钟，现在才11:37。我需要让她一直说下去。“那米琪呢？她出了什么事？”

“和将要发生在你身上的事一样。上周四，在你们的降神会结束几个小时后，米琪一脸惊恐地来敲我们的门。她说她的灵应盘关不掉了。据她所述，乩板一直在打转，反复拼写着同一个单词：ovakodik、ovakodik、ovakodik。米琪带我们回到她家，展示给我们看。她发现这个词的意思是‘当心’。她说，你一直都是对的，马洛维：我们的房子的确闹鬼，我们需要帮助。我和泰德回到家，就最好的处理方式产生了争论。但我最后说服了他，让他控制住米琪，而我则在这期间给她注射过量的毒品。然后他把她的尸体拖到了外面的森林里，我在她的起居室里撒满了针头盖，把压脉带留在了她的床头柜上。我留下的线索刚好够警方把它们串起来。然后，我们编造了米琪有一个深夜访客的事，这样整个故事不会过于无懈可击。”

我又看了看表——才又过了一分钟——这次，卡罗琳捕捉到了我的动作。

“你在干什么？为什么你在看时间？”

“没什么。”

“你在说谎。但没关系。”她站起来，伸手去拿压脉带。她的手很稳。她的行动又恢复了自信和从容。她把压脉带绕过我的胳膊，紧紧地打了个结。没过一会儿，我就感到肌肉刺痛。

“求你别这么做。”

“对不起，马洛维。我真希望事情能有不一样的结局。”

我感觉到她戴着手套的柔软手指敲着我的臂弯。我的血管随之凸出，配合着她的动作。我意识到她是认真的，她打算把这件事做下去。“你会内疚一辈子的。”我对她说。我害怕得语无伦次。“你会恨自己的。你的良心会无法承受。”

我不知道自己为什么认为能通过恐吓她，来使她改变主意。我的警告似乎只让她更愤怒了。针尖刺破我的皮肤，穿透血管，我感到一阵疼痛，好像被人掐了一样。“看看好的一面。”她告诉我，“也许你就要和你妹妹再相见了。”

然后她推动栓塞，向我体内注射两千毫克，足以毒死一匹马的海洛因和芬太尼。随着熟悉的第一阵寒意袭来，我全身都僵住了——就好像有人在注射的位置放了一块冰。我看见的最后一个画面，就是卡罗琳匆忙走向门口，把灯关上。她甚至不会留下来，看着我死去。我闭上眼睛，祈求上帝原谅我，拜托，求你，原谅我吧。我感觉自己虽然坐在椅子上，却向后仰去，好像我的椅子和我的身体跌穿了地板，现在我没有重量，悬浮在空中。静脉注射海洛因起效极快，我不知道自己为什么还有意识。我为什么还在呼吸？但这时，我睁开眼睛，看见玛吉正在阴影中等待着我。于是我意识到，我已经吸毒过量了。

# 28

她是个身穿白裙，留着黑色中分长发的女人，盘旋在雾气般的物质中。她的长裙上沾着星星点点的树叶和泥土。她的脸隐没在黑暗中，头向某个角度歪着，好像她无法使它保持直立一样。但我已经不再害怕了。如果说现在我感受到了什么，那就是轻松。

我想站起来，走向她，但我还是坐在椅子上。我的手腕依然被反绑在身后。

然后，我产生了一个可怕的想法：

这是我死后的状态吗？

这是对我在人间这段日子的惩罚吗？被绑在一把硬背木椅上，一个人永远困在空荡荡的小屋里？

“我不知道自己该做什么。”我低声说，“请问你能帮我吗？”

玛吉向我靠近了一些，她甚至并没有挪动步子。我能闻到她身上的气味，那是一种混合了硫和氨的有毒物质，但它再也不会令我担心了。我对她的存在充满感激，这股气味几乎都让人感到安慰了。玛吉经过窗户时，月光照亮了她的脸和身体。尽管她身上满是抓伤和黑色的瘀痕，脖子折断了，裙子也被钩破、撕裂，但我还是能看出，她是个美得惊心动魄的女人。

“你得帮帮我，玛吉。你是唯一能帮我的人了。拜托你。”

她艰难地想要抬起头来——好像努力听得更仔细——但她的头又猛地垂了下去，仿佛一枝折了茎的花。她把一只手放在我肩上，但我没有感觉到任何触碰或外力，反而猝不及防地淹没在一阵汹涌的悲伤和愧疚中。我在脑海中看到一个自己实际从没有去过的地方——湖边的田野，画架上的画布，毯子上的孩子。然后我反应了过来，我在画里见过这个地方——玛吉留在我门廊上的画，还有被卡罗琳保存在休息室里的泰迪的一幅作品。我从记忆中调出了这两张画，它们是两名画家绘制的同一个场景。

当我看向画里的女人和孩子时，我能像感受自己的情绪一般，清晰地体会到玛吉的悲痛：我应该再留心一下的，我不该分神得这么厉害的。假如我能再小心一点儿，一切就还能保持原样。又或者这是我的悲痛，因为我还听见玛吉在说：这不怪你，和过去和解吧，原谅你自己。我不知道是自己在安慰她，还是她在安慰我，我分不清自己的愧疚在哪里终结，而她的愧疚又从哪里开始。或许我们直到死后，也永远无法摆脱这种悲伤。

然后门开了，泰德打开了灯。

他见到我泪流满面的样子，脸色变得很难看。“噢，上帝。”他说，“我很抱歉，马洛维。你先坐着别动。”

我转头寻找玛吉，但她却消失了。

我还在小屋里。

我没有身处某个云雾缥飘缈，不似人间的死后世界里，我还在新泽西州斯普林布鲁克，被绑在一把木椅上，脚也踩在地面上。微波炉时钟上显示的时间是 11:52。

我还能感觉到臂弯处，卡罗琳扎进针头的位置传来的冰凉感——但我现在活得很好，也完全不是吸毒过量的状态。

“她给我下了药。你的妻子——”

“那是婴儿爽身粉。”泰德说，“我用婴儿爽身粉给海洛因调包了。你没事的。”他走到我身后，拽了拽将我的手腕绑在椅子上的布条。“天啊，她打的这几个结真是太夸张了。我需要一把刀。”他走进厨房，开始在餐具抽屉里翻找。

“你在做什么？”

“保护你，马洛维。我一直在保护你。你不记得你的求职面试了？我针对你的资历提出的所有又粗鲁又刁钻的问题？我是想要把你吓走。我试过让所有的候选人都知难而退。但你很顽强，你真的想来这里。而卡罗琳觉得，你的到来能够解决我们所有的问题。”

他拿着一把锯齿刀走到我的椅子旁，快速地锯起了绑绳。我的双臂落到了身侧，我又能自由地活动胳膊了。我缓慢而小心地把手指按在头部抽痛着的鼓包上，感觉头皮上还沾着玻璃碎渣。

“抱歉我打了你。我们中途会停在一个加油站，给你弄点儿冰。”泰德打开我的衣柜门，看见空空的衣架，非常高兴。“你已经收拾好了！太棒了。我的包在车里，我们现在就能出发了。估计我们要开一整夜的车，再找个酒店歇歇脚。然后我们就一直向西推进。我在爱彼迎上找到一家非常漂亮的房子，咱们先安顿下来。你会喜欢的，马洛维，那里视野极佳，能看到普吉特海湾。”

“泰德，慢点儿。你在说什么呢？”

他大笑道：“对，对，我做了很长时间的打算，都忘了我们还没充分讨论过这件事呢。但我知道你对我的感觉，马洛维。我的感觉也是一样的，我准备好把它付诸行动了。”

“真的吗？”

“我已经把个人退休金账户里的钱都提现了。这个银行账户卡罗琳是动不了的，里面有八万美元。这笔钱足够我们从头开始了。我们要在华盛顿州惠德比岛建立新生活。但我们现在就得走，以防她回来清理善后。”

“你为什么这么怕她？”

“她疯了！你到现在都没意识到吗？她刚刚还想杀了你。她会毫不犹豫地杀了我。如果我报警，我就会坐牢的。所以我们必须跑。

现在就跑。如果我们留下孩子，她就不会跟着我们了。”

“你想丢下泰迪？”

“对不起，马洛维。我知道你爱他。我也爱他。他真的很贴心。但他不能跟来。我可不想卡罗琳和玛吉全国各地追着我们跑。那孩子要和他的两个妈咪留在这里。她们可以互相争斗，打个你死我活，我都不在乎。我再也受不了这些见鬼的东西了。我不想在这里多待一分钟。这一整场噩梦今晚就要结束了，你明白吗？”

我们听到小屋外传来树枝折断的轻微咔嚓声——泰德走到窗前，仔细往外瞧。然后他摇摇头，向我保证那是虚惊一场。“现在，拜托你，我需要你试着站起来。你需要帮忙吗？”他把手递给我，但我把他挥开了，靠自己成功站了起来。“这就对了，马洛维。很棒。现在你需要用卫生间吗？大多数公厕过了十二点就关门了。”

我确实需要用洗手间——但它只是充当一个供我稳定心神的安静场所。“我一分钟就好。”

“尽快，好吗？”

我关上洗手间的门，打开水池的龙头，往脸上泼了一点儿冷水。我到底该怎么做？我搜遍了自己的衣袋，但当然都是空的。我把药柜翻了个底朝天，还查看了淋浴间，但却没有一件可以用来防身的工具。最接近武器的东西是一把镊子。

洗手间有一扇带纱窗的小窗户，只有几英寸大小，安在天花板附近，起到通风的作用。我合上马桶盖，站到上面。窗户朝南，面向黑顿峡谷，眼前则是森林里影影绰绰的黑莓灌木丛。我设法将纱窗弹起，把它推出窗外，让它掉在林地上。但即使我能铆足力气攀上窗户，我也不可能钻得过去。

泰德敲了敲门。“马洛维？你快好了吗？”

“快了！”

我只能跟他走。我别无选择了。我会坐上他的丰田普锐斯，当他描述华盛顿州和惠德比岛时，我会微笑配合。我会努力显得非常期待我们共同的新生活。

但等到我们第一次停车补给汽油、水或食物的时候，我就会找一个警察，然后拼命大叫。

我关上水龙头，用毛巾擦干手。

然后，我打开了门。

泰德正站在外面等我。“准备好了吗？”

“我想是的。”

“你想是的？”

他的视线越过了我，投向洗手间里——我想知道他看见了什么。我把脚印留在马桶盖上了吗？他注意到纱窗不见了吗？

我张开双臂，环住了他，把头靠在他胸前，并用尽全力抱紧了他。“谢谢你，泰德。谢谢你解救了我。你不知道我有多想看到这一天。”

他被这突如其来的表白吓了一跳。他把我抱得更紧，然后俯身亲了亲我的额头。“我向你保证，马洛维，我永远不会辜负你。我会每天工作，让你开心。”

“那我们离开这儿吧。”

我去拎箱子和装满了衣服的垃圾袋，但泰德坚持要拿，一手提了一个。“你确定这就是你全部的必需品了？”

“泰德，我所有的财产就是这些了。”

他再次向我露出一个充满爱意与关怀的微笑，似乎正准备要说点儿甜言蜜语。就在这时，只听砰的一声巨响，一颗子弹贯穿了他的左肩，他失去了平衡，血迹飞溅到墙上。我尖叫起来。伴随着另外三声枪响，泰德重重地倒在箱子上，手捂着胸口，鲜血从指缝里渗出来。而我还在尖叫。

卡罗琳站在小屋打开的窗户外面，将米琪的枪对准了我。她叫我闭嘴，但她说了四五次，我才听明白她的话。她打开门，轻轻扬了扬手枪的枪管，示意我坐回椅子上。

"你是认真的吗？"她问，"你真的打算和他走吗？"

我甚至没有听见她的问题。我还在盯着泰德。他倒在地上，像患了口吃一样，费劲地想要说话。他的嘴唇在颤抖，仿佛努力要说出一个拗口的单词。血从他嘴里流出来，下巴和衬衫都被染红了。

"听着，我觉得你在说谎。"卡罗琳接着说，"我觉得你为了现在就离开这儿，很可能什么都说得出口。但我可以向你保证，泰德完全是认真的。自从你第一次来这儿，他就盯上你了。"她指向小屋另一头，装在厨房墙面上的白色烟雾报警器。"你想过那个火灾报警器为什么从来没响过吗？即使是你做饭做糊了的时候？"

我没有回答，她就用手枪的枪托敲了敲厨房料理台，啷啷啷地发出三声巨响。"马洛维，我在问你问题。你注意到烟雾报警器不起作用了吗？"

她到底想要我说什么？她用枪指着我的脸，我怕得不敢回答。我担心自己有一个词没说对，她就会扣下扳机。我不得不低头看着地板，才能鼓足勇气开口。"泰德说小屋的电线很旧。他说那是一种叫瓷珠瓷管的东西。"

“那是个网络摄像头，傻瓜。泰德在面试你之后立刻就装了这个。外加一个信号增强器，这样它就能连上我们的无线网络了。他说他想监视你，确保你没有吸毒。这是‘预防措施’，对吗？但省省吧。我可不傻。有几天晚上，他会在办公室里待几个小时不睡觉，一心祈祷你会洗个澡。我一直在想你知不知道这件事，你有没有感觉到自己被人监视着。”

“我以为那是安妮娅。”

“不，妈咪晚上和她的宝宝在一起。看着你的一直是顾家好男人先生。还有年度最佳父亲。”

泰德摇摇头，好像想反驳她，又特别希望我知道真相一样。但他张开嘴，只是冒出了更多的血，流到了他的下巴和胸口。

我转向卡罗琳，她依然用枪指着我。

我想倒在地上，蜷缩起来，祈求她的怜悯。

“求求你。”我举起双手说道，“我不会告诉任何人的。”

“我知道你不会的。你用从米琪家里偷的枪杀死了泰德。然后我们扭打在一起，但我成功地抢走了手枪。你从厨房的抽屉里拿了一把刀，所以我不得不对你开枪。我是在自卫。”她匆匆环视了小屋一圈，似乎在试着编排出精确的事件顺序。“听着，现在你要站得离冰箱近一点儿。挨着放餐具的抽屉。”她拿枪对着我，“快点儿，别让我说第二遍。”

她走近了——枪也离得更近——为了远离她，我向后退去，进了厨房。

“对，这样就好多了。现在弯下腰，打开抽屉。把它拉到头。就是这样。”她走到料理台的另一侧，然后俯下身，好查看刀具架。

“我想你应该用主厨刀。是这把大的，在抽屉最里头。弯腰，抓住刀柄。扎实地握一下。”

我害怕极了，几乎动不了。

“卡罗琳，求你——”

她摇摇头。“来吧，马洛维。你就快成功了。弯腰，抓住刀。”

越过她的肩膀，我的余光还能看见血从墙上滴下来。但泰德已经不坐在那儿了。他消失了。

我弯下腰，把手放在刀上，手指在刀柄上合拢。当有人告诉你，某件事是你这辈子做的最后一件事了，你就很难做得到。

“行了。”她说，“现在把它举起来。”

然后她尖叫一声，倒了下去——泰德扑向了她的双腿——我知道自己逃命的时刻到了。我傻乎乎地放下了刀，因为我不想再浪费一秒钟，把它从抽屉里拔出来了。

我直接逃跑了。

我甩开门，身后传来一声爆响——那是一声枪响，回音在小屋的墙壁间反弹。我跳下门廊，落到草地上，开始狂奔。可怕的是，我有三秒钟是完全没有能力自保的，我只是一个人影，正在穿过毫无遮蔽的草坪。我准备好迎接下一次枪响了。

但枪响并没有发生。我冲过主屋侧面的阴影，经过垃圾桶和回收箱。我飞奔着穿过前院的草坪，在私家双车道的尽头停下脚步。周围所有的房屋都是一片漆黑。街区里的每个人都进入了梦乡。没有人会在后半夜漫步艾治伍德街。我也不敢敲邻居的门——我不知道他们下楼要花多长时间。现在我最大的优势，就是速度——拉开我和卡罗琳之间的距离。如果我全速奔跑，我可以在三分钟之内到达繁花城堡。我可以用力砸门，向阿德里安的父母大声呼救。

但这时，我回头扫了一眼麦斯威尔家，意识到泰迪还在二楼熟睡，对后院的骚动一无所知。

当卡罗琳发现我逃脱了，会怎么样？

她会带走泰迪，把他扔进车里，逃到西弗吉尼亚去吗？或者是加利福尼亚？墨西哥？

她为了守住自己的秘密，会做到什么地步？

身后的小屋里又传来一声枪响。我想要期待最好的结果。我想相信，泰德已经设法把武器从妻子手里抢走了。也许在临死的瞬间，他给了我和泰迪一个逃生的机会。

但如果他没有——那么，我还有时间补救一切。我跑得很快。我曾经是宾夕法尼亚州第六快的女子运动员。我从房子的侧面疾速冲向后院，感谢上帝，通向厨房的玻璃滑门没有锁。

我进入主屋，把身后的门锁上。一层漆黑一团。我匆匆穿过餐厅，从后面的楼梯井来到二层。我冲进泰迪的卧室，但没有开灯。我直接掀开了他的被子，把他摇醒。“起来，泰迪，我们得走了。”他推开我，把脸埋在了枕头里，但我没有时间哄他了。我把他从床上拉下来，他不情愿地咕哝着，还是半梦半醒的状态。

“马洛维！”

卡罗琳已经进了屋，正站在门厅向我大喊。我听见她登上了木质台阶。我往另一个方向奔去，顺着后面的楼梯来到厨房。泰迪的体重不会超过四十磅，但我还是差点儿把他摔了。我把他托到肩上，保证自己抱稳了他，然后向外跑去，进入后院的露台。

室外，院子里一片宁静，只听见泳池里轻柔的击水声，偶尔的蝉鸣，还有我自己费力的呼吸声。但我知道卡罗琳快来了。她要么正在主屋里穿行，要么正从屋子的侧面赶来。对我而言，最安全的路线是向前，朝魔法森林跑去。我要跑很久才能穿过院子，但我认为卡罗琳不会在我抱着泰迪的情况下向我开枪。而我们一旦成功进入森林，就可以逃掉了。

我和泰迪花了整整一个夏天的时间探索这片森林。我们熟悉所有的小道、捷径和死路，而且月光也足够明亮，能够为我们引路。我紧了紧双臂，抱好泰迪，然后义无反顾地走进黑莓灌木丛，用手肘挡开枝条、藤蔓和荆棘，最后来到一片熟悉的地带——黄砖路。这条小径是东西向的，和艾治伍德街的所有后院平行并列。我们沿着它来到巨大的灰色圆石“龙蛋”面前，然后我换了个方向，走上飞龙小径。我听见身后传来杂乱的脚步声，但在黑暗中，我完全失去了对周围环境的度量和参照。我无法判断卡罗琳的呼吸是喷在我颈后，还是远在一百码以外。我还隐隐约约听见了警笛声，但太晚了。如果我刚才直接跑到了繁花城堡，我现在就已经安全了。

但我怀里还紧紧地抱着泰迪，这才是真正重要的。我不会让他遭遇任何不测。

黑夜里，帝王河的水声显得更大了。我庆幸它发出的嘈杂声音掩盖了我的脚步声。但之后，我们就来到了青苔桥，我觉得自己做不到了。独木桥太窄了，而且覆盖着青苔，我没办法一边抱着泰迪，一边过桥。

“泰迪熊，听我说。你得自己走。”

他摇头拒绝，把我抱得更紧了。他不知道发生了什么，但他很害怕。我试着把他放下来，但他的胳膊死死搂住了我的脖子。远处的警笛声越来越多，他们现在一定已经到达麦斯威尔家了。最有可能的情况是，一个邻居听见了枪声，报了警。但警察离我太远，帮不了我。

一束细细的白光穿透了森林。那是卡罗琳电击枪上的手电光。我不知道她有没有看到我，但我得继续前进了。我把泰迪抱紧了些，向桥踏出一步，再踏出另一步。我的视线能让我分辨出独木桥的形状，但看不清完整的表面。我不知道有哪些部分腐烂了，或者散布着滑溜溜的青苔。我们的脚下水流湍急，约两三英尺深。我每向前一步，都确定自己要侧滑下去了，但不知怎么回事，我还能保持稳定的步伐。我跌跌撞撞地沿着小径，跑到巨型魔豆藤脚下，双臂终于支撑不住了。我连抱着泰迪再多走一寸也做不到了。“伙计，你得自己完成这段路程了。”我抬手指向我们在粗树枝间的藏身处，“来吧，你得爬上去。”

他完全吓呆了，根本动不了。我用最后一分力气把他推上了树，幸好他抓住了一根树枝，稳住了身体。我向上推着他的屁股，他开始缓慢地、断断续续地动起来。

手电筒的光线扫过了树下——卡罗琳到河边了，她离我们越来越近。我抓住最矮的枝干，把自己撑上去，跟着泰迪一个树杈接着一个树杈，爬上了一根被我们称作“云朵平台”的枝条。真希望我们能爬得再高些，但已经没有时间了，我也不敢冒着发出声音的风险继续爬。“这就行了。”我小声说。我环住他的腰，把他搂进怀里，俯身把嘴凑近他的耳朵。“现在我们只需要保持非常安静就没问题了，可以吗？你还好吗？”

他什么都没说。他的身子在颤抖，像一根弹簧一样蜷了起来。

他似乎明白了，不，我们并不好，出了非常、非常严重的事。我低头紧盯着地面，心想：要是我们能爬得再高点儿就好了。我们离地面的小径只有八到十英尺高，如果卡罗琳沿着路走，她就会直接经过我们脚下。哪怕泰迪发出一声呜咽——

我把手伸进树洞，在我们存放的石头和网球里摸索。最后，我找到了那支断箭。箭杆很短，已经裂开了，连着一枚金字塔形的尖锐箭头。我知道这个武器没有用处，但手里握着点儿什么——不管是什么——总是令人安心的。

现在我看到她来了。卡罗琳穿过青苔桥，正向我们逼近。她一边走，一边用手电四处照着小路。我小声对泰迪说，我们要非常安静。我告诉他，他会看见他妈妈，但他必须保证什么都不说。幸好，他完全没有问问题，因为这时，卡罗琳已经迅速跑上小路，就停在我们的树下。远处传来数道声音，是男人在大喊，还有一只狗在吠叫。卡罗琳回头朝他们的方向看去。她似乎明白过来，她的时间不够了。我害怕极了，屏住了呼吸。我把泰迪抓得太紧，他忍不住低低地叫了一声，表示抗议。

卡罗琳向上看过来。她用手电对准树上，光线太强，我不得不遮住眼睛。“噢，泰迪，感谢上帝！你在那儿！妈妈一直在到处找你！你在上面干什么呢？”

我看到她另一只手还握着枪，她随意地拿着它，好像那是一部手机，或者一个水瓶。

“待在这儿别动。”我告诉泰迪。

“不，泰迪，快下来吧，上面不安全。”卡罗琳说，“马洛维是错的。你得下来，我带你回屋去。你现在应该上床睡觉了！”

“别动。”我对他说，“你在这里就好。”

但我能感觉到他正被她的声音吸引，本能地向她的方向挪动。我把他的腰搂得更紧，却被他身体散发的热度吓了一跳。他浑身像发烧一样滚烫。

“泰迪，听我说。”卡罗琳说，“你得远离马洛维。她病得很严重。她这种问题叫精神病发作，所以她才把画画得满墙都是。她从米琪那儿偷了这把枪，用它打伤了你爸爸，现在她还想独占你。警察已经到咱们家了，他们现在正在找咱们呢。所以从那儿下来吧，一起告诉他们发生了什么。把马洛维留在树上，咱们去把这件事捋清楚。”

但卡罗琳不可能把我留在树上。她已经告诉了我太多事情。她告诉了我泰迪真正的母亲叫什么名字。她叫玛吉·巴洛斯，在塞内卡湖附近被杀害。警方哪怕只是对我讲的故事进行一番粗略的调查，都会知道我说的是实话。卡罗琳别无选择，只能杀了我。她一旦把泰迪弄到树下去，就会动手。然后，她会试图把整件事说成是自卫。我也永远不会知道她是否逃脱了罪责，因为那时我已经死了。

“来吧，宝贝。我们得走了。和马洛维说拜拜，下来吧。”

他挣开了我的怀抱，一摇一摆地穿过了树枝。

“泰迪，不要！”

当他回过头的时候，我看见了他的眼白，他的眼球转到了脑袋后面。他伸出右手，从我手里一把抓走了断箭，从树上一跃而下。卡罗琳抬起双臂，好像以为自己真的能接住他似的。但实际上，她因为承受不住他的重量，向后摔倒。枪和手电脱手飞了出去，消失在灌木丛里。她后背着地，发出一声闷响。她把泰迪搂在胸前，保护他不受摔倒的冲击。

“你没事吧？泰迪，宝贝，你没事吧？”

他坐了起来，整个人跨坐在卡罗琳的腰上。她还在问他有没有事，突然，他用箭头扎穿了她的侧颈。她似乎并没有意识到自己被刺中了，然后他把箭拔出来，又向她捅去。他接着捅了三次，哧、哧、哧。等到她开始尖叫时，她已经发不出声音了，从她嘴里冒出来的只有含着液体的咕噜声。

我大叫道：“不要！”但泰迪没有停下——或者说，玛吉没有停下。她无法控制儿子的大部分肢体，只有他的右手和右臂——但这场出其不意的袭击给了她优势，而卡罗琳正被自己的血呛住，无法呼吸。警犬被搏斗的动静吸引，叫得更厉害了。森林里的人正在靠近。他们说，他们是来帮我们的，并大叫着让我们再发出点儿声音。我手脚并用地爬下树，把泰迪从卡罗琳身上拽下来。他的皮肤触手滚烫，仿佛炉灶上烧开的水壶。卡罗琳躺在地上挣扎，紧紧抓住脖子还完好的部分。而泰迪被血浸透了。他头发间和脸颊上到处是血，睡衣上也有血滴下来。不知怎的，我头脑中一片清明，能够清晰地思考并理解刚才发生的一切。我知道玛吉刚刚救了我的命。如果我不迅速采取行动，泰迪的余生就要在儿童矫正机构里度过了。

他的右手还攥着那只箭头。我把他从地上抱起来，拉进怀里，并紧紧搂住，让血从他的衣服渗透到我的衣服里。然后，我抱着他离开小径，来到帝王河的岸边。我走进水中，脚没入长满青苔的泥泞里，发出扑哧扑哧的声音。我一步接着一步地在水中跋涉，走得越来越深，直到河水和腰部齐平。突如其来的寒意把泰迪激醒了，他的眼球瞬间回归原位，身体也在我怀里变得松弛。他松开了箭，但我在它掉下水，沉底不见之前成功地抓住了它。

“马洛维？我们这是在哪儿？”

泰迪惊恐万分。试想一下，你从昏睡中醒来，却发现自己在一片黑暗的森林里，冰冷的溪水没过了脖子。

“没事的，泰迪熊。”我把水泼到他脸上，抹掉血迹最浓重的部分。“我们会没事的。一切都会变好的。”

“我们是在做梦吗？”

“不是，伙计，对不起。这是真的。”

他指着河岸。“为什么那里有只狗？”

那是只大狗，一只黑色寻回犬。它一边卖力地嗅着，一边狂吠。几个男人从森林里跑出来，他们穿着反光服饰，挥舞着手电筒。

“找到他们了！”一个男人高喊道，“女人和孩子，在小溪这里！”

“女士，你受伤了吗？流血了吗？”

“孩子没事吧？”

“你现在安全了，女士。”

“让我们来帮你吧。”

“来吧，小家伙，把手伸出来。”

但泰迪把我的腰环得更紧，贴着我的身体不放。河对岸有越来越多的警察和警犬靠近，从四面八方向我们包围过来。

这时，更远处传来一个女声：“我又找到一个人！成年女性，无脉搏，无呼吸。身上有多处刀伤！”

他们已经将我们团团围住了，一圈手电筒从各个方向照射过来。我看不出谁是负责人，因为所有人都在同时说话：没关系的，你们没事了，现在安全了。但他们看到了我们衣服上的血迹，我能感觉到他们吓坏了。泰迪也吓坏了。我在他耳边小声说：“没事的，泰迪熊。他们是来帮我们的。”然后我抱着他走到岸边，轻轻地把他放在地面上。

“她拿着什么东西。”

“女士，你手里是什么？”

“能麻烦你给我们看看吗？”

其中一个警官抓住泰迪的胳膊，将他一把拽到安全地带，然后他们所有人又开始大喊了。每个人都想要我慢慢地从水里走出来，把箭放在地上，顺便再问我一句，我有没有携带其他武器。但我已经不再听他们说话了，因为我注意到远处还有一个人，站在警察围成的圈子外面。她的白色长裙反射着月光，脖颈弯曲着，头耷拉在一边。我举起左手，给所有人展示那支断箭。

“是我。”我告诉他们，“是我干的。”

然后我伸出胳膊，让箭掉在地上。我再抬起头时，玛吉已经不见了。

# 一年后

把这个故事落在纸面上，一直是件很难的事。我相信对你而言，读完它甚至更加困难。我无数次想要放弃写作，但你父亲恳求我继续下去，趁这时我对细节还记忆犹新。他坚信，未来的某一天，可能是十年或者二十年后，你会想要知道真相，了解斯普林布鲁克的那个夏天究竟发生了什么。而且，他希望你不是通过某个可笑的犯罪纪实播客，而是从我这里听到这个故事。

上帝知道现在有多少播客都在讲这件事。有突发新闻事件，有故意吸引眼球的头条标题，还有深夜脱口秀的玩笑和层出不穷的表情包。在你被解救之后的几周里，《日界线》、《早安美国》、沃克斯、TMZ、《前线》，还有另外十几家新闻节目和八卦网站都找到了我。我不知道这些制片人是怎么得到我的手机号码的，但他们都承诺了同一件事：让我从自己的角度讲述这个故事，让我用自己的语言为我的行为辩护，把外界的干预降到最低。他们同时还承诺，如果我同意接受独家专访，会支付我一笔巨额费用。

但和你父亲长谈之后，我们两个人都决定远离媒体的视线。我们发布了一份联合公开声明，表示你已经和家人团聚，需要时间疗养，现在我们只希望无人打扰。然后，我们换了手机号和邮箱地址，但愿人们能忘了我们。虽然这花了几周的时间，但我们的确做到了。最终又有更大的事件爆发了。一个疯子在圣安东尼奥市的一家杂货店里开枪射击。费城环卫工人举行了长达八周的罢工。加拿大一名女子产下八胞胎。然后，全世界都继续向前走了。

最开始，我几次想要尝试讲述这个故事，但都无果而终。我记得自己坐下来，面对着一张空白的写字板，浑身完全僵住了。到现在为止，我写过篇幅最长的东西，就是高中一篇关于《罗密欧与朱丽叶》的期末论文，一共五页。所以“写一本书”这个念头——一本像《哈利·波特》一样，真正的、大部头的书——显得如同一场壮举。但当我把自己面临的挑战讲给阿德里安的母亲后，她给了我几个很好的建议。她说，我不应该抱着写一本书的想法，而是应该直接在电脑前坐下，讲出这个故事。一次写一个句子，措辞就和我边喝咖啡，边跟朋友聊天时一样。她说，即使听起来不像 J. K. 罗琳也不要紧。如果我听起来像费城的马洛维·奎因，也没关系。而一旦我接受了这个想法，语句就快速地倾泻出来。我不敢相信自己面前的文档已经有八万五千个单词了。

但是你瞧我，一不小心说得太快了！

或许我应该倒回去一点儿，做一些解释。

泰德·麦斯威尔因为枪伤，死在小屋的地上。仅仅半个小时后，他的妻子卡罗琳就死在了巨型魔豆藤下。我向警方承认，我出于自卫的目的，用我们几周前在森林里找到的断箭（严格来说，是十字弓使用的弩箭）刺中了她。要不是箭尖扎破了她的颈动脉，并且急救车赶到时已经太迟的缘故，她也许真的能活下来。

我和你被带到了斯普林布鲁克的警局。你和一个满脸倦容的社工一起进了午餐室，他们还给了你一篮子动物毛绒玩具。而我则进了一个没有窗户的牢房，里面架上了摄像头和麦克风，还有一批态度越来越凶恶的警探。为了保证你的安全，我只是挑拣着讲了我的故事。我完全没有提到你母亲的画。我没有讲她是如何给我提供线索，帮助我理解整件事的。实际上，我根本没有提到你的母亲。我假装自己独立发现了麦斯威尔夫妇的秘密。

布里格斯警探和她的队友表示怀疑。他们能看出，我在隐瞒什么事情。但我坚持讲述自己这个版本的故事。尽管他们的声音越来越大，问题也越来越尖锐，但我给出的始终是同样的荒唐答案。有那么几个小时，我确信自己会以两起蓄意杀人罪被起诉，余生都要在监狱里度过了。

但天亮之前，警方了解到，我的故事里至少有几个核心内容是真实的：

一位社工确认，泰迪·麦斯威尔的确具备一名五岁女童的身体构造。

全国失踪和受剥削儿童保护中心登记了一个名叫芙萝拉·巴洛斯的孩子，泰迪·麦斯威尔和她的外貌特征完全吻合，可以确认身份。

通过网络查询房地产购买记录，警方确认麦斯威尔夫妇就在芙萝拉失踪前六个月，在塞内卡湖畔购置了一栋小屋。

只要快速翻阅一遍泰德和卡罗琳的护照（在主卧抽屉里找到的），就能确定他们从没去过西班牙。

而当警方通过电话联系到你的父亲约瑟夫时，他确认了我故事里的几个关键细节——包括他妻子那辆雪弗兰塔赫的品牌和车型，这些信息从未对外公开过。

到了第二天早上七点半，布里格斯就去隔壁的星巴克，给我买花草茶和鸡蛋奶酪三明治了。她还邀请阿德里安和我们一起，到审讯室里坐坐。他一整夜都坐在警局大厅一张硌人的金属长椅上等待。他抱我抱得太用力，我甚至双脚离地了。等到我们两个都止住了眼泪，我不得不从头到尾把整个故事又给他讲了一遍。

“对不起，我没能早点儿赶到。”他说。

原来报警的人就是阿德里安——他来到了小屋，发现地上躺着泰德·麦斯威尔的尸体。

“我根本不该去俄亥俄州的。”他继续说，“如果我和你一起留在斯普林布鲁克，这些都不会发生。”

“也可能我们两个都会死。你不能沉溺在‘如果当初’这种假设里，阿德里安。这件事根本不怪你。”

从塞内卡湖开车到斯普林布鲁克，大约要花五个小时。但那天早上，你父亲来到这里，只用了三个半小时。他在州际公路上飞驰时都想了些什么，我无从知晓，只能去想象他的心路历程。你父亲赶到时，我和阿德里安还在警局，正不断往嘴里塞含糖的零食来保持清醒。我还记得布里格斯警探领他进屋的那个瞬间。他又高又瘦，一头蓬乱的长发，胡子也没有打理，眼窝深陷，泪水汪汪。一开始，我以为他是隔壁牢房的罪犯。但他的衣着像个农夫，身穿纽扣领法兰绒衬衣、迪卡斯长裤和工装靴。他跪下来，握住我的手，开始痛哭。

关于接下来发生的事，我可以写一整本书，但我会尽量保持简短的。你和你父亲回到了塞内卡湖，阿德里安搬回了新布朗斯维克，在罗格斯大学完成最后一年的学业。他邀请我和他一起去，在我思考人生的下个阶段该何去何从期间，就住在他的公寓里，不用付房租。但我的世界全都天翻地覆了，在这种脆弱的时刻，我不敢许下重大的承诺。于是，我搬去了诺利斯敦，住在成长伙伴家的客卧里。

你或许并不觉得一个六十八岁的男人是理想室友，但罗素很安静，又讲卫生，还在食品柜里摆满了种类繁多的蛋白粉。我在一家跑鞋店找了份工作，只是为了能有些进项。店里其他的员工开了一家小小的业余跑步俱乐部，我每周抽出两到三个上午，开始和他们一起出门锻炼。我找到一家不错的教会，有很多二十岁到三十来岁的教徒。我又开始参加匿名戒毒会的会议了，我本着帮助他人的目的，分享我的故事和经历。

我本想十月你过六岁生日时去看你，但你的医生建议我不要这样做。他们说你还是太脆弱了，很容易受到伤害，而且你还在“组建”你真正的身份。医生允许我们通话，但只有当你主动发起对话时才行。而你对和我说话这件事，从来没有表露过任何兴趣。

但你的父亲每月还是会打来一两次电话，向我介绍你取得的最新进展。我们也有很多邮件往来。我了解到，你和你父亲，还有你的姑姑、叔叔和同辈的堂表亲们一起住在一座大农舍里。你没有上幼儿园，而是参与了很多治疗项目：艺术疗法、谈话疗法、音乐疗法、操作木偶和角色扮演等全套治疗。医生惊讶地发现，你完全不记得自己从床上被叫醒、被拉进森林和被推上树的经历。他们总结称，你的大脑为了应对创伤，压抑了这段记忆。

只有你的父亲知道，那晚森林里究竟发生了什么。我把整件事的来龙去脉都告诉了他，这当然听起来很荒诞，但当我把你母亲的画作发给他后，一看到那独一无二的画风，他立刻就相信了我说的话。

医生告诉你的真相，删去了很多内容。你了解到，你名叫芙萝拉，出生时是个女孩，你真正的父母是约瑟夫和玛吉。你知道了泰德和卡罗琳都是很病态的人，犯了很多错误。他们最大的错误，就是把你从父母身边带走了。他们第二大的错误，是给你穿上男孩的衣服，把你的名字从芙萝拉改成了泰迪。医生解释道，未来你可以选择叫自己芙萝拉、泰迪或者某个全新的名字，你也可以选择打扮成男孩、女孩或者两种性别兼顾。没有人会催促你快点儿做决定。大家鼓励你慢慢来，去做你感觉对的事情。医生警告称，你可能会花上好几年才能解决性别认同的问题，但医生们说错了。不到八个星期，你就开始向表姐妹借裙子穿，扎起辫子，并且对“芙萝拉”这个名字有反应了。所以，你实际上没有感到多么困惑。我想你内心深处始终知道，自己是个女孩。

万圣节前几天，我接到一个电话，猝不及防地听到了妈妈的声音。她叫了我的名字，然后立刻就哭了。显然，她一直通过新闻关注着我们的故事，并且花了几周的时间尝试联系上我——但我想尽办法躲着媒体，已经让自己隐身了。她说她看到我戒毒，感觉很骄傲。她很想念我，问我能不能考虑回家吃顿晚饭。我忍住没有失态，问她：“什么时候？”然后她说：“你现在在做什么？”

我妈妈终于戒了烟，看上去容光焕发。我还惊讶地发现，她再嫁了。她的新丈夫托尼——也就是那个站在梯子上清理排水沟里的树叶，和我有过一面之缘的男人——是个百里挑一的好人。托尼的儿子因为吸食冰毒去世，他和我妈妈在一个吸毒者家属互助小组里相遇。他有份好工作，经营着一家涂料店，并且把所有多余的精力都投入家装升级中。他粉刷了屋里所有的房间，并且重砌了每一块外墙砖的接缝。浴室已经彻底翻新了，还配了一个新的淋浴间和浴缸。我的旧卧室也被改造成了一间健身房，里面放着一台单车机和一架跑步机。我最大的惊喜，还是得知我妈妈开始跑步了！在我整个高中时期，我和贝丝从来没能把她从沙发上拽下来过，但现在她的配速已经达到一英里九分钟了。她现在有莱卡运动短裤和运动手环，其他装备也十分齐全。

我和妈妈坐在厨房里，聊了一个下午，又聊到了深夜。我本来准备把麦斯威尔夫妇的故事完整地告诉她，但她已经知道了大部分细节。她有一个巨大的文件夹，里面装满了她从网上读到后打印出来的故事。她把《费城调查者报》上的每一篇相关文章都剪了下来，贴在一个剪贴簿上。她说，自己现在像个职业棒球小联盟的明星球员一样，我以前的邻居都为我感到无比骄傲。所有给家里打来电话，希望和我重新取得联系的人，都被她记在一个清单上——高中朋友、昔日的队友和教练，还有我在“安全港”的室友们。妈妈尽职尽责地把所有人的名字和电话号码都记了下来。“你应该给他们打电话，马洛维。让他们知道你现在过得怎么样了。噢！我差点儿忘了最奇怪的那通来电！”她穿过厨房来到冰箱前，拿起一块冰箱贴，露出一张名片：宾夕法尼亚大学佩雷尔曼医学院，苏珊·罗温瑟尔博士。“这个女人直接敲了我的门！她说她是在某个研究项目上遇见你的？

她花了好几年时间想要追踪到你。她到底在说什么？”

我回答说，我也不是很清楚，然后把名片放进钱包里，转移了话题。我至今没有鼓起勇气，拨打那个号码。我不确定自己是否想听到罗温瑟尔博士要告诉我的事。我绝对不想再引来公众的任何关注，也不想再出名了。

现在，我只希望正常地度过我的人生。

到了七月底——我们离开斯普林布鲁克满一年了——我已经准备好搬进德雷塞尔大学为戒毒人员提供的过渡式宿舍了。我已经三十个月没有吸毒，感觉恢复得很好。我用了一年时间考虑下一步该怎么做，最终决定去读大学，学习如何成为一名教师。我想从事初等教育工作，如果能进入幼儿园的课堂就更好了。我第一百次主动联系你的父亲，问他今年夏天是否有可能去拜访你。而这一次，你的医生奇迹般地同意了。他们感到你对新的生活适应良好，并且认为我们再次取得联系，也许对你的健康有好处。

阿德里安建议我们把这场拜访变成一次度假——这是我们头一次一起长途旅行。他在罗格斯大学完成课业的一整年里，我们始终保持联系。他五月毕业，去了康卡斯特集团工作，在费城中心区的一座摩天大楼里办公。阿德里安提出，我们先去纽约北部拜访你，然后继续北上，游玩尼亚加拉瀑布和多伦多。他打包了一个装满零食的大冷藏箱，还列了一张开车时听的歌单。而我则带了一袋礼物，想和你分享。

你住在塞内卡湖西面一座名叫迪尔兰的小镇。你的新家周围和斯普林布鲁克没有一点儿相似之处。这里没有星巴克，也没有商店街和大型超市——只有连绵不断的森林和农田，其中零星地散布着几座房屋。旅途的最后一英里，我们走过了一段曲折的石子路，终点是巴洛斯农场的大门。你的父亲和舅舅养了山羊和鸡，你的舅妈则把牛奶、鸡蛋和奶酪卖给手指湖上富有的游客。你的新家是一座庞大的二层农舍，屋顶铺着绿色的木瓦。山羊在附近的畜栏里吃草，还能听见鸡在谷仓里咯咯地叫。尽管我确定自己从没去过类似的地方，但这里处处都让我感到莫名熟悉。

“你准备好了吗？”阿德里安问道。

我紧张得说不出话来。我只是抓起那袋礼物，登上通往你家前门的台阶，然后按响了门铃。我深吸了一口气，准备好接受以小女孩形象出现的你给我带来的冲击。我害怕自己的反应会很奇怪，可能会让你、让我，或者让我们两个人都很尴尬。

但应门的是你父亲。他走到外面的门廊上，用拥抱对我表示欢迎。感谢上帝，他胖了一些，也许长了十五到二十磅。他穿着柔软的法兰绒衬衫，干净挺括的牛仔裤和黑色靴子。他一开始和阿德里安握手——但之后也拥抱了他。

“进来，进来。”他大笑着说，“你们能来太好了。”

屋里都是暖色调的木头制品和粗木家具，巨大的窗户俯瞰着草色碧绿的牧场。你父亲领我们来到主厅，这个房间集合了起居室、厨房和餐厅的功能，有一座石头砌的大壁炉，还有盘旋而上通向二层的楼梯。家具上到处散落着游戏牌和拼图块。你父亲为屋里的一片狼藉道歉，他说你的舅妈和舅舅因为生意上出了一点儿紧急状况，被叫走了，把孩子们都留给他照顾。我听见所有人都在楼上玩，他们又叫又笑，五个稚嫩的声音在同时说话。你父亲看起来十分无奈，但我安慰他没关系。我说，我很高兴看到你交了朋友。

“我马上叫芙萝拉来。”他说，“咱们先放松一下。”他为阿德里安端上了咖啡，为我沏了一杯花草茶。他还准备了一大盘塞了杏肉的酥皮小点心。“这个叫哥拉奇。”他说，“请尝尝吧。”

过去一年里，他的英语水平突飞猛进。虽然他还是有明显的口音——“这些”听起来像“则些”，而“我们”说出口就成了“窝们”——但作为一个只在美国居住了几年的人，我觉得他已经表现得很出色了。我注意到，壁炉上方悬挂着一张巨幅油画，画的是风和日丽的天气里，一片宁静的湖。我问，那是不是你母亲的作品，你父亲说是。然后，他带着我们绕着主厅转了一圈，向我们展示了她其他的画作。它们挂在厨房、餐厅和楼梯井里——实际上挂满了整座房子。你的母亲才华横溢，而你父亲相当为她骄傲。

我问你是否还在画画，你对美术是否还有兴趣，你父亲否定了。“医生说，泰迪有泰迪的世界，芙罗拉有芙萝拉的世界，而两者没有多少重叠的部分。泰迪的世界里有泳池，芙萝拉的世界里有手指湖。泰迪的世界里有许多画，芙萝拉的世界里有不少帮她一起养动物的兄弟姐妹。”

我不太敢问下一个问题，但我知道如果不问，我一定会后悔的。

“安妮娅呢？她属于芙萝拉的世界吗？”

你父亲摇摇头。“不，芙萝拉再也没有见过她的安妮娅。”有那么一瞬间，我觉得他的声音透出了失落。“但这样当然更好。事情本来就该如此。”

我想不出该做何反应，于是把目光投向屋外几只正在吃草的山羊。我还能听见你的表兄弟姐妹在楼上玩耍，突然间，我从音调和抑扬顿挫的语气里，听出了你的嗓音。你的声音就和我记忆里一样。你的兄弟姐妹正在表演《绿野仙踪》里的场景。你是桃乐丝，而你的一个表姐妹扮演矮人国的国王，她正在吸气球里的氦气，把自己的声音变得很滑稽。“去见巫师吧！”她用沙哑的声音说道，你们大家都爆发出一阵叽叽咯咯的笑声。

然后，你们五个人一边唱着“我们动身去见巫师”，一边迈着步子，走下楼梯。你的表兄弟姐妹里，年纪最大的十二三岁，最小的女孩刚学会走路，其余人的年龄介于他们之间。虽然你的头发长长了，还穿着一件亮蓝色的连衣裙，但我还是一眼就认出了你。你的脸和以前一模一样。尽管面孔周围的东西都不同了——但你那柔和甜美的五官依然没有变。你握着军乐队领队的指挥杖，在头顶高高挥动。

“芙萝拉，芙萝拉，等等！”你父亲喊道，“有客人来了。马洛维和阿德里安，从新泽西来的，你还记得吗？”

其他孩子停下脚步，张大嘴惊奇地看着我们。但你没有直视我们的眼睛。

“我们要出去了。”最年长的孩子解释道，“我们要去翡翠城，她是桃乐丝。”

“芙萝拉可以留下。”约瑟夫说，“可以让别人来当桃乐丝。”

他们都抗议起来，列举了种种理由，说明这个做法既不公平又不实际，但约瑟夫把他们都赶出了门。“芙萝拉留下。你们其他人过会儿再回来。过半个小时。出去玩吧。”

你挨着你父亲坐在沙发上，但还是不愿看我。一条蓝裙子，一头稍微长了些的头发，就彻底改变了我对你的印象，真是不可思议。

只是收到了几个隐晦的提示，我的大脑就自行完成了其余的工作，把所有的开关都扳了过来。你曾经是个男孩。现在，你是女孩子了。

“芙萝拉，你看起来美极了。”我说道。

“Muy bonita（非常漂亮）。”阿德里安说，“你也记得我，对不对？”

你点点头，但还是盯着地面不放。我不由想起求职面试时，第一次见到你的情景。当时你正在速写本上涂涂画画，不愿意和我对视。而我只得花一点儿心思，哄你和我说话。我们好像又变成两个陌生人了，我们似乎又要从头开始了。

“我听说你下个月就要上一年级了。你激动吗？”

你只是耸了耸肩。

“我也要开学了。我要去德雷塞尔大学读大一。我要学的是教育专业，将来要成为一名幼儿园老师。”

你父亲似乎真心实意地为我高兴。他说：“这是个好消息啊！”然后他花了几分钟，讲了讲自己从前在匈牙利考波什堡大学学习农业的经历。我感觉他在过分卖力地用讲话来填补这令人尴尬的沉默。

于是，我尝试了另一种方法。

“我带了礼物来。”我把购物袋从房间另一头递过来。我发誓，自己从没见过有哪个孩子这么害怕收礼物。见到这个袋子，你竟然向后缩，好像觉得里面或许装满了蛇似的。

“芙萝拉，这是好东西。”你父亲说，“拜托，打开袋子吧。”

你剥开第一个礼物的包装纸——那是一盒五颜六色的水彩铅笔。我解释说，这些笔用起来就和普通铅笔一样，但如果你加上一滴水，就可以把颜色抹开，效果有点儿像是油画。“美术商店的店员小姐说，这些笔很有趣。我想你没准想要再尝试画画呢。”

“颜色也很漂亮。”你父亲说，“真是个精美、贴心的礼物！”

你微笑着说“谢谢”，然后撕掉了下一个礼物的包装——六个安放在白色纸盒里，质地光滑的黄色水果。

你只是看着我，等我解释。

“你不记得了吗，芙萝拉？这是杨桃。从杂货店买来的。还记得有一天，我们买了一个杨桃吗？”我转向你的父亲，“有时候，我们会在晨间活动时走到超市去。我会让芙萝拉随便买她想要的东西。她可以任选一样食物，但必须是我们之前从没尝试过的，而且价格要低于五美元。于是有一天，她挑了一个杨桃。我们觉得非常好吃！那是我们尝过最美味的东西！”

这个时候，你才终于开始点头，似乎觉得这个故事有些耳熟，但我不知道你是否真的记得。现在，我尴尬起来了。我想把那个托特包拿回来——我真的不想让你打开最后一个礼物——但已经太迟了。你扯下包装纸，露出一本小册子，标题是《马洛维的食谱》。那是我在一家复印店印好的。我把我们一起做过的每一道甜点的配料和制作步骤都打了出来——纸杯蛋糕、奶油干酪布朗尼、巧克力坚果曲奇饼和自制巧克力布丁。“万一你以后又想吃这些甜点了，万一你想试试我们以前最喜欢的食物，就看看这个。”

你说了谢谢，语气非常礼貌。但我能判断出，这本书会被束之高阁，再也没有人碰它。

突然间，我痛苦地领悟到，为什么你的主治医生不愿意我造访——因为你不愿意我来。你想要忘记我。你并不完全知道斯普林布鲁克发生过什么——但你知道那是不好的事情，你知道这个话题让大人们感到不适，你知道如果讨论其他事情，大家会更开心。于是你放下过去，继续前进了。你逐渐适应了自己的新生活。如同被击中一般，我突然清醒地意识到：你的新生活里永远不会再有我了。

前门被推开了，你的表兄弟姐妹又列队走进屋里，一边志得意满地唱着“叮——咚！女巫死了！”，一边迈着重重的步子走上二楼。你转身看向你父亲，露出祈求的表情，他的脸涨红了，尴尬得无地自容。“这太不礼貌了。”他小声说，“马洛维和阿德里安开了很久的车来看我们。他们还给你带了很丰厚的礼物呢。”

但我决定放过你了。

“没关系。”我说，“我不介意。你有这么多朋友，我很高兴，芙萝拉。我真的很开心。你该上楼和他们玩去了。祝你的一年级生活一切顺利，好吗？”

你微笑起来，说道：“谢谢。”

我本来也想要一个拥抱的，但你只是从房间对面向我快速地挥挥手，我便只能接受了。然后，你连蹦带跳地跑上楼，去追你的表兄弟姐妹了。我听见你愉快地加入他们，一起唱出最后的一段歌词，你的喊声比他们都要大：“叮——咚，邪恶的女巫死——了！”然后你们所有人一下子尖叫、大笑起来，而你的父亲则盯着脚尖。

他又给我们倒了些茶和咖啡，表示希望我们留下来吃午饭。他解释说，你的舅妈佐伊用红辣椒粉做了菜肴，是一种搭配鸡蛋面一起食用的炖山羊肉。但我说，我们可能得走了。我解释道，我们要开车去加拿大，去尼亚加拉瀑布和多伦多。出于礼貌，我和阿德里安又坐了一会儿，然后我们就收拾东西，准备走了。

你父亲能看出我的失望。“过几年，我们可以再试试。”他许诺，

“等她长大一些，等她知道了整件事的经过。我知道她会有疑问的，马洛维。”

我感谢他允许我来访。然后，我亲吻了他的脸颊，祝愿他好运。

我们一出门，阿德里安就搂住了我的腰。

“没事的。”我对他说，“我很好。”

“她看起来状态很好，马洛维。她看上去很开心。她住在一个漂亮的农场里，有家人，有大自然。这里非常棒。”

我知道这些都是事实，但我依然心有不甘。

我想，我本来期待事情会有什么不同的。

我们沿着石子铺成的曲折车道，回到阿德里安的卡车上。他绕到驾驶侧，打开了车锁。我正要去拉开门把手，忽然听到身后一阵轻轻的脚步声向我奔来。然后，我感觉到你的身子结结实实地撞上了我的胯部。我转过身来，你用双臂环住我的腰，把脸埋在我的肚子上。你什么也没说，但你不必说。而我也从来没有因为一个拥抱而这样感动过。

然后，你猛地松开手，跑回了家，但在这之前，你把一张对折的纸塞进了我手里——这是最后一幅道别之作了。那就是我最后一次见到你。

但我知道，你父亲是对的。

未来的某一天，也许是十年或二十年后，你会对自己的过去产生好奇。你会阅读维基百科上关于你被绑架事件的文章，你会发现关于你的案件存在着种种谣言，或许你甚至能发现警局的官方报告里，存在一两处前后矛盾的地方。你也许想知道，长久以来，麦斯威尔夫妇是怎么骗过了这么多人，而一个二十一岁的毒品成瘾者又是如何拼凑还原出了整个谜团的真相。你会开始疑惑，当年在斯普林布鲁克究竟发生了什么。

当那一天到来时，这本书会等待你的翻阅。

我也会等着你。

# 致谢

很高兴威尔·斯泰勒和都奇·霍纳同意为本书绘制插图——他们早在我还没有签署合同，没有手稿，甚至对插图内容没有清晰想法的时候就答应了我的请求。朋友们，谢谢你们信任这本书，贡献了精美的画作，并且在封闭期间陪伴着我。

吉尔·沃林顿博士针对药物成瘾、康复和处方止痛药给出了宝贵的意见，而她的女儿格蕾丝则指出了我初稿中一些令人尴尬的错误。瑞克·奇洛特和史蒂夫·霍肯史密斯仔细地阅读了文本，并且提供了绝妙的点子。尼克·奥克伦帮我做了童话故事方面的研究。戴尔德·斯梅瑞洛协助我解决了法律相关的问题。简·莫利向我提供了有关长跑的资料。艾德·米拉诺提出了关于药物成瘾和康复的补充意见。

道格·斯图尔特是个了不起的人，也是一名优秀的文学经纪人。他向我引荐了扎克·瓦格曼，他是一名出色的编辑，为这本书提出了很多巧妙的改进意见。我还要感谢：玛克辛·查尔斯、凯斯·海耶斯、谢莉·佩容、莫丽·布鲁姆、唐娜·诺泽尔和弗拉迪容出版社的每一个人；利特尔布朗出版社英国分社的达西·尼可森；布拉德·伍德和麦克米伦出版社销售团队的其他成员；斯特林·罗德文学经纪公司的希尔维亚·莫娜尔、丹妮埃尔·布考斯基和玛丽亚·贝尔；格坦集团的里奇·格林和艾伦·戈米斯－维恩；阿伯纳·斯泰因文学经纪公司的卡斯比安·丹尼斯；迪伦·克拉克制作公司的迪伦·克拉克、布莱恩·威廉斯和劳伦·福斯特，以及奈飞公司的曼蒂·贝克纳和莉亚·高。

我最感激的是我的家人，特别是我的母亲（她负责照顾孩子）、我的儿子山姆（他是个越野跑运动员）和我的女儿安娜（她自从能拿笔时，就开始画画了）。我能写成这本书多亏了他们，也多亏了我的妻子茱莉·斯科特，我将这本书和我全部的爱献给她。拥抱和亲吻你。

著作权合同登记号：图字01-2023-0182

**图书在版编目（CIP）数据**

隐秘的涂鸦 /（美）詹森·雷库拉克（Jason Rekulak）著；尹旹涵译. --北京：中译出版社，2023.4（2025.6重印）

书名原文: Hidden Pictures

ISBN 978-7-5001-7357-1

I. ①隐… II. ①詹… ②尹… III. ①推理小说–美国–现代 IV.①I712.45

中国国家版本馆CIP数据核字（2023）第059273号

YINMI DE TUYA
**隐秘的涂鸦**

出版发行：中译出版社
地　　址：北京市西城区新街口外大街28号普天德胜主楼4层
电　　话：（010）68359827；68359303（发行部）；68359725（编辑部）
传　　真：（010）68357870　　电子邮箱：book@ctph.com.cn
邮　　编：100044　　网　　址：http://www.ctph.com.cn

出 版 人：刘永淳　　出版统筹：杨光捷
总 策 划：范　伟　　策划编辑：范祥镇　王诗同
文字编辑：王诗同　　责任编辑：范祥镇
版权支持：马燕琦　王少甫　　营销编辑：吴雪峰　董思嫄
封面设计：黄　浩

排　　版：中文天地
印　　刷：北京中科印刷有限公司
经　　销：新华书店
规　　格：880 mm × 1230 mm　1/32
字　　数：257千字　　版　　次：2023年4月第1版
印　　张：12.5　　印　　次：2025年6月第3次

ISBN 978-7-5001-7357-1　　定价：68. 00元